LES VEILLEURS DE SANGOMAR

FATOU DIOME

LES VEILLEURS DE SANGOMAR

roman

ALBIN MICHEL

À mes grands-parents,
Aminata Boussoura Sarr, Saliou Ndoukou Sarr !
Mes veilleurs,

Foulant la neige et le sable chaud
Dans votre dos
Je sais que le roi des ombres ne me prive de rien
Chaque nuit, ma barque vogue vers Sangomar
Où vous alimentez le feu de bois de nos veillées.
Immortels, les aimés !

PROLOGUE

« Avec ou sans lune, ils veillent, regroupés autour d'un feu de bois, au centre de l'île de Sangomar ; en attendant de poursuivre leur voyage, ils traversent la nuit du Saloum et répondent à ceux qui les réclament sur l'autre rive. À terre, certains essaient encore de comprendre par quelles voies du destin ils s'étaient croisés, avant de se retrouver piégés ensemble, là-bas, dans un repli de l'Atlantique. Beaucoup les croient hors d'atteinte, mais ils ne sont pas si loin, on peut même les entendre discuter, depuis leur escale. »

Sur une autre île, en face de Sangomar, la jeune Coumba tenait fermement à cette version des faits. Elle avait perdu le sommeil, à force de penser aux naufragés. Rien n'interrompt la brise de Sangomar, jusqu'au feuillage des cocotiers de Niodior, se disait-elle, donc, nul doute que les mots qu'elle transporte nous parviennent pareillement.

Quand, éreintés par leur journée de labeur, les Niodiorois somnolaient, Coumba, elle, tendait l'oreille, convaincue de percevoir, dans la clameur des vagues, une multitude de voix, chacune déroulant le fil de sa propre histoire. Toute la nuit, Coumba écoutait, démêlait des confidences, se promettant de les transmettre à sa fille, Fadikiine, qui ne marchait même pas encore à quatre pattes. « Pousse, ma petite pousse, lui susurrait-elle, quand tu seras grande… » En attendant, la petite dormait à poings fermés, sa mère veillait. Le ventre plein, Fadikiine rêvait, grandissait, sa mère se creusait les cernes. À ceux qui lui demandaient, chaque matin, si elle avait bien dormi, Coumba, encore perdue dans ses pensées, murmurait invariablement : « Ces gens, tous ces gens rassemblés là-bas, à Sangomar, ils causent toute la nuit, ils nous parlent… » Certains de ses proches la croyaient au bord de la folie, mais lorsqu'ils tentaient de la raisonner, elle s'étonnait de leur surdité. Quand les plus tenaces insistaient, enchaînant des *voyons Coumba* d'un ton contrit, la jeune femme s'offusquait, s'exaspérait : « Mais, enfin ! Ne me dites pas que vous ne les entendez pas ! Comment pouvez-vous dormir à ce point ? »

Depuis la fin septembre 2002, Coumba imaginait la pointe de Sangomar grouillant de monde, nuit et jour. Comme personne ne parvenait à l'en faire douter, on évitait de la contrarier. Malheureux de n'avoir pu lui épargner un impitoyable coup du sort, la majorité des villageois se faisaient un devoir de l'entourer de sollicitude. Tous savaient que, la noire nuit du jeudi 26 septembre 2002, lorsque le *Joola* coula, la vie de Coumba avait bu la tasse. Son mari, Bouba, était à bord et ne figurait pas sur la liste des 64 rescapés. Le ferry assurait la navette entre Dakar et Ziguinchor, chef-lieu de la Casamance, région sud du Sénégal, d'où revenait Bouba. Bâtiment d'une longueur de 73,60 mètres, en flottaison, sur 12,50 mètres de large, le *Joola* rassurait par son envergure. Pourtant, malgré ses deux moteurs d'une puissance de 1 600 CV, il avait sombré, entraînant avec lui ses 44 membres d'équipage et des centaines de passagers. Depuis, submergée par ses émotions, Coumba se débattait dans la nasse des jours. La jeune femme souffrait, se remémorait, puis souffrait encore. « Ce n'est pas possible ! Non, ce n'est pas possible ! » s'exclamait-elle souvent. Plus elle souffrait, plus elle recourait à l'imagination. Ce qu'elle avait appris dépassait l'entendement. Roog Sène, le Seigneur que tous vantent, ne pouvait manquer d'idées au point de n'avoir pas d'autre monde à lui proposer. « Non, ce n'est pas possible ! » Alors, Coumba imaginait… Elle imaginait, jusqu'à déconcerter les siens. Cependant, toute la compassion des insulaires n'ayant pas réussi à la consoler, les plus sages s'abstenaient de la juger quand les apprentis sorciers débattaient de son état psychique. Qui n'habille pas l'indigent admet ses guenilles ! Même si Coumba écoutait les vents du soir, comme d'autres des convives, aucun cartésien n'aurait eu assez d'arguments pour la détourner des lucioles qui la taquinaient, l'invitaient, la menaient à Bouba, là-bas, à Sangomar.

Pendant des siècles, l'extrémité sud de la Petite-Côte sénégalaise, la pointe de Sangomar, a été un important lieu de culte pour les Sérères, qui vénéraient Roog, c'est-à-dire Râ. Bout de terre inhabité en face de l'île de Niodior, Sangomar est considéré comme le lieu de rassemblement des djinns, mais aussi des *Pangôls* : les esprits des ancêtres ; des ancêtres si accueillants que tout le monde les appelle affectueusement *Mâmayiin* : les grands-parents. C'est aussi *Mâ-mayiin* que les Sérères-Niominkas appellent la marée montante et, comme elle, les ancêtres reviennent toujours. Sangomar, c'est le royaume des ombres, les Champs-Élysées sérères, reliés au monde des vivants par un bras de mer. À part les majestueux baobabs dominant la mangrove, on y trouve un lac, quelques bovins en pâture, des puits pour désaltérer ceux qui marchent sur le sable chaud, mais ceux-ci vont rarement déranger les facétieux singes qui disputent l'espace aux chiens sauvages, chasseurs de crabes comme eux. Par le passé, on y trouvait aussi des arbres fruitiers. Aujourd'hui, virgule de sable dans l'Océan, l'érosion côtière l'ayant détaché du village de Djiffer dans les années 80, Sangomar reste toujours reconnaissable à ses baobabs, son mystère renforcé par l'insularité. Si Bouba était à jamais soustrait à ses bras, Coumba ne pouvait l'imaginer ailleurs qu'à l'endroit où, quittant Niodior, le soleil va se coucher, là-bas, dans la soie bleue de l'Atlantique, sous la garde de Sangomar, le djinn de la mer et des ancêtres, Mâmayiin. Or cette amoureuse qui réclamait son aimé à la nuit n'entendait pas attendre l'éternité pour leurs retrouvailles.

Regard ! Combien d'humains passent une vie entière à chercher celui qui leur manque ? Coumba ne passait pas pour une girafe, pourtant, surplombant les palissades, son regard errait là-bas, sur ce rivage, où Sangomar garde son amour derrière les vagues du souvenir. Regard ! Ce n'est pas qu'une faculté, que les ophtalmologues attribuent aux deux billes scintillantes entre les paupières. Il existe d'innombrables sortes de regards ! Mais, sur les dunes du Saloum comme face aux mégalithes de Stonehenge, la meilleure vue est celle qui traverse le mur du réel. Gratter, forer un trou dans l'opacité des jours, c'était devenu la seule occupation de Coumba. Veilleuse, elle écoutait la nuit du Saloum, regardait dans le sillage des lucioles et voyait tout autrement.

Mort ou vif, nul n'est inaccessible ! dit-on en pays sérère. Les natifs qui partent volontairement des rives du Saloum reviennent tôt ou tard, rappelés par les Pangôls, les esprits des ancêtres. Quant à ceux rappelés à Dieu, ils se fondent dans les ombres et rendent visite aux leurs. Faute de quoi, les vivants, nostalgiques, ils hissent la voile de l'amour à leur guise, naviguent jusqu'à Sangomar, où le roi des ombres ranime les morts et remédie à tous les soupirs.

Aux scènes diurnes qui la cernaient, Coumba préférait les visions nocturnes, qui la libéraient, l'évadaient de son carcan routinier. Veuve, assignée à résidence dans sa belle-famille, que pouvait-il se passer dans sa vie ? Pourtant, chacune de ses nuits valait plusieurs journées de ceux qui croyaient sa vie au point mort. Parce que les étoiles guidaient son cœur vers Sangomar, là-bas, tout près de son prince, Coumba, munie de sa plume, ramait obstinément quand Niodior dormait. Elle ne comptait plus ses sombres jours, seulement ses merveilleuses nuits.

I

Gospel ou fado ? Seigneur, quel chant ramène les morts ? Le cœur de Coumba ne murmurait plus que lamento. Mais à quoi bon réveiller le maestro Bach ? Même son violoncelle ne saurait tout dire du mal du manque ! Alors, silence. Surtout pas d'oratorio, trêve de prières ! Combien de marées faut-il à Neptune pour rendre ceux qu'il retient loin des leurs ? Les bras de Coumba réclamaient Bouba.

Dans les bras de mer, carpes, carangues et barracudas grossissaient. Sous les cocotiers de Niodior, Coumba rétrécissait, à l'instar des huîtres en salaison qui séchaient à l'arrière des cuisines. Déjeuner ponctuel ou dîner tardif, cela n'avait nulle importance pour la jeune femme. Les plats qu'on lui servait, elle y touchait à peine. D'ailleurs, pourquoi les salait-on, alors que sa salive, comme ses jours, n'avait plus que le goût de l'Atlantique ? Pourtant, Coumba n'imaginait pas reprocher son manque d'appétit aux cuisinières, encore moins aux paludiers. Elle était d'une humeur à mettre Gargantua à la diète, parce qu'elle ne reconnaissait plus son delta natal. Le delta du Saloum, aquatique berceau des Niominkas, l'une des plus belles baies du monde, cette verdoyante réserve de biosphère, est un tel écrin de beautés, que même le diable devrait regretter de voir une amoureuse y verser des larmes. Au Saloum, royaume aux multiples merveilles, même l'automne est ensoleillé, la brise guérit des morsures du soleil et les paysages rendent le malheur indécent. Mais pour Coumba, tout n'était plus que désolation. Le Saloum, sans son prince Bouba, quel horrible désert ! Une âme blessée dans ce décor paradisiaque, le visiteur pourrait reprocher cet oxymore au Seigneur. Coumba ruminait, reniflait, serrait les dents. Qui connaît le Saloum sait que la luxuriance des palétuviers sied à la pudeur des Niominkas. Ici, les hommes rament en chantant, les femmes affrontent leur sort à coups de pilon, dès l'aube, et même une fillette en pleurs accusera le sable de lui irriter les yeux plutôt que de confesser son chagrin. C'est que les marins sont durs au mal et, comme leurs frères corses ou bretons, les Sérères-Niominkas du delta du Saloum n'enfantent pas de trouillard peuhl, qui coule aussi vite que son sabre de berger, puis pleurniche *youmâm-bâbam*, appelant mère et père, à la vue d'une raie. Insulaire, Coumba ne redoutait ni les vagues ni les raies, mais les scorpions qui pullulent sous l'oreiller des veuves, ces tenaces pensées où le mort ne cesse de mourir.

Seigneur, gospel ou fado ? Quel chant ramène les morts ? Coumba n'était pas seule à réclamer un être cher à la nuit. Ses soupirs se confondaient à tant d'autres, par-delà les océans. Ce qui la tenait insomniaque et mouillait ses yeux humectait également d'autres oreillers à des milliers de kilomètres de son lit. Seigneur, Niodior ne t'a pas refusé son fils, mais le bélier d'Abraham ne te suffisait-il pas ? Outre les centaines de Sénégalais, d'autres ont jeté l'ancre au même endroit que Bouba. Dames, demoiselles, messieurs, ils venaient des quatre points cardinaux. Quelle force centrifuge les avait réunis dans le *Joola* ? Quel impératif, quel rêve, quel désir guida leurs pas jusqu'au pire navire du Souvenir ? Tous ceux-là, Coumba les recensait avec son époux, dans la foule qu'elle imaginait rassemblée au royaume des ombres, sur l'île sacrée de Sangomar. Une foule de veilleurs, qu'elle écoutait, interrogeait, grâce au sortilège des nuits du Saloum, qui la transportait auprès de son aimé.

En début de soirée, quand ceux qui évaluaient son état psychique croyaient son regard dans le vague, Coumba, elle, observait, détaillait les contours d'un autre visage : Bouba rayonnait dans sa mémoire ! Calme, mais affable, Bouba aimait plaisanter et ne rechignait pas à multiplier les amitiés. Au cours de ses fréquents allers-retours, Dakar-Ziguinchor-Dakar, il avait gagné de nouveaux copains. Coumba savait que certains d'entre eux l'accompagnaient à son dernier embarquement et partagent son interminable escale, là-bas, à Adiaguediâkh, au bout de tout. Là-bas, où l'Océan retient les rêves, les promesses et les futurs.

Pendant ses veillées, écoutant le mugissement de l'Atlantique, Coumba ne songeait pas qu'à son cher Bouba. Elle pensait également à tous ces émigrés venus se ressourcer au pays et qui ne reverraient pas leur terre adoptive, là-bas, en Occident. À qui, à combien de personnes avaient-ils dit au revoir, en ignorant que cette promesse ne serait jamais tenue ici-bas ? Coumba se désolait pour tous ceux qui, là-bas, au bout du monde, percevaient désormais le nom de son pays comme celui d'un lointain cimetière où reposent les leurs. Le Sénégal n'a pourtant pas de cyprès ; comment se fait-il qu'on y devine maintenant une forêt d'ifs ombrageant la mer ? Larguez les tiwânes ! À bâbord comme à tribord, larguez les cotonnades sérères ! Là-bas, à Bel Air, Senghor verra nos élégies larguer des cotonnades mauves sur l'Atlantique ! Passagers du *Joola*, prenez ces tiwânes, couvrez-vous ! Prenez ces tiwânes, réchauffez-vous de nous !

Coumba savait qu'à Marseille, un couple de retraités veillaient comme elle, imaginant leur fille et leur beau-fils dans le pire des froids. Là-bas, à Marseille, bien que gardés par leur Bonne Mère, Linda et Djilali ne dormaient plus depuis qu'ils avaient appris qu'ils n'embrasseraient plus la jolie Pauline, leur unique enfant, partie découvrir la Casamance, région natale de son époux, Sihalebe, un ami de Bouba. *Leur chère Pauline ne reviendrait pas !* En arabe, en espagnol, en français, comme en toute autre langue, cette phrase sonnait et sonnerait toujours étrange à leur oreille. À Marseille, Linda et Djilali appelaient peut-être encore leur Bonne Mère ou Allah, par habitude, mais qui leur parlait de Dieu aurait mieux fait d'aller mâcher des orties. La douleur est une autre foi, qui, elle, donne toutes ses preuves. Maxime, le neveu de Linda, le savait, lui qui pleurait en même temps sa femme et la meilleure amie de celle-ci, qui n'était autre que sa cousine à lui.

Ailleurs, des infirmières rendaient hommage à leurs collègues, Pauline et Amanda ; des membres d'association, à leurs camarades de combat ; des professeurs, à leurs élèves ; des étudiants, à des copains ou copines ; des conjoint(e)s, à leur conjoint(e). Partout, tant de parents pleuraient leurs enfants ; regretteraient-ils de les avoir dotés de semelles de vent en leur transmettant leur amour de l'autre et la curiosité de l'ailleurs ? Car, toujours, la douleur interroge les principes. Mais que l'on se souvienne : les voyageurs étrangers pris dans le *Joola* ne redoutaient pas les frontières, ils les ouvraient à la lumière de leur regard sur le monde. Ils bravaient Sahara et

Sahel, allaient vers ceux qui ne pouvaient venir à eux. Épargnés du cynisme du troisième millénaire, beaucoup d'entre eux tenaient encore la rencontre ou l'action humanitaire pour une simple expression de la fraternité entre les peuples. Certains d'entre eux voyageaient, œuvraient pour les autres, se dévouaient à la mesure de leur optimisme, c'est-à-dire immensément. Au pays de la *téranga*, République du courtois Sédar Senghor, pour leur dernier voyage, les avait-on accueillis avec autant d'amour qu'ils en avaient pour l'Afrique et pour l'humain, qu'ils se réjouissaient de découvrir ? se demandait Coumba en souhaitant que ce fût bien le cas.

Amanda, Pauline, Sophie ? Paul, Pascal, Sarah, Khalil ou William ? Combien d'autres a-t-on attendus, en vain, dans un foyer vidé de joie, n'abritant plus qu'une digne impuissance ? se torturait Coumba. Là-bas, en France, Espagne, Suisse, Hollande, Amérique ou ailleurs, combien d'autres familles, collègues, amis ou amant(e)s demeurent inconsolables ? Dans le roulis des jours, entre les nuances de chaque matin, comment survivent ceux qui ont des êtres chers retenus à jamais sous le règne de Sangomar ? Peut-être comme nous autres, au Saloum, supposait-elle, avec le sentiment d'être liée à eux, bien au-delà de leur tragédie commune. Car, trépignant devant le mur des Lamentations à Jérusalem, implorant la Sainte Marie jusqu'à Rome ou psalmodiant l'*Ikhlas* jusqu'à La Mecque, les éprouvés conjurent le même sombre ciel. Un ciel qui, certes, leur tombe sur la tête, mais les réunit également sous la même tente de la condition humaine. Le *Joola*, ce n'était pas qu'un navire filant à 14 nœuds, ses 2 087 tonneaux transportaient l'humanité entière : une diversité de personnes, d'ethnies, de langues, de nationalités y avait convergé pour le voyage sans retour ; si ce n'est le retour sur cette confluence de leurs itinéraires, enseignement qu'ils ont légué aux vivants. Alléluia ou Allah Akbar, Salam ou Shalom, comment priaient les passagers du *Joola* ? Quel sécateur ne se briserait à les dissocier ? Ce qui les a rassemblés pour l'éternité se moque des chapelles ! Selon Coumba, le djinn de Sangomar veille sur eux pareillement en son royaume des ombres ! Alors, elle imaginait Bouba et tous ses compagnons du *Joola* en pleine forme, veillant au centre de l'île avec Mâmayiin, les esprits ancestraux, qu'elle se figurait sous les traits rassurants de vieilles personnes défuntes de sa famille, qu'elle avait bien connues.

D'après la légende, qui veut accéder à ses morts invoque le djinn de Sangomar et celui-ci le guidera, en vertu du pacte qui le lie aux ancêtres. Selon ce pacte, Sangomar nourrit, protège, couvre le peuple marin de ses bienfaits, en échange, celui-ci l'honore par des offrandes et le laisse emporter qui lui plaît, à l'heure de son choix, pour peupler son immense royaume. Sangomar règne sur le monde invisible, mais ses hôtes ayant généralement des missions à terminer ailleurs, ils ne se tiendraient pas tranquilles s'ils ne pouvaient continuer à communiquer avec les vivants. Quant à ceux qui n'arrivent pas à renoncer à leurs proches, otages de la marée basse – là-bas, derrière les bancs de sable du souvenir –, sans l'espoir de les voir revenir à la faveur d'une marée montante, beaucoup n'attendraient peut-être pas l'appel du Maître des flots pour aller les rejoindre. Ainsi, flux et reflux ! Conciliant, Sangomar permet le passage entre les deux mondes à ceux qui en expriment l'ardent désir, à condition que leurs ancêtres intercèdent en leur faveur. Et ils intercèdent souvent. Regardez l'abondante écume des vagues, chaque bulle renferme une âme ; depuis des siècles, les ancêtres débarquent ainsi sur les rivages du Saloum avec les dons de Sangomar et se retirent avec les doléances de leurs enfants.

Flux et reflux : Sangomar prend et donne, à sa guise ! clament les vagues. En escale à Sangomar, les hôtes du djinn veillent, songeant à leur vie. Lassés du bavardage des vagues, comptent-ils patiemment les étoiles ? Non, ils parlent. Ensemble, ils parlent, mais ils s'adressent également à tout autre sachant les entendre. Devisant du crépuscule à l'aube, que disent-ils ? Lancent-ils des SOS ou murmurent-ils à la brise de quoi rassurer, consoler les vivants ? Sangomar brasse les souffles, mais il distingue chacune des voix et la fait parvenir au destinataire de son choix. Ceux qui l'invoquent ne veillent pas seuls.

Nuits du Saloum ! Une Sérère vous jure, sur Roog Sène, qu'accommodant le dîner, seule dans sa cuisine, elle a entendu sa grand-mère morte depuis dix ans lui donner un conseil, ne riez pas, croyez-la. Elle ne rêve ni n'affabule, elle tient cette certitude multicentenaire de sa culture animiste, qui puisait sa lumière dans l'œil de Sirius – la religion sérère étant d'ailleurs représentée par une étoile à cinq branches, ainsi qu'une canne rainurée d'un serpent, telle celle d'Hippocrate. Nuits du Saloum ! Une vieille dame passe, traînant une cordelette en coton torsadée, rouge et blanc, qu'elle appelle Diambogne, ne riez pas ; avec l'aide de ses ancêtres, elle vous protège de la morsure mortelle d'un serpent. *Merci* vous coûtera moins qu'un cercueil, alors, dites-le poliment : *diokandial*. Et si vous doutez, sachez qu'au Saloum comme ailleurs, qui ne voit pas dans le noir peut s'abstenir d'affirmer qu'il n'y a rien à voir. Nuits du Saloum ! Tchoukour-kouroum ! Que les anthropologues tendent l'oreille au hibou anthropophage ; peut-être qu'il hulule les secrets que les gens du delta ne dévoilent pas aux visiteurs. Nuits du Saloum ! En dehors des poétiques veillées où les calebasses des dames donnent le contrepoint aux guitares folks des messieurs, les ténèbres convoient toujours mille terreurs, en pays sérère. Nuits du Saloum ! Si vous n'entendez ni djoundjoung ni pélinguère, c'est le règne des absents. Des absents tellement présents, car, libérés des contingences du corps, ils ne sont plus qu'esprits, des Pangôls, des souffles, des fluidités que les Sérères devinent surgissant de partout, même des interstices des palissades, où le chat noir d'une sorcière mourrait coincé. Nuits du Saloum ! Empire des esprits, qui se promènent à Niodior aussi, dit-on, depuis les bois sacrés, Pétiala, Itoumbé, Ngonoli… ils traversent le village, gagnent le bosquet de Koko, puis chevauchent les vagues jusqu'à Sangomar. Alors, dès le crépuscule, les vivants évitent les sorties inutiles ou se faufilent et murmurent, prudents. Nuits du Saloum ! Si vous entendez crier : *ô Ndiadiâne !* ne perdez pas de temps à dire *Stupéfiant !* Retirez-vous, fissa, fissa ! Les hyènes ne surgissent pas que de la bouche du conteur ; il y a aussi les Nakwé qui soutirent des âmes en imitant le chant du hibou, et des loups-garous bondissent de toute obscurité pour vous attraper par les mollets. La nuit, au Saloum, chaque Sérère s'en remet aux mânes de ses ancêtres, qui se réincarnent, adoptent diverses apparences pour interagir avec les vivants. Polyvalents, les Pangôls sont guérisseurs, justiciers, redresseurs de torts et, surtout, messagers. Chargés des requêtes des mortels, ils intercèdent auprès de Roog Sène, divinité suprême et universelle, ils servent aussi d'intermédiaires pour solliciter toute puissance susceptible de venir en aide aux humains ! Plus Coumba les invoquait, plus les voix nocturnes se précisaient et prolongeaient ses veillées.

Le souffle des veilleurs de Sangomar, Coumba le percevait, le décryptait, afin de l'offrir plus tard à sa fille ainsi qu'à tous ceux qui savent que l'absence n'est pas synonyme de vide. Recueillant, remodulant des échos nocturnes, mémorisant ses conversations avec les ombres, Coumba ne perdait pas le contact avec la réalité, comme le prétendait la rumeur, c'est même ainsi qu'elle se ménageait une emprise sur la vie. Certes, sa conviction surprenait, mais *surprenant* ne vaut pas *impossible* ; si les normatifs l'admettaient, tant de gens supposés fous sortiraient des asiles et enrichiraient le monde de leur originalité. Ne pas croire au dieu qui inspira Michel-Ange discrédite-t-il l'œuvre du génial peintre ? Depuis Socrate et Kocc Barma, c'est le doute qui grandit la sagesse, pas la certitude et ses négations qui rétrécissent le champ de vision. Les œillères ne conviennent même pas aux ânes !

Coumba sortait des clous, mais elle obéissait à cet universel besoin vital qui consiste à combler les gouffres de l'existence, sans quoi les chutes seraient mortelles. Et cela, chacun s'y prend à sa façon. Parfois, dans la journée, quand les curieuses commères la croyaient larguée ou divaguant, en vérité, Coumba était parfaitement lucide, dans son monde à elle. C'est son monde qui était inaccessible aux autres. Or, qu'une barque passe loin de votre quai suffit-il pour la déclarer embarcation perdue ? On trouvait Coumba étrange parce qu'elle réfléchissait quelquefois à voix haute, brassant des sujets inattendus.

« Ni fleurs ni couronnes ! » lança-t-elle, un jour, alors qu'elle était seule dans sa chambre. Oubliant ceux rassemblés au salon, dont elle n'était séparée que par un mur mitoyen, elle s'enhardit. Mais que pouvait raconter une veuve en révolte contre son sort ?

« Ni fleurs ni couronnes ! Gardez vos colas, de même que vos cierges ! La lumière inonde ma mémoire ! Économisez les bougies pour vos lectures à la fin du pétrole ! Jetez seulement une poignée de sable dans les pas des partants, ainsi les survivants auront pied dans l'absence. Depuis toujours, on cherche à boucher les trous ! S'ils cassent les pneus des camions, que ne font-ils aux chevilles ? Tous ces trous, ces pertes, tous ces manques ! Qui tient la pelle et s'amuse à excaver nos vies ? Qui l'identifie lui dise que ramant, marchant, courant, escaladant ou cédant aux sirènes de l'Art, les humains ne font que braver les abîmes. Comment ne rêveraient-ils de les combler ? Après chaque chute, chacun s'use en usant de la corde à sa disposition pour remonter vers le soleil. Éreintante, cette incessante danse sur le plancher des vaches, entre la voûte du ciel et la fosse des Mariannes ! L'apnée, si souvent ; même en plein air, on peine à respirer. Gainage, fermement, puisqu'il faut tenir ! Ce qui galbe les fesses, enserre les flancs, retient sûrement la vie qui vacille sans cesse en nous. Cordes tendues, nos muscles s'entrelacent, se raccordent, nous tiennent debout. Il s'agit de retarder l'affaissement. Non, ne jetez ni fleurs ni couronnes dans le sillage du *Joola* ! L'Océan vous les rendrait ! Ne laissez tomber aucune larme, l'Atlantique en verse pour nous, pour des siècles et des siècles ! Non, ne laissez tomber aucune larme, cela ne fait pousser aucun rêve. Ce qui lave le ciel d'automne pousse les arbres au ciel et fera grandir ma petite Fadikiine. Fadikiine portera mes yeux vers un futur plus beau que ce sombre présent… »

Dès que Coumba prenait conscience de sa voix ou se faisait surprendre, elle s'arrêtait. Elle attendait ensuite que la nuit instaurât le silence pour tendre la main à ses fantômes.

Quand les raisonnables dormaient, elle convoquait ses souvenirs, les évidences d'avant le *Joola*, afin de rendre ceux qui erraient sur l'île de Sangomar à leurs occupations d'antan, parmi les vivants.

Il était une fois, a-t-on coutume d'entendre, et cette fois-là demeure par la foi des conteurs, qui, pourtant, arrachent des dents depuis des siècles ! *Il était une fois* des voyageurs en escale imprévue au royaume des ombres ; bien que généreusement accueillis par les ancêtres sérères, ils avaient le sommeil bref à force de chercher à communiquer avec les vivants, c'étaient *les veilleurs de Sangomar*, et leur souffle demeure par la voix de Coumba, leur interlocutrice, nuit après nuit, pendant quatre mois et dix jours. La veuve ne parlait pas toute seule, ne délirait pas ; et si sa conduite portait à le croire, c'est parce que ceux qui peuplaient ses nuits étaient assez malicieux pour se rendre invisibles à tout autre qu'elle, grâce au sortilège de Sangomar.

II

À quai, scrutant l'horizon ou multipliant les activités, en guise de dérivatif à leur angoisse, les femmes de marins savent ce qu'elles attendent. Mais Coumba, elle, qu'attendait-elle, enlisée sur la dune, parmi les cocotiers ?

Le matin, quand les poules s'ébrouaient, caquetaient dans la cour, Coumba restait immobile. Au crépuscule, quand les grenouilles de l'étang voisin coassaient, sautaient d'un nénuphar à l'autre, Coumba demeurait statue de sel ou plutôt de marbre – puisque les tas de sel derrière l'île changeaient de forme sous le vent quand ils ne fondaient pas sous la pluie, laissant Coumba à son sort. L'éternité, c'est une peine que rien n'allège, l'horizon assombri par une infinie tristesse. *Bonjour*, *bonsoir*, Coumba feignait la surdité ; c'est que ces vœux pavloviens sonnent ironiques quand la vie fait des siennes. Toujours les gens demandent « Comment vas-tu ? », mais gare au naïf qui s'avise de répondre sincèrement, seule sa grand-mère hésiterait à tourner les talons. Qu'importe l'heure des visites, matinales ou vespérales, toutes incommodaient Coumba ; rien que de rendre les salutations l'ennuyait, or, au Saloum, elles sont interminables. « Passez votre route, braves gens, épargnez-moi l'effort de l'élocution », implorait son regard las. La joyeuse Coumba, réduite en opossum face à la férocité du destin ! Combien de temps ferait-elle ainsi la morte ? sous-entendaient les œillades échangées dans son dos. Un faucon n'avait qu'à s'abattre sur les yeux impatients ! Insupportables, ces vipères sourdes qui font passer leurs contorsions pour de la compassion ! Elles traînent leur existence de fosse en buisson, frôlent à peine le sable chaud, mais vous disent, froidement, « Lève-toi et marche ! », quand la vie vous coupe les jambes ! Ces reptiles, que savaient-ils de l'énergie phénoménale que déployait Coumba à se tenir de la sorte ? Immobile et mutique, elle mimait Bouddha, alors qu'une tempête ravageait tout en elle. Les batailles qui se mènent en silence sont les plus destructrices. Coumba n'était pas impassible ni discourtoise, elle négociait son souffle. Elle parlait parfois, mais généralement quand elle était seule, et dans un village, cela fait du bruit.

Sur l'île, la corvée d'eau n'est pas seule à garder les femmes sur le qui-vive. Un shaytan les attire sur le chemin des sources, par tous les temps, et nourrit leur insatiable curiosité. Au puits, certaines dames remplissent leurs bassines de rumeurs ; ce sont les mêmes qui répandent les nouvelles à travers le village.

Or, Coumba perdait la tête, soutenaient-elles cet automne-là, puisqu'elle s'obstinait à parler, interpellant on ne savait qui, dans une chambre vide. Et le chuchotis chuchota dans toutes les arrière-cours ! Le bouche-à-bouche, on le sait, transmet parfois l'herpès ; le bouche-à-oreille fait pire, les semelles baroudeuses rapportant souvent de quoi contaminer les cervelles. « Tu sais, Coumba, tatati… Il paraît que la pauvre Coumba, tatata… » Et les sources se succédant, le sujet ne tarissait pas. Si la jeune femme avait perdu un bout de chair chaque fois qu'on prononçait son prénom dans son dos, il ne serait rien resté d'elle. Insondable mystère humain ! Pourquoi dans les villages, toute originalité vous vaut l'index ou la livrée ? La profondeur de vue des commères est-elle proportionnelle au rayon de leur périmètre quotidien ? Que ces bavardes s'occupent de leurs oignons, au lieu de postillonner dans les puits ! pensait la calomniée. Coumba vivait d'autres évidences.

Depuis son retour précipité de Dakar, non seulement ses conversations s'étaient raréfiées mais, la plupart du temps, elles ne concernaient même pas les quelques personnes autorisées dans sa retraite. Coumba avait d'autres interlocuteurs. Des interlocuteurs qui ne reprochaient rien à son esprit. Non, Coumba ne déraillait pas, mais son attitude détonnait depuis que son monde s'était brutalement fragmenté, l'obligeant à varier sa perception de la réalité. Le diable n'avait qu'à faire des nœuds marins aux langues pendues ! Toujours assoiffées de potins, les sorcières jacasseuses vivaient le jour, hantaient les puits de jour, séduites par le cristal bleu qui s'y miroitait, sans éclairer leurs lanternes. Que savaient-elles de la voûte nocturne que dardait Coumba ?

Cela faisait déjà deux semaines que la jeune Coumba se conformait à son nouveau statut de veuve. Si les visites de parents et alliés rythmaient ses journées, les nuits lui semblaient interminables. Comme les jours précédents, elle s'était levée au milieu de la nuit, des voix d'hommes et de femmes se disputant son attention. À cette heure, où même les chèvres se tenaient tranquilles, d'où pouvait venir le bavardage ? Elle avait vérifié sa petite radio de chevet, mais, comme Fadikiine dormait à ses côtés, l'appareil restait éteint. Les tenaces voix n'avaient pas besoin d'une antenne hertzienne pour parvenir à Coumba. Elle était certaine de percevoir, entre les hululements du hibou, d'innombrables déclarations, dont celles-ci : « Ô, les vivants, vous qui marchez encore sur le sable chaud ! Si vous humez la brise et sentez la chaleur sous vos pieds, vous pouvez nous entendre. Ne faites pas diversion, certains disent la nuit silencieuse, afin d'ignorer son murmure. Ô, vous qui foulez encore le sable chaud, écoutez les souffles comme la savane s'imbibe de pluie. Retenus par la marée basse, nous avons besoin de vous, écoutez… »

– Et pour quelle raison vous écouterais-je, moi ? s'était agacée Coumba. Sans Bouba, plus rien n'est doux à mon oreille ! Pourquoi m'assaillez-vous ainsi ?

– Retenus à Sangomar, nous cherchons un messager.

– C'est ça ! Et moi, qu'y gagnerais-je, à vous servir de factrice ?

– À Sangomar, vient toujours le moment où la marée s'inverse, nous ne recevons jamais sans donner. Et, tout comme nous, vous réclamez quelqu'un à la nuit, servez-nous et nous vous servirons. C'est un vieux pêcheur qui nous a conseillé de nous adresser aux vivants ainsi. Maintenant que c'est fait, nous vous écoutons.

Nul ne paraphe quand les esprits scellent un contrat, mais le verbe vaut bien l'encre, qui n'inscrirait rien sans lui. Signature ou parole d'honneur, Coumba était trop troublée pour prendre le moindre engagement, surtout avec des êtres invisibles. Sa curiosité mâtinée de crainte, un simple coup de vent sur le zinc la fit bondir, comme si le démon avait frappé à sa porte. Encore une fois, elle réveilla Wassiâm, sa belle-mère, qui lui tint le même discours :

– Mais non, Coumba, je n'entends rien du tout, et toi non plus d'ailleurs. La seule chose audible à cette heure-ci, c'est le vent dans les branches des cocotiers, sinon le bruissement lointain des vagues, là-bas, entre Sangomar et Banjul. Arrête d'appeler de la sorte, une veuve ne doit pas élever la voix, surtout la nuit : le fantôme de ton mari pourrait emporter ton âme ou celle des gens dont tu clames le nom.

– Eh bien, qu'il m'emporte ! Je ne demande pas mieux.

– Voyons, Coumba, sois raisonnable, recouche-toi ! Le Tout-Puissant qui nous avait donné Bouba nous l'a repris, c'est ainsi. Accepte la volonté d'Allah, ma fille ; essaie de dormir. Si tu passes ton veuvage ainsi, tu risques de perdre la tête. Allons, calme-toi. Invoque ton Seigneur, ça t'apaisera.

Invoquer, Coumba ne faisait que cela, seulement, son Seigneur à elle, c'était Bouba. Elle en avait assez de cette rengaine fataliste, qui non seulement ne la consolait de rien, mais de surcroît la mettait en colère contre sa belle-mère. Quand on est en pleine souffrance, il n'y a rien de plus exaspérant que de se voir reprocher d'exagérer son mal-être. Or, en l'occurrence, même le ton de Wassiâm exprimait plus de réprobation que de compassion. Lorsque la dame parlait, Coumba baissait les yeux, sinon son regard aurait révélé ce qu'elle n'osait formuler. Wassiâm, ce corps qui s'agitait, sentait-il encore quelque chose ? s'interrogeait Coumba. Comment cette femme avait-elle pu se résigner si rapidement à la perte de son fils ? La foi avait-elle fait d'elle un pachyderme ? Même les éléphants endeuillés barrissent et frappent longuement le sol de leur trompe, avant de renoncer à leur mort. Comment expliquer l'attitude de Wassiâm ? Réagissait-elle ainsi, confortée par une sincère piété, ou feignait-elle le détachement en répétant un prêche dont elle-même voulait se convaincre ?

Sans réponse à ses questions, la bru musela sa déception. À défaut d'un remède, elle devait trouver meilleur témoin à ses insomnies. Certes, on entoure les veuves, mais, tout comme les orphelins, on les préfère stoïques, personne n'aimant les entendre geindre. Souffrir, c'est une chose, mais le dire, c'est faire souffrir. Et, même s'il doit exister quelques saintes, une mère éplorée est-elle la personne la mieux placée pour consoler une veuve qui pleure son fils à elle ? Toute à sa douleur, l'amoureuse en arrivait peut-être à oublier que sa belle-mère éprouvait autant de peine qu'elle, sinon plus : ayant non seulement engendré, mais aussi chéri le défunt bien plus longtemps que quiconque. Dans la nuit niodioroise, le manque d'électricité n'était pas seul à borner la vision. Malgré la lueur de la lampe tempête, un voile de pudeur se dressait, opaque, entre Wassiâm et Coumba. Après un long moment de silence, chacune avait regagné son lit. Coumba soupira profondément, s'allongea sur le flanc et passa un bras autour de sa fille. Encore une fois les portes s'étaient refermées sur l'incompréhension mutuelle. Tchoukour-kouroum ! Dans la nuit du Saloum, le hibou chantait. Tchoukour-kouroum ! Réitérant à l'envi, le volatile guidait-il les sorcières ou se raillait-il des mystères de l'âme humaine ? Tchoukour-kouroum !

Le lendemain, Wassiâm considéra qu'il était temps d'alerter Yaliâm, la mère de Coumba, de l'étrange comportement de sa fille. Décortiquer des arachides, Wassiâm savait faire ; même les coriaces huîtres des palétuviers du Saloum, c'était dans ses gènes d'insulaire d'y risquer ses ongles ; mais la noix fêlée sur les épaules de Coumba mettait ses compétences à rude épreuve. Non, elle n'irait plus s'y pincer les doigts. Sa mère n'avait qu'à s'en occuper ! Depuis la nuit des temps, au Saloum comme ailleurs, ce sont les mères qui décryptent les galimatias de leurs fous. À Niodior, aux confins de l'Atlantique, en cet automne-là, il y avait tant de gens, et même des fossiles qui comptaient plus d'années que le calendrier du Christ, mais toujours pas de psy pour décoder les états d'âme ni souffler quelque méthode susceptible de dissiper les ressentiments. Belle-mère et belle-fille cohabitaient, s'observaient, mais chacune se débrouillait avec son deuil. Juchée sur sa pile d'années, l'aînée semblait garder une certaine hauteur ; la cadette, quant à elle, sombrait de jour en jour. Au lieu d'un sermon, Coumba avait besoin de secours, d'une épaule assez solide pour la délester de ce que les vents nocturnes portaient à ses oreilles, ces murmures mêlés qui racontaient autant d'histoires inachevées. Il n'y avait pas que Bouba qui hantait sa chambre, toute une foule en quête de messager la cernait chaque nuit. Pourquoi personne ne daignait la prendre au sérieux ? Se souciait-on de ce qu'elle pensait ou ressentait ? Souvent, on parlait d'elle en l'appelant « la veuve », même en sa présence. N'était-elle donc plus que cela, un être ou, plutôt, une entité définie par l'absence ?

Veuve musulmane, Coumba devait porter d'amples boubous blancs, elle les portait. Bismillah ! Au revoir jeans et jupes ! Oubliés, les belles robes et les affriolants décolletés ! Mais s'enlaidir ne la gênait pas, puisque la plus belle des tenues ne lui vaudrait plus les compliments de son prince. Coumba devait accomplir cinq prières quotidiennes, elle s'en acquittait rigoureusement. La tante qui lui avait apporté une natte au motif de la Kaaba, ainsi qu'une bouilloire d'ablutions toute neuve, lui avait également glissé un chapelet entre les mains. Combien de sourates du Coran Coumba connaissait-elle ? Nul ne se le demanda, ses récurrentes génuflexions suffisaient à rassurer sa belle-famille. « La piété de la veuve vaut miséricorde divine à l'âme de son époux », répétait la parentèle de Bouba, toujours vigilante. Négliger les dévotions vaudrait donc l'enfer, pas au défunt, mais à Coumba, et ce, sans attendre le décret divin, puisque les humains s'en chargeraient. Veuve musulmane, Coumba devait parler à voix basse, elle ne s'exprimait quasiment plus. Elle devait vivre recluse, pendant quatre longs mois et dix jours, elle ne souhaitait que l'enfermement dans sa tristesse. On l'avait donc cloîtrée dans sa nouvelle vie, elle s'y tenait, aussi docile qu'une jambe dans le plâtre. Il y a des veillées que l'on ne cherche même plus à s'expliquer, Coumba les enchaînait, à l'instar des perles de son chapelet. Il y a des aubes froides et ténébreuses que nulle étreinte n'égaye, Coumba les vivait, esseulée. Sa mère s'inquiétait de son bien-être, surtout après l'effrayant compte rendu de Wassiâm.

Se ménageant la discrétion d'un tête-à-tête, Yaliâm rendit une très matinale visite à sa fille. Les recoins de la chambre se dérobaient encore dans la pénombre de l'aube, lorsque la mère interrogea ce regard éteint, qui semblait fuir le sien :

– Coumba, comment vas-tu ?

La jeune femme se contenta d'ajuster son voile. Parce qu'une mère entend les silences de son enfant, Yaliâm poursuivit la conversation :

– Il paraît que tu ne fermes pas l'œil de la nuit, que tu réveilles même ta belle-mère et que tu racontes des choses…

– Hum. Mma, la nuit, ces gens me parlent…

– Tu as des hallucinations, ma fille. Tu nous fais peut-être un palu ? Veux-tu que je fasse venir l'infirmier ?

– Hum-hum ! fit Coumba en hochant la tête, dépitée.

Si sa mère elle aussi faisait partie des sourds, à qui pouvait-elle se confier ? Certes, la malaria ne contournait pas l'île, mais était-ce une raison pour accuser les moustiques d'être à l'origine de toute fièvre ? Non, bien qu'elle eût les tempes en feu, Coumba n'était pas malade au sens médical du terme. Cependant, elle se savait convalescente et pour longtemps. D'ailleurs, guérirait-elle un jour du mal qui la rongeait ? Quel soignant lui rendrait son innocence et tout ce que l'absence de son chéri ôtait à son cœur chaque jour ? Vivre sans Bouba ! Elle n'y avait jamais songé. Vivre sans Bouba ? Cette question redéclenchait un séisme. Toute la communauté l'entourait, mais c'est en elle-même que la vie vacillait, s'effondrait. Quatre mois et dix jours de veuvage religieux ! C'est la *Iddah*, lui avait-on dit. Effectivement, c'est assez pour voir poindre une éventuelle grossesse attribuable au défunt. D'après l'imam, un accouchement aurait écourté sa réclusion, mais elle n'était pas enceinte. D'ailleurs, ce n'était pas tant l'enfermement qui l'interrogeait que la brièveté de la durée dévolue au deuil de l'amour. Quatre mois et dix jours, quand on aimait pour l'éternité ! Quatre mois et dix jours pour se remettre d'un amour fauché en pleine floraison ! Qui peut croire ce laps de temps suffisant ? Pour l'instant, Coumba ne voulait se remettre de rien ; se décharger d'une once de douleur, ce serait comme trahir son cher Bouba. Face à l'impossibilité de nier son calvaire, elle s'était résolue à l'embrasser de toutes ses forces. Où fuir le poids des jours, quand tout s'écroule ? Elle avait bâti son couple, tel qu'un architecte conçoit une solide demeure, avec poutres et piliers. Elle avait tout prévu, sauf que le ciel pouvait tomber et ruiner son édifice. Dans « jusqu'à ce que la mort vous sépare », l'allégresse des noces ne perçoit que la beauté d'un serment d'amour définitif, nul conjoint(e) n'entend « jusqu'à ce que la mort de l'un laisse l'autre sur le carreau ». Meurtrie, désorientée, Coumba accueillait chaque matin avec le même dépit.

Que la nuit rallonge sa traîne ! souhaitait Coumba, et ce n'était pas que par pudeur pour sa triste mine. Les ténèbres soulagent, quand il n'y a rien de beau à voir. Que la nuit rallonge sa traîne ! À quoi servait l'aurore, quand elle n'éclairait pas le sourire de Bouba ? Qu'attendre du crépuscule, s'il ne ramenait pas la silhouette de l'aimé ? Et cette stupide horloge qui rouillait, bringuebalait au salon ! Survivant au défunt qu'elle avait vu naître, n'avait-elle pas honte de sonner le glas ? Ding, gling ! comme si le Maître des cieux sonnait le gong ! Coumba regrettait de ne pas bénéficier de la paix des sourds. Intérieurement, elle fulminait. Ding, gling, à vous rendre dingue ! Maudite ferblanterie ! donne donc ta langue au chat, si tu ne sais pas combien d'heures me séparent de Bouba ! À perpétuité, cette horloge mentirait, se disait Coumba, parce que, pour elle, il n'était plus l'heure de rien. Que la nuit rallonge sa traîne ! Quelle différence entre midi et minuit, quand les câlins ne froissent les draps que dans la mémoire ? Ding, linga-lingue, gling ! Une à une, mais surtout, toutes lugubres, les heures s'égrenaient, irritaient les paupières et sombraient dans la mélancolie. Que la nuit rallonge sa traîne ! Coumba aurait préféré dormir mille ans plutôt que d'affronter l'impitoyable soleil qui lui convoyait foule de villageois tout en lui soulignant des traits qu'elle ne s'était jamais connus. Pourtant, son visage racontait une histoire vieille comme le monde.

La viduité ! Qui décrit les états d'âme d'une telle période verra un menhir couler de chaudes larmes. C'est la raison pour laquelle Coumba se taisait, quand sa mère lui demandait comment elle allait. Comment va-t-on au seuil du néant, Maman, si ce n'est en titubant ? Même si elle ne le formulait pas, Coumba voulait qu'on la tienne, la retienne ici-bas. Elle aurait souhaité qu'on l'enlace et la serre tendrement, mais la pudeur niominka favorise peu l'étreinte. Même la bienveillante Yaliâm restait bras ballants en couvant sa fille du regard. Happée par un soudain brouillard, Coumba chancelait, ressassant les refrains de son blues. Alléluia ou Allah Akbar, de quel côté chercher la boussole, quand le vertige fusionne les quatre points cardinaux ? Coumba ne distinguait plus les heures ni les directions, toutes inscrivant le même désespoir sur ses murs : l'absence de Bouba ! « Arrête d'appeler de la sorte. On dit qu'une veuve ne doit pas élever la voix… Le fantôme de ton mari pourrait emporter ton âme… », grommelait Wassiâm, qui n'avait pourtant pas besoin de la pincer, le frôlement du voile lui confirmant en permanence sa situation ainsi que le fantôme qu'elle-même était devenue. « On dit… On dit ! » On en dit tellement au village, que l'arbre à palabres en perd ses feuilles ; mais quelle outrecuidance irait dédire les croyances populaires, au risque de brûler la bibliothèque des analphabètes ? Coumba ne bronchait pas. Elle n'osait contredire sa belle-mère, mais elle n'en pouvait plus d'entendre cette superstition. Comme toute superstition, elle servait d'échappatoire, la bonne dame s'y référait pour désigner le Rubicon.

Wassiâm tenait à sa pirouette tel un Massaï à son bouclier, et Coumba n'était pas dupe. Bien qu'elle redoutât la solitude nocturne, elle se mit l'astreinte de l'apprivoiser, plutôt que de solliciter encore celle qui fuyait sa détresse. Qui écume la houle de l'Atlantique pour en faire son doux miel, celui-là seul pouvait reprocher à Coumba son incapacité à transformer l'anxiété en sommeil tranquille. Pour le miel, Coumba s'en remettait aux abeilles, et désormais, pour accueillir ses visiteurs nocturnes, dont même sa propre mère doutait, elle devait procéder d'une manière dont seule la petite Fadikiine serait témoin.

III

Chut ! Durant son premier mois de veuvage, face à la froideur de Wassiâm, Coumba baissait les yeux, se mordillait les lèvres, mais elle n'en pensait pas moins. Une discrétion de moniale bénédictine, voilà ce que l'on attend des veuves, comme des orphelins, des estropiés, des écorchés vifs et de tous ceux en souffrance, sans jamais leur dire que faire des soubresauts de leur âme. *Chut* fait passer la bouche qui le souffle pour un cul de poule, mais ne glisse aucune pensée dans un entonnoir, encore moins dans une bouteille, que Wassiâm boucherait. Ce qui tient l'âne docile n'a pas de prise sur l'esprit. Or l'attitude de Wassiâm tirait la bride à Coumba et lui disait *chut*.

Chut ? Qui n'a jamais observé les geysers d'Haukadalur veuille s'arrêter en Italie, au cours de son voyage pour l'Islande, et demander aux Napolitains si le Vésuve garde indéfiniment ce qu'il couve en lui. Ils lui certifieront que, sous la pression, même la pierre finit par céder. Elle explose à l'improviste, crache, à la face du jour, les monstres fumants qui convulsent et agitent les profondeurs. *Chut !* est-ce un doigt sur un geyser, une main sur la bouche du Vésuve ? s'interrogeait Coumba. Certes, l'étonnement fait tomber la mâchoire et la douleur pince les lèvres, mais y a-t-il, pour autant, des peines sans mots ? Le cœur lourd, Coumba restait songeuse.

Elle se doutait bien que l'attitude hermétique de son entourage l'acculait au silence, par crainte de ses propos, nuisances sonores de son chagrin. C'est ainsi ! se disait-elle, mais son cœur rebelle ne l'entendait pas du tout ainsi. Imaginons le *chut* victorieux, bâillonnant tout récit douloureux, que saurions-nous de l'Histoire ? À quoi servirait le verbe du Seigneur, s'il ne nommait pas les peines des enfants d'Ève ? Tout parent ou ami fuyant vos confidences vaut moins qu'un ennemi qui vous porte le glaive ; ce dernier, au moins, vous épargne l'indifférence. Tuez-moi, mais ne m'ignorez pas ! pensait Coumba, dépitée. Bien sûr, elle savait qu'au Saloum comme ailleurs le lamento n'est supportable que lorsqu'il s'agit d'un fado portugais. Dans les îles du Saloum, lorsqu'on a mal aux dents, on mord fermement sur une racine de palétuvier préalablement chauffée. Aïe, la bouche qui le dit sent l'ail ! Chut ! Mais, à Niodior comme à Lisbonne, quelle est la taille du mouchoir que mordent les veuves ? Sûrement la même dimension que la voilure du navire *Souvenir*. De quelle couleur était le regard de Coumba ? Quand la mélancolie est privée de mots, elle pêche des algues rouges au fond des yeux. Quelle soûlerie stoïcienne tempère la douleur, empêche les gémissements, quand la faucheuse élague le troupeau du Seigneur et brise le cœur des Hommes ? Si Sénèque était sérère-niominka, son esprit aurait voyagé depuis Sangomar pour répondre à Coumba. Il y a tant de façons de mourir, ne pouvoir s'exprimer est l'une des pires. Subi, le silence est une geôle mortelle pour les survivants. Or, même si Coumba n'avait plus goût à rien, elle voulait vivre pour la petite Fadikiine. Afin de poursuivre ce dessein qui lui tenait à cœur, elle devait sortir de sa période de veuvage indemne, or le village bruissait d'alarmantes rumeurs la concernant.

Sur l'île, les femmes ne récoltaient pas que des fruits de mer, elles rapportaient aussi les fruits de leur imagination. D'une marée à l'autre, elles cancanaient. Ces commères-crabes-à-bolong ne laissaient personne en paix, même pas la veuve. Comme les coquillages qu'elles débusquaient tout au long de l'estuaire, aucune privauté familiale n'échappait à leur curiosité. Il fallait les entendre, rentrant des vasières, c'est leur salive qui grossissait les vagues de fin d'après-midi. Les doigts encore rainurées de vase, l'une des barboteuses promenait un regard de comploteuse sur le groupe, puis, rassurée, elle débouchait le champagne des pauvres, le *Champotins*. Ses comparses buvaient d'abord ses paroles, puis, en rajoutaient jusqu'à l'ivresse.

– Et vous, qui habitez le même quartier, avez-vous rendu visite à la veuve, ces derniers jours ?

– Cette semaine, non ! Mais, tu sais, Coumba, elle est de moins en moins parmi nous, si tu vois ce que je veux dire…

– Ah oui, vraiment ?

– Hélas, oui ! J'ai même pensé qu'elle était victime de sorcellerie, mais une voisine qui a étudié en ville dit qu'elle est psy-euh… psy comment d'ailleurs ? Il me semble qu'elle a dit schizo… euh, ou psycho-quelque chose.

– Enfin, la pauvre, elle est un peu dérangée.

– Un peu ? Sa belle-mère dit qu'elle est à deux doigts de sucrer la soupe de poisson.

– Bref, elle dévisse de la carafe, quoi !

Ainsi se propageaient les clabauderies dans le clapotis des vasières, jusqu'à fusionner avec l'écho des puits et, de carafe en carafe, le village avalait n'importe quoi. Les rapporteuses se faisant conteuses, elles narraient, brodaient, rapiéçaient, jusqu'à donner des proportions mythiques au mal que la rumeur supposait à Coumba. Si les mots étaient des crickets, Niodior n'aurait rien récolté cette année-là.

Mais, finalement, Coumba, psycho-quoi au juste ? Qui le savait ? Sa propre mère, Yaliâm, donnait sa langue aux têtes de carpes sur lesquelles s'acharnaient les chats. La seule vérité que tenait Yaliâm, c'est que six zoos n'auraient pas suffi pour cantonner les taupes, les vautours, les chacals et les innombrables saint-bernard qui exerçaient leur flair, sans compter les chouettes et chauves-souris qui se fondaient dans les ombres du crépuscule pour venir renifler Coumba. En achetant de la mort-aux-rats chez Abdou, à la boutique au coin de sa rue, la mère de la veuve songeait peut-être à d'autres bestioles. Pourquoi la foudre épargne-t-elle les corbeaux ? se demandait Yaliâm, dégoûtée.

Quel affabulateur a peint le diable avec des cornes ? Même à quatre pattes, il n'en aurait pas, ce serait la femelle de la bête. Aux yeux de Coumba, le diable, c'était une charmante villageoise qui offrait salades, tomates, œufs et patates douces en échange de vos secrets, qu'elle s'empressait de céder contre d'autres victuailles. Or, salade ou pas, les omelettes, Coumba les appréciait après la grasse matinée avec Bouba. La jeune veuve maudissait ce troc villageois, elle qui n'avait plus faim de rien.

Sur la meilleure des îles possibles, outre la douceur de la

brise côtière, on sent le souffle des esprits marins veillant sur leur descendance, et, comme un foyer niominka se reconnaît à la profusion de ses filets dans l'arrière-cour, nul ne dort le ventre creux à Niodior. Dans les dédales du bolong, les mousses passent capitaine avant leurs dix-huit ans et, comme leurs aînés, c'est en chantant qu'ils arrachent leur pain à l'ogre atlantique. Kôrmâma ! À Niodior, si dorades et barracudas ne rassasient pas le glouton, les noix de coco et les mangues achèvent de le gaver. Sinon, il n'a qu'à se promener, il croisera une douce grand-mère qui offre papayes et corossols à tous les affamés. Certes, la sueur des Sérères arrose les champs et dilue l'Océan, mais outre l'eau cristalline de ses dunes, le pays de Cocagne envie à Niodior ses bras de mer tapissés de crevettes, ses palétuviers aux racines serties d'huîtres et le talent culinaire de ses femmes. Ces Linguères océanes détiennent le secret du meilleur couscous du monde, un couscous de mil dont leurs calebasses ne sont jamais vides, elles gardant toujours de quoi réconforter le voyageur.

Avec tant de dons du Ciel, méditait Coumba, tout serait parfait sous les cocotiers, si la vie des autres ne servait pas d'exhausteur de goût à la marmite du pêcheur. « Tu sais, Telle m'a dit, qu'Untel a dit, qu'Unetelle… » Ainsi, entre deux prières, des créatures du Seigneur épépinent la vie des anges, pêchent des serpents de mer à l'épuisette, quand elles ne chassent pas l'anophèle dans la moustiquaire du voisin. Il n'y a pas que le bourdonnement des moustiques qui perturbe la paix de l'île. Nul acousticien ne dit pourquoi le bruit des casseroles résonne plus loin que celui des tam-tams. Ah, la calme vie des villages ! soupirait Coumba ; parfois, il y a de quoi préférer une auto-tamponneuse en ville ! Et fière comme un cocotier, l'île s'obstine à ne parler que d'exode économique, quand bon nombre de ses enfants troquent leur sable blanc contre le bitume, désireux seulement de l'anonymat des lampadaires. Les raisins s'épanouissent en grappes, pas les humains, trop de promiscuité nuit à la santé, surtout mentale. Circonspects, les anciens médisent de la ville, pourtant, s'il y a assez d'amour, la liberté ne menace pas l'appartenance. Mais, au Saloum comme ailleurs, l'orgueil ancestral empêche les aristocrates de voir les mites qui ruinent leurs reliques. Ensemble, ils vivent ; ensemble, ils se minent et se ruinent. Pas de secret, quand tous sont parents ; qui veut la discrétion n'a qu'à se taire.

Le regard lacérant son voile, Coumba s'imaginait, ciseaux en main, raccourcissant des langues : il fallait couper les ailes à cette vicieuse rumeur de folie qui courait, tintinnabulait à travers l'île et menaçait de se répandre jusqu'à Ouïelimite, au diable, là-bas, à Adiaguediâkh. Quelles semelles chausse dame Renommée pour parcourir tant et plus de kilomètres ? Consciente qu'elle ne parviendrait pas à la contenir, Coumba se réservait le droit de rétablir sa vérité. Déjà privée de son mari, elle ne pouvait admettre qu'en plus on la dépossédât de sa raison, du fait de ses visions. Or, même le débarcadère doutait qu'elle fût encore capable de distinguer la poupe d'une pirogue de sa proue, quand les carpes ne s'y tromperaient pas : ceux qui agitent la fange ramant toujours dans le sens du vent. Quel outrage, quand, le nez dans leur mare, les hippopotames doutent de la vue des pélicans ! Bandes de lourdauds myopes ! À quoi bon se défendre ? se raisonnait Coumba. Plus on réfute l'accusation de folie, plus on passe pour cinglé. Au lieu de contredire ceux qui lui trouvaient une araignée au plafond, elle attribua leur avis aux troubles de leur vision.

Réflexion faite, Coumba décida de ne plus ébruiter ses auditions nocturnes. Elle ne perdrait plus son temps à tenter de convaincre Wassiâm ni personne d'autre. C'est déplaisant d'entendre des sourds vous supposer des acouphènes ! Non, pour les trois mois et dix jours qu'il lui restait de réclusion, Coumba ne piperait plus mot du contenu de ses veillées. De toute façon, considéra-t-elle, il y a plus complice que l'oreille d'autrui : un simple cahier ! Par conséquent, lorsque le sommeil l'abandonnerait à son théâtre d'ombres, elle se mettrait à écrire, sous l'œil bienveillant de sa lampe tempête. « Nulle part on ne trouve de retraite plus paisible, plus exempte de tracas, que dans son âme [...]. Accorde-toi donc constamment cette retraite et renouvelle-toi. » Coumba ignorait peut-être ce conseil de Marc Aurèle, néanmoins, son intuition l'orienta vers cet asile intérieur indiqué par le sage. Une fois sa résolution prise, elle se sentit capitaine dans sa barque. Pour la première fois depuis son retour de Dakar, elle se prenait en main, choisissant sa manière à elle de vivre les événements, au lieu de seulement les subir. Tout tangage déséquilibre, mais c'est moins effrayant, quand on est soi-même à la manœuvre. Seule, affrontant la nuit, Coumba écrirait.

Seule, portée par les vents du soir, elle ramerait, seule. De quel autre choix disposait-elle, quand même sa douce mère invalidait ses propos ? Au moins, un carnet ne démentirait pas le secret de ses nuits. Insulaire, Coumba savait que le mal de mer s'assume seul ; elle constata qu'il en allait de même du blues du veuvage. Le deuil n'éloigne pas que le défunt, mais aussi certains que l'on croyait proches. Le malheur ne rétrécit pas seulement les joues, il réduit également l'entourage. Cela aussi, Coumba l'écrirait. Elle voyait son cahier comme cette coquille de conque – dans laquelle, enfant, elle soufflait ses cauchemars pour s'en débarrasser –, elle y confinerait ce tourbillon qui dévastait tout en elle. Elle y pousserait ce cri qu'elle s'efforçait de taire, afin de ne pas effrayer la petite Fadikiine qui dormait à ses côtés. Ce hurlement retenu, combien de décibels Coumba en avalait-elle afin de le réduire en soupirs ? Désormais, elle en ferait des gammes sur le papier, cela dégagerait un peu d'espace aux repas, dans son estomac. Désormais, quand la nuit la menacerait, elle la harponnerait de sa plume, la collerait au tapis jusqu'au petit matin. Tel Bushman bravant le Kalahari, armé de sa lance et de sa gourde d'eau, Coumba envisageait son veuvage, munie de son carnet et de sa plume. Ainsi elle garderait pied dans la houle de sa vie, espérait-elle. Et puis, il existe, dans l'écriture, de paisibles criques où les naufragés du *Vivre* accostent et reprennent leur souffle sous l'œil complice des pélicans, qui leur apprennent à garder leurs plumes, malgré les bourrasques. Coumba ne manquait pas d'arguments pour se conforter dans sa démarche.

Motivée, elle fixa secrètement son cap. Embarquée dans ses songes, elle ramerait, peut-être à contre-courant, mais ne dérangerait plus le sommeil d'autrui. Certes, se disait-elle, par peur de la solitude, on suppose la grégarité salutaire, mais, concernant les choses qui touchent à l'âme, l'avis des tiers est rarement d'un grand secours ; il est même souvent plus pénible que le tourment qu'il est censé apaiser. Si quelques rares fois les mots consolent, ils assènent des coups de latte lorsqu'ils sont maladroits. La bravoure réside alors dans le silence. Afin de s'exprimer sans déranger ni se faire culpabiliser, Coumba ne s'adresserait plus qu'à sa plume, dans le huis clos de sa chambre.

L'écriture lui assurerait une compagnie et des balises dans sa réflexion, tout en lui épargnant les homélies de Wassiâm. Un carnet, un stylo, qui possède de tels instruments de musique pour donner le contrepoint à son cœur, celui-là ne manque pas d'amis ! s'encourageait Coumba. Folia ou sarabande, le stylo danse sur tous les tempos, envoie valser les ennuis et, bon cavalier, il ne vous marche pas sur les pieds quelle que soit la durée du tango. Quant aux pages, toujours égales à elles-mêmes et tellement ouvertes, elles ne vous rejettent jamais, ne se lassent d'aucune discussion, ne vous jugent pas à vos trémolos, ne vous abandonnent pas au fond du ravin, elles ne vous enfoncent aucune certitude par les narines, mais vous soignent le rhume, sans vous faire l'affront de présager de votre santé mentale. Écrire, se murmurait Coumba, c'est se présenter au Seigneur tel qu'il vous a fait, à lui d'assumer sa pauvre créature. En méditation perpétuelle et quotidiennement confessé par le pire des juges qu'est la conscience, l'écrivain n'a besoin d'aucune autre dévotion ; si l'ascèse imposée par son art ne mène pas au Paradis, personne n'y accédera.

Coumba écrirait, ce serait sa manière de rallier le royaume de Bouba. Les commérages la disaient folle, mais elle n'y accorda plus d'importance. La foudre, dont on médit tant, laisse les causeurs à leur occupation, elle en fit de même. La sienne, ce serait l'écriture, loin des conciliabules des épaves en rade qui la croyaient en dérive. Envasées qu'elles étaient dans leurs certitudes, elles n'auraient jamais l'idée ni la légèreté de s'accrocher à sa plume. Laisse dire et contente-toi d'écrire ! s'encourageait-elle. Enfin libérée du désir d'être comprise, elle pouvait consacrer son énergie à sa propre quête. Durant son veuvage, son cahier serait son confident, son radeau de sauvetage.

Mais sans Bouba, que lui restait-il de précieux à sauver ? Sans doute, un peu de mémoire à léguer à sa fille. Un jour, à coup sûr, Fadikiine demanderait : « Dis, Maman, il était comment, mon papa ? Dis, Maman, il était beau monsieur ; quel âge a-t-il sur cette photo ? Dis, Maman, que faisait-il ? Dis, Maman, c'était quel genre de bonhomme, mon papa ? Dis-moi, Maman… » En prévision de cet interrogatoire-là, Coumba voulait tout consigner, tout ce dont elle se souvenait de son couple : quelques saisons d'espoir, mille petits détails, qui, naguère, donnaient aux jours le goût du bonheur et, surtout, le sourire de son aimé.

Le beau sourire de Bouba jaunirait dans les albums photos, mais ne s'effacerait jamais, car c'est l'Amour qui sourit, *ad vitam æternam*. Cupidon immortel, Psyché ne peut mourir, même pas de douleur, Coumba non plus. Au Saloum, en dépit des coups bas de l'harmattan, cet allié des feux de brousse, et des trahisons du sel qui s'insinue subrepticement au pied des dunes, la vie finit toujours par reverdir à l'instar des baobabs. Qui en doute n'a qu'à interroger les palétuviers de Niodior ; bien qu'amputés à chaque récolte d'huîtres, ils excrètent leur amertume et se régénèrent patiemment aux entrelacs des bras de mer ; et les hommes ne font pas autrement. Descendants des Nianthios, qui ne mettaient jamais genou à terre, les Niominkas ignorent la démission. Des siècles que l'Atlantique gronde, moutonne, harcèle, mais le Saloum de Mbégane Ndour, toujours, émerge et bourgeonne de plus belle. Même percluse de douleur, Coumba se relèverait, ce n'était qu'une question de temps, se persuadait Yaliâm, qui s'évertuait à contenir son inquiétude. Mais combien de temps sa fille resterait-elle si étrange, toujours absorbée, opposant son silence au monde ?

IV

L'automne n'est pas qu'une saison, c'est aussi la tenace pénombre des jours atones, quand c'est le cœur qui change de saison. Pas d'humeur à s'émerveiller des nuances d'un coucher de soleil, encore moins de la couleur de son reflet dans les flaques d'eau, quand chaque jour fait une gueule de supplicié derrière les rideaux. Tout cela, Yaliâm ne le formulait pas, mais le traînait avec elle, elle le sentait au poids de ses sandales.

Inquiète, depuis que Wassiâm lui avait détaillé le comportement de Coumba – ses réveils intempestifs et les propos étranges qu'elle tenait –, Yaliâm, la douce mère, avait redoublé d'attention. La troisième semaine du deuil, elle avait même obtenu de son époux l'autorisation de dormir chez sa fille, n'imaginant pas la laisser affronter le crépuscule, seule. « La nuit rend la solitude plus cuisante, avait-elle dit à son mari, or, de toutes les solitudes, celle du veuvage est la pire. » Elle n'eut pas besoin d'arguments supplémentaires pour le convaincre. Certes, la présence de Yaliâm ne pouvait remplacer celle de Bouba, avait commenté l'homme, mais, tout comme son épouse, il espérait que la voix maternelle chasserait les cauchemars de Coumba, comme avant. Avant !

Avant le maquillage, les jeux de séduction, les fiançailles, les noces et les murmures enivrants de Bouba. Avant ! Quand les boutons de l'adolescence ne repoussaient pas encore les papouilles et bisous parentaux, Coumba appelait sa mère pour la border ; c'est également dans ses bras qu'elle se rendormait, après toute terreur nocturne.

Après une présence quasi permanente durant la troisième semaine, Yaliâm fut étonnée de constater que sa fille, qu'on disait parlant seule dans sa chambre, se tenait tranquille et ne s'exprimait presque pas. Maintenant, le doute levé, la mère rentrait dormir chez elle, mais, toujours attentive, elle multipliait tout de même les allers-retours dans la journée. Malgré ses nombreuses occupations, elle essayait autant que possible de veiller sur sa fille, sachant que la mort danse au nez des veuves au cours des premières semaines de viduité. Ma fille, ma pauvre fille, je suis là, de tout cœur avec toi, pensait-elle, sans jamais le formuler. Présente, elle laissait son regard exprimer le reste, sauf lorsqu'une situation imposait l'échange verbal. Baby-sitter de facto, la dame prenait souvent avec elle sa petite-fille, dont elle prétextait les tétées pour repasser régulièrement s'enquérir de son bébé à elle, toujours prostré dans sa chambre.

– Toc, toc ! Coumba ?

– Hum.

– Nous revoilà, Fadikiine et moi ! Je crois que la petite a faim. Et toi, as-tu déjeuné ?

– Hum-hum.

– J'imagine que cela signifie non. Coumba, il faut que tu manges, sinon…

– Mma, je n'ai pas faim.

– Je sais bien, ma fille, que tu n'as pas d'appétit ; je

comprends. Mais il faut quand même que tu te nourrisses, sinon, la petite n'aura bientôt plus assez de lait. Et tu sais qu'elle ne peut encore rien avaler d'autre. Tiens, je t'ai apporté une noix de coco, des œufs et quelques beignets de mil. Demain, je t'apporterai une pastèque et des patates douces.

– Merci, Mma, soufflait Coumba, déposant les présents avec ceux de la veille sur un plateau non loin du lit, avant de prendre sa fille.

– Oh, c'est peu de chose, répondait Yaliâm, toute modeste.

Elle aurait vidé son verger, cuit tout son poulailler, si cela pouvait rendre l'appétit à sa fille. Aucun effort ne lui semblait de trop pour tirer Coumba des baïnes de la mélancolie. Non seulement Yaliâm traversait le village, en plein cagnard, après avoir préparé ses beignets, mais, à son arrivée, elle prenait aussi soin de changer la couche de Fadikiine, avant de la placer dans les bras maternels, évitant à Coumba d'avoir à refaire ses ablutions pour la prière suivante. À part ces petites attentions, que pouvait-elle faire d'autre afin d'alléger le cœur d'une veuve qui l'appelait Maman ? Chez les désargentés, le réconfort se passe de moyens, c'est la douceur qu'ils s'offrent à volonté, parce que tout humain en dispose à l'infini, à condition de soulever la trappe du cœur. Le front encore ruisselant de sueur, Yaliâm poussait légèrement une chaise près de la fenêtre, puis, comme à chacune de ses visites, elle s'installait, sans quitter sa fille des yeux. Est-ce la peine ou la pudeur qui baissait ses paupières, dès que l'observée redressait la tête ? Mange-mots, comme la tombe, les morts, le deuil mange les mots ! Que reste-t-il des vivants sans les mots ? Sentir, souffrir, seulement souffler ?

La chambre de Coumba comptait deux entrées, l'une donnant sur la cour arrière, le rideau s'envolait, par moments, s'engouffrait dans la pièce, mais l'air qui passait par la fenêtre n'emportait pas le moindre mot vers la véranda. Les minutes s'écoulaient dans la bouche de Fadikiine, qui tétait goulûment, sourde au bruit des rêves qui s'écroulaient. À vos rangs, fixe ! Tout le monde au garde-à-vous devant sa petite frimousse ! Plus qu'un général, c'était une reine. Une reine de la tétine qui jouissait paisiblement de son trône, sans avoir besoin de commander ni de féliciter ses braves soldates. Garde à vous ! De toute façon, bouche pleine ou pas, sa langue de bébé n'aurait pas nommé ce qui étonnait ses grands yeux, tel ce voile qui encadrait le visage de sa mère depuis quelques jours. Garde à vous ! Le silence de Fadikiine était aussi précieux que son sommeil. Capable de parler, la petite aurait demandé à sa grand-mère si le masque qu'elle arborait lui venait du Burkina Faso, le pays des hommes intègres.

Ce n'était pas la chaleur de sauna ni son souffle rendu court par sa marche de forçat, qui privait la doyenne de mots, c'est voir sa fille emberlificotée dans ses nouveaux habits, trop larges et d'un blanc immaculé, qui lui serrait le cœur. Yaliâm vida un pot d'eau, qui ne trouva rien dans son estomac. Gargouillis. Encore de l'eau, c'était le geste mécanique d'une mère tourmentée. Non, elle ne rêvait pas ! Chaque jour lui confirmait cette horrible vision qui dérobait le sable de l'île sous ses pieds. Comment calmer la houle de son lac intérieur ? Non, elle pouvait boire tout le canari, rien ne calmait la grenouille qui bondissait, sautillait, coassait dans sa poitrine. Khôk ! Quelle liqueur pour noyer la bête ? Musulmane, toujours sobre, Yaliâm n'espérait nul secours de

Bacchus. Khôk ! Khôki, khôk ! puis, grincements de chaise, ce n'était pas de la musique ; il y a des sons qui font du mal aux os de Bach. Khôk ! Khôki, khôk ! Toutes les grenouilles ne se laissent pas persiller par les Français ! Quand il pleut des larmes, les batraciens barbotent hors de portée d'épuisette, font souffrir l'estomac. Khôk ! Khôki, khôk ! Toujours, déconcertant ! Cette marinade du malheur ne s'apprend pas, même pas chez Paul Bocuse !

Khôk ! Yaliâm inspira profondément et redressa les épaules, mais cette fois, ce n'était que le rot d'aise de sa petite-fille repue. Fadikiine ignorait que sa satiété comme son avenir tenait sa grand-mère au garde-à-vous, tel capitaine Sankara veillant sur l'Afrique. Repos, capitaine !

Quand Yaliâm prenait sur elle pour soutenir Coumba, sa colonne vertébrale était-elle en rônier du Saloum ? Son air anxieux contredisait la placidité de ses gestes. Elle se donnait de la contenance en mâchant, broyant un long cure-dent, coupé d'une amère plante de Ndoumbarkâd. Pourquoi le blues réclame-t-il toujours une saveur spéciale en bouche ? Toujours, les papilles s'arrangent avec le goût des jours d'amertume. Certains coulent leurs malheurs dans le whisky, d'autres les assomment à coups de barbituriques, quand ils ne se consument pas avec, dans une feuille de tabac. Yaliâm mordait, mastiquait, se cassait les dents sur ses soucis ; si elle s'était mise à fumer, ravitailler sa nervosité aurait causé une pénurie à La Havane. Allô, Seigneur, allô ? Quel que soit ton nom, décroche ton téléphone. Allô, un implant auditif ? Allô, ici la terre ! Tes amochés cherchent tous une béquille, ainsi qu'un mouchoir à serrer entre les dents ! Allô ? allô ? Une lettre recommandée partira par Ariane 5 !

Yaliâm restait assise, mais point immobile. Parce qu'elle

était sciemment silencieuse, son inconfort sourdait de son corps et le moindre de ses gestes se faisait fébrile. Assis comme elle, face à sa fille à peine adulte mais déjà veuve, Bouddha aussi aurait eu des tics. Humaine, pas plus qu'humaine, et moins zen qu'une moniale tibétaine, Yaliâm s'accrochait à son modeste cure-dent, sans médire de la volonté divine. Se tenait-elle la langue par crainte d'enclencher une complainte de la veuve ou par pudeur d'avouer qu'outre la tristesse, cette situation inattendue instillait de l'inquiétude en elle ? À son âge, bientôt deux tiers de siècle, et sachant son mari bien plus millésimé qu'elle, la dame redoutait secrètement l'épreuve que traversait sa fille, mais, compte tenu de son rôle auprès de celle-ci, elle s'efforçait de juguler ses états d'âme. Et puis, il y a des choses que la jugeote interdit. La visite d'une belle-mère pendant la grasse matinée coquine du dimanche en est une, mais il y a bien pire. Imaginez l'indécence de l'urticarien, se grattant et se plaignant de ses démangeaisons face aux moignons du lépreux ! Non, Yaliâm avait trop de vergogne pour se comporter de la sorte. Aussi, elle méditait, passait ses soucis sous le tapis ; peu importait son sort, veiller sur sa fille restait sa seule urgence. Si moi, l'aînée, je craque, s'interrogeait-elle, auprès de qui ma pauvre Coumba puisera-t-elle la force de tenir ? Non, Yaliâm ne flancherait pas ! Au bras de fer, Hercule n'avait qu'à bien se tenir, pour sa fille chérie, Yaliâm ne faillirait pas.

La jeunesse n'est certes pas un handicap, certains la considèrent même comme un atout, sauf quand le manque d'expérience donne à la colonne vertébrale la consistance d'un chamallow. Quand vient la charge, un petit cœur peut ignorer l'appel du devoir, mais celui de Yaliâm était à l'aune de l'Atlantique, parce qu'elle le tenait de sa marine mère niominka, qui ne se défaussait jamais et gardait la barre, même les jours houleux. Comme tout le monde, Yaliâm n'aimait guère les turbulences, mais, lorsqu'elles survenaient, elle les affrontait, en fille du Saloum. À l'instar de ses rôniers, ses baobabs et ses palmiers, le Saloum tient tête aux cumulonimbus, debout ! Au Saloum-guelwar, au Parc national du delta, sur l'ensemble des îles niominkas, il y a toutes sortes d'oiseaux, mais on n'y trouve aucune autruche. Debout, la tête jamais sous l'aisselle, l'honneur surplombant les cocotiers, ainsi vivent les Sérères parce qu'ils tiennent leur courage du lait de leur lionne de mère, seul être à qui leur regard peut dire *yaliâm* : console-moi. Ici, le lignage est matrilinéaire, les hommes tiennent leur port de tête de leur mère, accessoirement, du nom de leur père. Ici, les lutteurs descendent dans l'arène pour mériter les félicitations de leur brave-tendre mère : Kôrmâma !

La mère, toujours vent debout face à la douleur de son enfant. Et on ose prétendre la femme fragile, elle qui recueille le poids du monde dans ses bras ! Maman ! Tous clament, réclament Maman, parce que c'est l'autre nom du Seigneur quand on appelle au secours. Maman ! Tout enfant sait que sa maman est le solide mât sur lequel hisser l'espérance, quand le moral est en berne. C'est peut-être pour cette raison que ceux qui n'en ont pas ou plus vivent inconsolables. Appelant sa *maman*, Coumba murmurait seulement *Nna*, ainsi disent les Sérères-Niominkas. Heureusement qu'elle n'avait pas à le dire en français ; après avoir tant pleuré Bouba, cornemuser les deux syllabes de *Maman* lui aurait coûté trop de souffle. Mais une bonne mère a toujours l'oreille assez fine pour percevoir la détresse de son enfant ; ainsi, au moindre Nna, Yaliâm accourait.

Maman ! Dès que l'enfant geint, fissa, la mère bondit. Maman ! Quand l'enfant gémit, l'instinct maternel est fibre de violoncelle, traversant de millénaires angoisses, il sonne l'alerte. Maman ! Garde à vous ! En avant, marche ! Et, pas à pas, le souci rattrape Papa ! Messieurs les pères ne restent pas de marbre, enfin, pas toujours. Maestro Bach n'a-t-il pas vibré, secoué par les malheurs de ses juniors, au point de confier à la postérité les *Suites* complexes des fêlures de l'âme ? Même déconcerté, debout ; qui se relève continue son pas, *andante*, ainsi avance le funambule, même sans la main de sa maman. Pas à pas, suites de pas ! Le kilomètre ne vaut qu'une foulée.

Nna ! Au Saloum, si les femmes hâtent le pas, c'est pour écourter l'attente de leurs enfants. Nna ! Au Saloum, si les femmes se tassent la colonne sous les bassines de coquillages, c'est pour obéir à la faim de leurs enfants. Nna ! Au Saloum, quand les femmes achètent du pétrole le soir, c'est pour chasser les vampires que leurs enfants devinent derrière les portes. Nna ! Quand Coumba gémissait ainsi, Yaliâm bondissait, vigilante. Dans ses yeux, on lisait : Seigneur, prends-moi, mais épargne mon enfant ! Seigneur, fais de moi ce qu'il te convient, tout me va, pourvu que mon enfant soit épargné ! Quant aux autres, diables, djinns, monstres et autres sorcières, prenez garde ! Je veille ! De jour comme de nuit, je veille ! Qui détruit le sourire de ma petite, je le réduis en confettis ! Attention, je veille, même les souris de ses cauchemars n'échappent pas à mon œil de lynx ! Qui fait peser le poids d'un petit pois sur le cœur de mon ange aura le Kilimandjaro sur le dos, illico presto ! Quand mon enfant crie Nna ! à son secours, rien ne mate mon cœur de mère. Nna ! Qui donc égratigne la chair de ma chair ? Mes ongles ne laisseront rien de la peau du monstre ! Nna ! Qui touche à la prunelle de mes yeux ? Attention, j'arrive ! Le Vésuve dans une main, la statue de la liberté sous la jupe, j'envoie Hercule valser à Botafogo du revers de l'autre main ! Nna ! Qui touche à mon poussin ? Si je l'attrape, il perdra son latin ! Et César n'a qu'à moufter, j'en garnis une pizza au gingembre pour Cléopâtre ! Nna ! Qui chagrine mon enfant n'a qu'à léguer sa peau au cordonnier ! Par ici, les nihontos ! *Arigatô gozaimasu*, merci beaucoup aux bouchers de Tokyo ! Nna ! Attention, même polie comme Nipponne, je trucide qui le mérite ! Nna ! Qui toise mon enfant croise mon katana ! C'est le prix de la douleur millénaire de mes reins de mère !

Quand Coumba reniflait, c'est le nez de Yaliâm qui s'humidifiait. Quand Coumba gardait le regard vague, c'est sa mère qui perdait le nord. *Maman*, ce mot est parfois une lourde selle sur le dos d'une maman. Pour soulager sa fille, Yaliâm voulait un dos aussi large que Table Mountain. La brave mère souffrait, perdait ses forces, mais elle s'accrochait pour deux. En ces tristes jours de l'automne 2002, elle ne mangeait guère plus que sa fille, cependant si elle parvenait à oublier sa propre faim, le jeûne de Coumba lui vrillait l'estomac. Elle n'aimait pas trop s'éloigner, mais les longs silences de Coumba l'angoissaient, la gênaient. Une gêne qui, lorsqu'elle ne la chassait pas, la poussait à tenter une conversation sur un thème de circonstance.

Un jour, assise sur sa chaise, Yaliâm laissait errer son regard dans la pièce ; observait-elle les nuances de chaux de la peinture ? Soudain, elle fixa un pan de mur, interloquée.

– Mais, cette photo ? Coumba, tu ne devrais pas...

– Nna, ça va, la freina Coumba.

– Voyons, Coumba, une telle photo ne fait qu'ajouter à ta peine.

– Nna !

– Oui, je sais ; tu ne veux pas en parler. D'ailleurs, tu ne veux pas parler du tout. Et moi, je me répète. Mais quand même, je pense que ce n'est pas une bonne idée. Enfin, pas maintenant.

Dès l'arrivée de Coumba au village, sa mère avait cru bon de décrocher la seule photo encadrée dans la chambre du jeune couple et de la glisser au fond d'une armoire, parce qu'on y voyait les jeunes mariés resplendissants, toutes dents dehors. Mais Coumba l'ayant retrouvée l'avait aussitôt raccrochée au même endroit.

– Bon, comme la petite a fini sa tétée, je vais l'emmener prendre l'air, elle fera peut-être sa sieste. Toi aussi, tu devrais en profiter pour te reposer un peu. À tout à l'heure.

Presque vexée, Coumba regarda sa mère s'en aller avec Fadikiine sur le dos. Comme s'il n'y avait que les photos pour me rappeler Bouba ! rouspéta-t-elle mentalement, en s'allongeant sur le lit. À cette heure-là, le sable de l'île scintillait, brûlait les pieds. La grand-mère de Fadikiine se hâterait sûrement d'atteindre l'ombre des haies de cocotiers, qui ceinturent la dune de Diongola. Coumba repositionna son oreiller, poussa un long soupir et fixa le plafond. Quelle heure était-il ? L'après-midi filait, ses pupilles repoussaient le toit. La chaleur engourdissait les travailleurs, ralentissant les gorgées de thé sous l'arbre à palabres. Irascible, l'œil du ciel assommait même les ânes errants, qui s'affalaient sous les manguiers. À l'étuve dans son lit, sous le zinc brûlant, Coumba semblait rétrécir dans ses grands boubous blancs. C'est qu'une part d'elle-même se trouvait déjà ailleurs. Où voguait son âme pèlerine ? Que voyait-elle, que revivait-elle ? À Dakar, elle était allée quelquefois au cinéma. Le cinéma ? Fabuleux, certes, mais moins que les projections individuelles, qui se passent d'écran. Autant qu'Hitchcock et Visconti en leur temps, Godard et Spielberg sont battus à plate couture : le meilleur cinéaste, c'est l'esprit. Flash-back ! Sur le Sahara coulait, coule encore un océan qui mouille les pieds aux inspirés. Flash-back ! En couleur ou en noir et blanc, le cerveau effectue le flash-back mieux que les réalisateurs ; de surcroît, il n'a pas besoin de scénariste. Le plus grand des écrans s'étale derrière les paupières. À quoi bon une salle obscure ? Au tréfonds, la séance continue, perpétuant les émotions. Cet après-midi-là, au Saloum, alors que certains sombraient dans la sieste, Coumba, elle, dardait le plafond, se souvenait. Quelle heure était-il ? Qu'importe l'exactitude horaire au méridien de Greenwich, le découpage temporel du jour est mensonger, puisque les heures ne passent pas pareillement. Parfois, une seule heure concentre la teneur d'une vie entière. Barrer le calendrier revient à s'illusionner, puisque cela ne borne pas la durée des émotions qui se rattachent aux dates. Marées hautes ou basses, Coumba se souvenait. Les astres avaient beau tourner en boules à facettes, rien n'éclipsait ces jours-là qui se jouaient, se rejouaient dans le théâtre de sa mémoire. Une montre rouillait au salon. Quelle heure était-il ? Il est toujours l'heure de vivre, de chanter, danser ou pleurer. L'après-midi s'écoulait, Coumba ne chantait plus, ne dansait plus, elle se souvenait. Comme d'autres se saoulent de poésie, rêvent de Prévert et s'enivrent, vers après vers, Coumba se souvenait de Bouba, la courtisant comme on signe un décret.

– Tu es trop belle, tu seras ma femme ! lui avait-il lancé, sans préambule.

– Ça ne va pas, non ? Espèce d'abruti ! avait rétorqué la coquetterie.

Pourtant, djoundjoung ! Encore des années plus tard, roulement de djoundjoung dans le cœur de Coumba ! Aucune demoiselle n'oublie le petit prétentieux qui a le culot de lui jeter une telle déclaration d'amour à la figure. Le roulement du djoundjoung, Coumba l'entendait encore. Toujours, elle s'en souviendrait. Et parce qu'elle voulait, qu'un jour, Fadikiine sache quel monsieur était capable d'un tel amour, elle décida de le convoquer à sa prochaine nuit d'écriture. Vivement que le soleil se couche, se disait-elle, et que les humains la laissent enfin seule avec son carnet, en tête à tête avec son amoureux.

Le carré de lumière qui se découpait derrière le rideau de la fenêtre s'était déjà bien radouci, le vent aussi. Pilons, pan ! Pilons, pan, pan ! Au loin, des coups de pilon s'abattaient sur les siestes tardives. « Debout ! disaient-ils, d'après l'imagination de Coumba. Debout ! Émergez, bande de démersaux ! Vos filets ne se ramanderont pas tout seuls et les carrelets ne sortiront pas de l'eau sans vous ! » De toute façon, songea-t-elle, ces mangeurs de couscous, qui ne trouvent pas de moulin aux femmes et ne les aident pas à piler le mil, ils ne méritent nul repos. Pensive, Coumba se rallongea. Elle semblait plus détendue, presque souriante, comme si la vivacité de son souvenir lui avait laissé une certaine joie. Elle rêvassait encore, lorsque l'on frappa doucement à la porte.

– Coumba ? Peut-être qu'elle dort encore, Coumba ?

C'était Yaliâm, et sa politesse de toujours s'annoncer. Comme la porte n'était pas fermée, elle écarta le rideau et passa précautionneusement la tête.

– Coumba, tu as de la visite, précisa-t-elle.

Ayant laissé à sa fille le temps d'ajuster sa tenue et de se rendre au salon par la porte communicante, Yaliâm se retourna, puis, désignant une autre entrée, elle invita les deux jeunes hommes qui la suivaient.

– Entrez, elle est au salon.

C'étaient deux cousins de Coumba. Revenant de sa promenade avec Fadikiine, Yaliâm avait croisé ses neveux à quelques pas de la maison. Après de sobres salutations, ils s'installèrent sur des chaises. Leur tante rejoignit Coumba sur le modeste canapé. Déjà venus, avec le groupe qui avait accompagné Coumba pour les obsèques, les garçons étaient à nouveau de passage au village et souhaitaient revoir leur cousine, avant de retourner à Dakar, leur résidence. Après un moment de silence, ils expliquèrent que dès l'aube ils rallieraient Djiffer en pirogue, afin d'attraper le premier car à destination de la capitale. Les deux femmes acquiescèrent. Yaliâm les remercia, formula quelques prières, puis, silence à nouveau. Diégâne, qui semblait le plus âgé, se racla discrètement la gorge, ôta ses lunettes de soleil et déclara d'une voix pesée :

– Coumba, je te réitère mes condoléances. Nous prions tous pour lui. Bon courage. Sache que nous sommes là, tu peux compter sur nous.

Les yeux rivés sur ses pieds, Coumba murmura seulement merci. Fadikiine commençait à remuer sur le dos de sa grand-mère, mais, si Coumba l'allaitait sans la moindre gêne devant des femmes, elle préféra s'en abstenir en présence de ses cousins. Yaliâm trouva les mots pour nourrir un brin de conversation, ensuite, l'aîné donna le signal du départ :

– Ma tante, nous allons devoir vous quitter, il va bientôt faire nuit. Cherchant le regard de Coumba, il ajouta, je reviendrai pour la cérémonie de fin de veuvage, Inch'Allah, peut-être même avant. Alors, à bientôt.

Yaliâm raccompagna ses neveux jusqu'au seuil de la maison, leur répétant des amabilités, notamment des salutations à transmettre à son frère, qu'elle avait pourtant vu le matin même. À son retour, sa fille avait changé de pièce, mais pas de position. Assise au rebord de son lit, la joue au creux de la main, son regard rayait le linoléum. En lui passant Fadikiine, Yaliâm commenta :

– Coumba, tu n'as presque pas dit un mot à tes cousins, pourtant, ils se soucient de toi. Non seulement ils étaient venus t'entourer dans l'urgence, mais là, malgré leur travail, ils ont encore pris le temps de se déplacer. Dakar, ce n'est pas la porte à côté, sans compter la mer à traverser, pourtant, je suis sûre que Diégâne tiendra promesse et reviendra bientôt.

– Nna, que veux-tu que je leur dise ? Ils savent ce qu'il s'est passé, non ?

– Certes, mais tu aurais pu, au moins, leur souhaiter bon voyage ou répondre *à bientôt* à Diégâne, lorsqu'il a annoncé sa prochaine visite.

– Et pour quelle raison tient-il tant à revenir ?

– Enfin, Coumba ! Il te soutient dans l'épreuve ; n'est-ce pas suffisant comme raison ? Il te l'a dit, tu peux compter sur lui. Et puis, ce village n'est-il pas aussi le sien ?

– Hum.

– Bon, tu m'as l'air fatiguée ; t'avons-nous réveillée de ta sieste ? Ou bien, y a-t-il autre chose qui ne va pas ?

– Hum-hum.

– Hum, quoi ? Coumba, voyons ; j'imagine ta peine, mais fais quand même un effort, parle-moi. As-tu besoin de quelque chose ?

– Hum-hum.

La nuit tombait lorsque Yaliâm se résolut enfin à quitter sa fille ; elle avait un dîner à préparer chez elle. Elle reviendrait, le lendemain, précisa-t-elle, comme s'il en était besoin. Qui rassurait-elle ainsi, sa fille ou elle-même ? Certaines répétitions sont pour les mères d'autres façons de border leur enfant, qui, devenu adulte, leur déborde des bras mais tient toujours dans leur cœur.

– Bon, Coumba, j'y vais maintenant, à demain, répéta Yaliâm.

– À demain, Nna, confirma Coumba en redressant un peu la tête.

C'était ainsi, tous les soirs. Tant qu'elle n'avait pas prononcé ces mots, Yaliâm parlait de son départ imminent, l'annonçait, répétait, puis procrastinait encore. Elle trépignait, comme retenue par une corde invisible dont seule sa fille pouvait la délivrer. Finalement, après l'énième câlin d'au revoir à Fadikiine, Yaliâm posa un regard de velours sur sa fille, dont elle avait à peine effleuré l'épaule, avant de disparaître sous le pinceau du crépuscule. Allumant sa lampe tempête, Coumba songeait déjà à son rendez-vous.

V

Soir de rendez-vous ! Rendez-moi à moi, que je me rende à lui ! implorait le silence de Coumba. Dînez vite et couchez-vous ! Le couscous de mil de votre dîner n'est-il pas agrémenté de feuilles de baobab, afin de faciliter la déglutition ? Il fait même passer les arêtes de poisson, sans le moindre heurt. Alors, hâtez-vous de quitter les abords des cuisines ! Dînez vite et couchez-vous ! Laissez-moi la nuit, elle seule est assez vaste pour accueillir les vagues qui murmurent d'amour. Rendez-moi à moi, que je largue les amarres, la marée n'attend pas ! Dès que Wassiâm lui souhaita la bonne nuit, Coumba ferma sa porte et se précipita sur son carnet, tel l'assoiffé vers l'oasis.

Djoundjoung ! Un prince répondit à l'appel du djoundjoung et seule l'aurore mettrait fin à leur duo.

– Tu es trop belle, tu seras ma femme !

Coumba ferma les yeux un instant, les rouvrit, puis murmura :

– Bien sûr, Kôrmâma ! Et je le suis toujours, ta femme, tu restes mon seul, mon unique aimé, ma somme des hommes…

Djoundjoung ! Dans la poitrine de Coumba, c'est toute une arène du Saloum qui djoundjounguait. Comme le pas de danse obéit à la musique, l'amoureuse s'abandonne à la baguette du maestro qui donne le *la* à sa fiévreuse transe. Coumba captait, consignait chaque note de son rendez-vous nocturne. « Ne m'aime pas, ma douce, ça ne suffit pas, ensorcelle-moi ! » disait Bouba. Maintenant, c'est Coumba qui restait possédée.

Djoundjoung ! Le roulement du djoundjoung traverse le cœur, parcourt les veines, laisse son énergie vitale dans chaque parcelle du corps, ensuite, tout au long de la vie, tout ce qui en ravive le souvenir réitère la vibration initiale. Transe ! Sa canne de fer plantée, soudain le saltigué change de temps et d'espace. Flash-back ou projection ? Dans le cœur, qu'importe la direction de la flèche du temps ! Tout ce qui s'éprouve ou s'envisage dans une vie admet la concomitance, puisque l'esprit fait ses sauts à l'élastique dans le seul et même univers imparti à l'humain. Transe ! C'est une danse du désir, une valse, un tango où le présent flirte avec le passé, taquine et fait languir le futur. La transe ne résulte pas d'une volonté, c'est un effet de la musique. Elle ne se convoque pas, elle s'empare de vous telle une vague et vous impose une destination. Séduit, l'esprit se laisse emporter, déjà transporté. Quel lieu, quel moment, au fond des pupilles de Coumba ? Il y a une échelle entre les jours, les émotions la gravissent, la descendent en rappel. Silencieuse, Coumba écoutait, s'écoutait, puis parlait à Bouba. Boum-boum-Bouba, battait, djoundjounguait son cœur. Transe ! Immobile, Coumba remontait le calendrier. Il était une fois deux jeunes gens du Saloum… Et les voilà, toujours ensemble, sous les paupières de Coumba. Cette histoire, elle l'écrivait, s'appliquait, car un jour, elle en était sûre, Fadikiine, sa petite orpheline, y trouverait un peu de réconfort et, le temps passant, ses enfants et ses petits-enfants après elle en feraient, peut-être, leur plus merveilleux conte. Et loin, très loin, à quelques décades de la tragédie, ils raconteraient, sourire aux lèvres : « Il était une fois deux jeunes gens de Niodior, là-bas, pile en face de Sangomar… »

Il était une fois deux jeunes Niodiorois, ils avaient le cœur aussi vierge qu'une baie sauvage ; une baie d'où les rêves s'élançaient, suivant le sillage des pélicans dans l'azur. Nés sur la même île, Coumba et Bouba s'étaient vus grandir l'un dans le regard de l'autre. Comme leur village ne disposait pas encore d'un collège, encore moins d'un lycée, la fin de l'école primaire les mena vers différentes villes du pays, mais les vacances d'été les rassemblaient sous les cocotiers où ils se remémoraient les jeux de leur enfance. Même si Coumba était la plus jeune des deux, ils appartenaient à deux classes d'âge rapprochées, le village ayant coutume de répartir ses jeunes par tranches de trois ans. Le sourire clairsemé, les quenottes dérobées quand la souris passait, ils n'avaient pas pu se le cacher ; l'acné et les maladresses de l'adolescence non plus. « Tu es trop belle, tu seras ma femme ! » Coumba n'oublierait jamais l'air conquérant de Bouba, ce jour-là. Ils s'étaient croisés en début de soirée au Dingaré, centre du village, au spectacle de lutte traditionnelle ; lui, lycéen, venait de passer en seconde, elle en cinquième, au collège d'une autre ville. Ce petit décalage était loin d'être anodin quant à l'assurance du jeune homme. « Je te dis que tu seras ma femme et ça te fait rire ? Tu verras, le bac, la fac, un job et hop, je t'épouse ! » Les mains dans les poches, les épaules surélevées, il semblait vouloir se grandir jusqu'à la cime des cocotiers. Gênée, la jolie Coumba riait, faisait mine de ne pas le prendre au sérieux. Elle riait aussi parce que c'est doux pour une demoiselle de se sentir remarquée, à cet âge où les garçons, pour plaire, se veulent plus qu'ils ne sont. Bouba rêvait de s'élever à la hauteur du piédestal sur lequel il voyait sa belle. Surpris ou amusés, les copains plaisantaient et plus ils taquinaient, plus Bouba persistait, en petit coq. Pourtant, à sa manière de dévisager Coumba comme si sa vie dépendait de sa réponse, ses amis pouvaient s'apercevoir qu'il était à peine moins timide que celle qu'il prétendait préempter. Toujours est-il qu'il insista, peut-être par peur de perdre la face. Finalement, malgré son sourire, Coumba ne concéda qu'un aurevoir, avant de repartir avec ses copines, mais son regard appuyé suffit à l'espoir du garçon.

L'hivernage se poursuivit, les vacances et les rencontres fortuites aussi. Dans les champs, le mil grandissait et les rêves n'avaient pas besoin d'engrais. Allant ou revenant des travaux champêtres, les deux adolescents se croisaient parfois, mais, accompagnés de leurs parents, ils se jetaient à peine un regard. Pour leur nouveau jeu, personne n'a jamais écrit de règles. Depuis des siècles, les humains improvisent face au trouble des sentiments amoureux. Pour Coumba et Bouba, la discrétion, toujours convenable aux timides, semblait de mise. Si leurs regards n'échappaient pas aux adultes, leurs chuchotis n'avaient que la lune pour témoin. On n'y pense pas souvent, mais au village, il existe quelques avantages à ne pas disposer d'électricité : non seulement on gagne en discrétion, mais les nuits étoilées sont plus envoûtantes.

Un soir, sur les dunes de Niodior, quelques jours avant la rentrée scolaire et loin des yeux de la bande d'amis, Coumba avait répondu au murmure confus de Bouba par un autre qui fit d'eux, des années plus tard, les heureux parents de Fadikiine. Courtisée comme on abat un filet épervier, la demoiselle se plut à jouer la carpe surprise par le pélican. Que le diable m'emporte s'il s'appelle Bouba ! avait-elle dû penser. Pour quelle raison aurait-elle agi autrement, alors qu'elle préférait la compagnie de Bouba à toute autre ? « Tu es trop belle, tu seras ma femme ! » Certes, dans cette attitude plus que cavalière, tout disciple de Simone de Beauvoir pourrait dénoncer un futur mâle dominant. Cependant, féminisme ou pas, la fougue et la détermination d'un soupirant, parce qu'elles signalent un brave, sont toujours plus séduisantes que des œillades timorées. Au Saloum, pour débusquer les coquillages des vasières des journées entières, les femmes ont le caractère trempé dans l'Atlantique ; et leurs hommes n'affronteraient pas les humeurs marines s'ils n'étaient pas machos, c'est-à-dire de tendres rocs toujours soucieux d'épater leur moitié. En Corse, en Bretagne, en Sicile comme au Saloum, les mères de marins sont fières quand les fils tiennent de leur père. Et Wassiâm souriait de voir son Bouba devenir un homme, avec des manières qui lui en rappelaient d'autres.

Pendant que les jeunes amoureux poursuivaient leurs études, la séparation durant l'année scolaire leur fit découvrir la nostalgie et son brin de mélancolie, qui magnifie les retrouvailles. « On s'aimera toujours », se juraient les lycéens, comme si la hache du sort n'existait pas. Les saisons passèrent, consolidant leur serment. « Nous nous marierons et nous aurons de beaux enfants ! » s'étaient-ils promis sous les étoiles, un doux soir d'été. Ils affirmaient cela aussi simplement qu'ils programmaient leurs balades romantiques à la forêt de Fandiongue. À leurs yeux, rien, pas un nuage, pas une averse, aucune bourrasque ne pouvait contrarier les plans qu'ils tiraient sur la comète. Peignant leur futur sans nulle éclaboussure, tenaient-ils le diable en laisse ou bien était-ce l'inconscience qui s'exprimait ainsi ? La fougue de la jeunesse ignore le conditionnel, elle envoie l'hypothèse se faire prendre le pouls chez saint Thomas. Et puis, il n'y a pas que le paludisme qui fasse halluciner. À n'importe quel âge, fiévreux d'amour, les humains distribuent les cartes du Seigneur à leur guise. Si... Et si... ? Et si l'Atlantique tenait dans une bouteille ? Ce serait une bouteille d'encre, et une plume écrirait la fin du conditionnel, puisque toutes les hypothèses seraient réalisables, au grand bonheur des humains. Plein d'espoir, on bat les cartes. Mais, si maldonne ? Au poker, parfois, les perdants tentent de se refaire. On bat, rebat les cartes et le cœur bat la chamade avant le plongeon dans l'inconnu. Mais que reste-t-il à parier quand on a déjà misé sa propre vie ? Au poker menteur de l'amour, Bouba n'avait pas bluffé. Il avait bel et bien épousé sa belle Coumba, pour le meilleur et pour l'éternité.

Le souvenir ? C'est une pirogue qui vous porte dans les bolongs de la vie, elle bifurque, épouse la fantaisie des haies de palétuviers, va d'une île à l'autre. Coumba ne cessait de se souvenir ; dans les ténèbres de son blues, elle cherchait l'île ensoleillée. Émergeant de son recueillement, elle se leva, traîna les pieds jusqu'au canari, au coin de la chambre, se servit un pot d'eau qu'elle vida d'une traite. Soif de chamelle ! Décidément, elle buvait autant que sa mère. Au son de son gargouillis, elle aussi semblait entretenir un élevage de grenouilles dans l'estomac. Avant de se rasseoir au bord du lit, elle s'interrompit, regarda longuement la photo sur le mur et souffla : « Le diable ou je ne sais qui d'autre m'a trahie, mais sûrement pas toi, mon Bouba. »

Du fait de cette conviction, Coumba endurait le jour, guettant le moment de convoquer son homme. La tête pleine de questions, le cœur débordant de nostalgie, elle patientait. Insulaire habituée aux marées, elle considérait que l'écriture, elle aussi, vient à son heure. Quand la basse-cour réintégrait son poulailler, Coumba tendait la moustiquaire pour Fadikiine, puis, attendait la lune avec des yeux de chouette. Elle langeait, allaitait, patientait. Après le dîner, qu'on lui servait dans sa chambre, elle berçait Fadikiine, la couchait puis patientait encore. Quand la maisonnée s'endormait, elle se sentait enfin libre. En tisserand des ombres, elle reprenait alors le fil des pensées qu'elle n'arrivait pas à confier à sa mère. Toute la nuit, elle écrivait. Seule, l'œil luisant de tant de nuit, elle écrivait comme Noé écope sa barque. Parce que la lune ne dirait rien au puits, Coumba partageait avec elle tous ses secrets. Et parce que la lune ne pleurerait pas de chagrin, Coumba lui adressait la complainte qu'elle serrait entre ses dents, quand sa mère la suppliait de lui parler. À l'heure où les sorcières enfourchaient leur balai, Coumba dégainait sa plume. Mais avant toute écriture, elle voulait d'abord retrouver son souffle. D'où venait cette pression qu'elle ressentait sur la poitrine ? Est-ce un poulpe qui la tenait ?

Tentacules ! L'Amour a des tentacules, même d'outre-tombe, il garde l'emprise sur sa proie. Coumba n'en disconviendrait pas. Mais qui dément demande à saint Antoine de Padoue ; ce marin vous dira que les cordages de l'Amour rallongent le souffle des naufragés. Même depuis un repli de l'océan Atlantique, la voix d'un homme aimant parvient aux oreilles de sa dulcinée. Réminiscence ! *Chérie, ma douce* : une vague déferlait, messagère, et la belle Coumba se retournait, cherchant l'expéditeur des frissons qui la parcouraient. *Chéri(e), mon amour !* Contrairement aux enregistrements que les saisons ruinent, un tendre murmure traverse le temps et toute distance. *Chérie, ma douce…* Le cœur serré, l'oreille aux aguets, Coumba scrutait la nuit. *Mon chéri, Kôrmâma, mon doux capitaine !* soufflait-elle ; une vague se retirait, messagère. Flux et reflux ! Le cœur aussi vit ses marées. Si l'étoile du berger ne ramenait pas Bouba, elle conduirait Coumba jusqu'aux bras de son aimé. Toujours sous le ciel de Niodior une luciole cisaillera les ténèbres, clin d'œil d'un homme à sa belle. *Tu viens ? Je suis là !* Elle était là, Coumba, toujours au diapason. Réminiscence de flamme, c'est une flamme, elle défie les ombres ! Chaque fois qu'une luciole passait, le cœur de Coumba réclamait ardemment : « Mon aimé, sauve-moi : brûle-moi ! Pourvu que tu m'hallucines, m'illumines, me réchauffes, avant la froide victoire des cendres ! Ce désert était autrefois si vert ! D'une foulée complice, nous ramassions fleurs et fruits jusqu'à Fandiongue. Au retour, l'or du soleil virait au rouge en touchant l'Océan, sans jamais lasser nos yeux. Fanées, les fleurs se souviennent du soleil, comme mon cou se souvient du feu de tes baisers. Pourquoi l'astre du jour revient-il, sans celui qui l'éclairait ? Mon aimé, sauve-moi : brûle-moi ! »

Des heures durant, Coumba suivait du regard une luciole qui virevoltait dans sa tête. Saint Antoine de Lisbonne, patron des marins, quel halage ramène les naufragés de l'Amour au quai de la raison ? À quoi d'autre pouvait penser Coumba ? Celui qui a pris le Christ à Marie-Madeleine, Mahomet à Aïcha, a-t-il dit aux humains comment survivre au sevrage de l'amour ? À sa façon, chacun blêmit, gémit, se met en boule, s'entortille de douleur. On blâme les amants qui tuent, ne font-ils pas moins de mal que ceux qui vous abandonnent au désespoir ? se demandait Coumba. Mais

Bouba n'avait pas déserté, c'est l'Atlantique jaloux qui avait fait de lui son otage. Coumba ne fermait pas l'œil, le souvenir de la lumière blanchissait ses nuits. De la lumière, l'amour en dégage, en attire. Même en pleine pénombre, cet automne-là des reflets flottaient entre les paupières de Coumba. Pour elle, un sourire se découpait, qui se découperait toujours, dans la nuit.

Parfois, sous sa moustiquaire, elle interrogeait, puis répondait, « *Joola*, coulant à pic, qu'as-tu emporté ? Insubmersible, l'Amour a vidé ta cale ! Immortels, les aimés ! *Joola*, repose en paix, mais les rêves enlisés ne privent les veilleurs de rien ! Immortels, les aimés ! Ni marbre ni granit ! Un monument de bronze s'oxyderait. Or nul n'ajouterait de l'or à l'inestimable que s'arroge la faucheuse. Non, ni marbre ni granit ! Roog Sène m'est témoin, tous ces matériaux finissent par se dissoudre, battus par les jours. C'est en nous qu'ils resteront immortels ! Cela, je dois l'écrire pour Fadikiine. »

Aux yeux de Coumba, son modeste cahier serait la plus belle sépulture, le plus pérenne monument dédié à Bouba, ainsi qu'à tous ceux qui, comme lui, n'ont que les vagues pour stèle. Le plus durable panthéon, c'est une page qui écrit l'histoire. Le navire qui vogue sur le temps est en papier. Un simple papier ! Sans quoi Abraham n'aurait pas traversé les siècles, ses illustres cadets non plus. Coumba voulait remplir un cahier pour Bouba, comme d'autres bâtissent des temples, érigent des cathédrales et sanctifient des mosquées. Un cahier, une plume ! Et Coumba ferait de l'Atlantique un Taj Mahal pour Bouba.

Bien sûr, comme tout *Sapiens*, Bouba lui aussi avait mené ses propres combats. Comme tout humain, il connut quelques défaites. Mais, sa plus belle victoire, ce fut la conquête du cœur de Coumba, dont la plume lui gagnerait l'ultime bataille : celle contre l'oubli. *In memoriam !* Entre les lignes, *In memoriam* dirait son amour, jusqu'à la fin des temps ! Car, même lorsqu'on dit : *In memoriam, l'auteur*, tournez doucement les pages, entre les lignes, c'est toujours un cœur qui bat. Ce n'est nullement une demande d'égard pour Yourcenar et les bêtes à plumes, mais si vous oubliez un livre sous la pluie, quelqu'un attrape le rhume ! Enrhumés, mouchez-vous ! Mais, si c'est le chagrin qui vous coule du nez, un bras sortira toujours d'un livre pour vous tendre un mouchoir. Un mouchoir, Coumba en tissait un pour sa fille. Entre les lignes, elle inscrirait *In memoriam Bouba*, et le père de Fadikiine survivrait, même à l'auteur de l'hommage. Sous la plume de Coumba, *In memoriam* ne sous-entendait pas d'adieu, c'était une promesse de fidélité. Après le veuvage, se disait-elle, tout printemps fleurit où gisent nos amours ; même le chant des oiseaux répète *In memoriam* !

Chacun honore son Seigneur à la hauteur de son amour. Et, quand Coumba psalmodiait : *Bouba, Kôrmâma !*, son regard cherchait l'Himalaya. Sachant qu'aucune tour ne serait jamais assez haute pour illustrer un tel amour, il lui fallait écrire, enchaîner, relier des guirlandes de mots pour atteindre l'altitude qui manque à la pierre des mausolées. Bouba, Kôrmâma !

VI

Dès le crépuscule, le tempo s'accélérait dans la poitrine de Coumba : comme avant le *Joola*, elle réservait ses soirées à Bouba.

À l'approche d'un rendez-vous galant, certaines s'offrent une nouvelle coiffure qui vaut diadème, une robe affriolante à faire bégayer Casanova ou des chaussures qui rehaussent l'ego en magnifiant la cambrure autant qu'elles torturent la coquette. Depuis Ève, l'élégance, la séduction et le plaisir valent supplice aux femmes ; quel diable en a décidé ainsi ? Coumba y repenserait plus tard, quand Fadikiine poserait la question à son tour. De toute façon, elle n'était pas d'humeur à enfoncer des talons aiguilles dans le sable de l'île ; elle n'allait pas danser la lambada avec une photo sur le mur. Pour qui balancerait-elle de la croupe ? D'ailleurs, derrière ses amples voiles blancs de veuve qui l'aveuglaient, son sex-appeal ne dépassait pas celui d'un céphalopode. Non, se préparant à son rendez-vous nocturne avec son aimé, Coumba ne pensait pas à la mode. La seule dentelle qu'elle regardait encore, c'était le maillage de ce panier en osier dans lequel sa mère déposait des fruits qui ne faisaient le bonheur que des visiteurs. Comme les incendies brûlent les meubles, les questions existentielles réduisent les préoccupations esthétiques en cendres. Ce n'est pas le visage qui se maquille, c'est l'humeur qui se pomponne, rayonne, irradie. C'est la joie qui a la souplesse de jouer les espiègles, de s'exhiber, parader, pas la tristesse qui, elle, donne des courbatures. La douleur montre le même visage à la lune comme au soleil. Pour son prochain rendez-vous avec Bouba, à Sangomar, Coumba ne désirait nul atour, seulement sa mémoire intacte pour lui raconter la journée qui éventa leurs promesses réciproques. Ces promesses qu'ils se murmuraient enlacés.

– À Dakar, ma douce, avait déclaré Bouba, rien que toi et moi, nous ferons équipe, nous mènerons notre petite barque.

– Une équipe bien soudée, disons un équipage, avec un super capitaine ! avait renchéri Coumba, tout sourire.

Avec Bouba, elle était prête à tous les combats pour les mille ans qui suivraient. Tel que dit, tel que fait ; ensemble, ils vécurent combatifs et complices en toute circonstance, jusqu'à ce jour… Ce maudit jour, sans fer à cheval ni trèfle à quatre feuilles. Ce noir jour, sans étoile ni ange Gabriel à l'horizon, où Coumba dut affronter sa pire épreuve, sans son coéquipier.

Avant de recueillir et consigner les confidences des veilleurs de Sangomar, Coumba avait tenu à rédiger d'abord ses impressions de sa dernière journée dakaroise, comme on prépare un rapport circonstancié. Elle y consacra plusieurs veillées. Parce qu'elle fut seule face au gouffre laissé par leur rêve, Coumba voulait se souvenir de tout, afin de décrire précisément à Bouba le Dakar qu'il n'avait pas vu. Dakar tel qu'ils ne l'avaient jamais imaginé, mais qu'elle revoyait maintenant en permanence.

Coumba ne dormait presque plus depuis qu'elle avait appris par la radio que le *Joola* avait sombré et, avec lui, ce qu'elle avait de plus cher au monde : son camarade, son ami d'enfance, son confident, Bouba, son tendre époux. Elle était alors à Dakar, où elle l'attendait, avec leur fille de cinq mois, dans leur minuscule studio de jeunes mariés désargentés. L'hivernage comptait ses derniers jours, incubait les futures récoltes dans sa moiteur, mais ce fut la mauvaise nouvelle qui suffoqua le pays. D'abord incrédule, la famille de Bouba avait patienté une longue journée, jusque tard dans la soirée, avant d'admettre le pire : leur fils, beau-fils, neveu, cousin, hélas, ne figurait pas parmi les rares rescapés. « Il faut partir ! » avait dit l'aîné parmi la parentèle installée en ville, un oncle de Bouba. Dès le lendemain quitter ce lieu où le malheur était venu les frapper. Partir ! Parce que la vie elle-même les harcelait, les bousculait, les mettait à l'étroit dans l'angoisse. Ils veillèrent tard, se relayant autour de Coumba, et ne se couchèrent que pour trouver ensuite la force de tenir debout. De l'eau ! Au lever, ils n'avalèrent que de l'eau, parce qu'ils n'avaient plus de larmes. De l'air ! Il leur fallait de l'air, prendre le large pour ménager leurs poumons comprimés par la peine. Départ, fissa, départ ! Las, ils étaient partis, chassés par le glas. Derrière eux le ciel tombait par pans ; d'un quartier à l'autre, les gens s'effondraient de douleur.

Dakar, ce matin-là de septembre 2002, il y avait une âme dans chaque feuille d'automne ; partout, le même requiem. Abraham, Jésus, Mohamed ! Entendiez-vous la terre ? Dépassé par le chagrin, tout humain interpellait plus grand que lui : vite, un intercesseur devant le Seigneur ! Même ceux qui ne priaient pas ou peu répétaient avec ferveur : « *Inna lillahi wa inna ilayhi raaji'oun* : À Dieu nous sommes, à lui nous retournerons ! » Mais, clamant leur allégeance au Ciel impassible, certains s'interrogeaient. Regardant l'enfer s'ouvrir sous leurs pieds, que pensaient-ils vraiment ? Certes, *Al-Malik* Le Souverain agence tout à sa guise ; *Al-Hakam* est *Al-Hakim*, L'Arbitre et Le Sage ; Il est aussi *Al-Jabbār*, Celui qui domine et contraint, alors, Ses créatures s'inclinent face à Sa volonté. Mais tout de même, quel mektoub sur Dakar ! « *La hawla wa la quwwata illah billah al'Ali al-Hakim* : il n'est de préservation ni de force, si ce n'est par Allah ! » s'exclamait un homme qui d'ordinaire se revendiquait athée. Ici la peur parle arabe ! Dakar, ce jour-là, tout griot digne de Yandé Codou Sène, de Samba Diabaré Samb et de Ndiaga Mbaye devra le raconter aux générations futures. Dakar, ce matin-là, pas de chanson audible, tout propos virait lamento. *Miserere mei, Deus !* clamaient les yeux des passants. *Rahman Ya Rahman !* hurlait une mère, les bras au ciel. *Mass, mass yaye boye*, répétait d'une voix douce l'homme désespéré qui la consolait.

Dakar, ce jour-là, même les pélicans fuyaient la rade ; lourds de chagrin, ils tiraient des ailes de plomb, filaient vers le sud en quête de miséricorde. Il fallait partir, comme Coumba et les siens.

Partir ! À quelle rive dépose-t-on le fardeau de la détresse ? On choisira toujours un cap, quand, sans clémence, le ciel assombrit les rêves qu'on y peignait gaiement. Non, Van Gogh n'était pas fou ! Les couleurs pétillaient de vie dans ses yeux. Van Gogh n'était pas fou ! C'est le ciel, versatile, qui lui donnait le tournis, à varier sans cesse sa propre palette. Que peut-on faire quand on ne reconnaît plus sa part de ciel ? Partir ! Tracer un autre sillage, avant de s'envaser dans le malheur.

Dakar, ce morne matin-là de septembre, Coumba et les siens se sentaient aussi exilés que Soudanais en Norvège. Aux voisins qui saluaient, présentaient leurs condoléances en wolof, ils répondaient machinalement en sérère, comme si leur douleur ne pouvait s'exprimer que dans leur langue maternelle. Il fallait partir. Vite, vite, un car rapide ! Rufisque, Bargny, Diamniadio, Mbour, sans stop ni salamalecs à Mame Béneu-Beugne. Ils auraient voulu survoler ces villes afin d'atteindre Djiffer à l'heure du laitier. Attendus là-bas par leurs frères marins, ils couperaient un bras de l'Atlantique en pirogue et gagneraient le sein de leur mère, Niodior, avant le déjeuner.

Coumba n'avait jamais imaginé un tel retour, ceux qui l'accompagnaient non plus. Pleins d'espoir, ils avaient défait leurs valises dans une banlieue de la capitale, ils les rembourrèrent de douleur et les traînèrent jusqu'au village. Flux et reflux, ce n'est pas qu'une histoire d'eau pour les insulaires, c'est aussi le rythme de leur vie entière. Du delta à l'Océan, du sable au bitume, de route en déroute, ils vivent ainsi depuis des siècles, ballottés par les marées de leur destin. L'exode fait partie de leur condition existentielle, il représente à la fois leur espérance et leur pire contrainte. Comme l'argent qui manque aux bourses, tout ce qui ne sort pas des flots et ne pousse pas sur l'île doit venir d'ailleurs. L'idée de cet ailleurs secourable est la malédiction des insulaires ! Le refuge économique vire parfois en prison à ciel ouvert, dont ils s'évadent de toute urgence. La violence d'une telle urgence, Yaliâm, la mère de Coumba, l'avait déjà vécue, comme tous ceux de son âge au village ; elle n'en avait jamais parlé à sa fille, qui la découvrait à son tour, et ne se confiait pas à elle non plus. « Parle-moi », demandait parfois Yaliâm, oubliant qu'elle avait légué à sa fille ce tenace silence qu'elle-même avait reçu de sa propre mère. Les insulaires sont taiseux, ils évoquent rarement les naufrages ; s'ils révélaient à quel point les courants de la vie sont versatiles, leurs enfants n'auraient peut-être pas le courage de larguer les amarres. « Bon vent, les enfants, que Sangomar vous ramène en paix ! » disent les parents en redoutant le pire, sans jamais l'évoquer. « À bientôt, chers parents ! » rassurent les enfants, soucieux d'afficher le même courage que celui qu'on leur donne en exemple. Pourtant, la houle n'agite pas que l'Atlantique, elle blanchit les nuits au Saloum, mouille les yeux des parents comme ceux des épouses.

Coumba rentrait sans son mari, comme tant d'autres insulaires avant elle ; toujours la faute aux vents mauvais. Comment ces fils de marins pourraient-ils éviter les tempêtes ? Les souffles océaniques qui nourrissent et vivifient les Niominkas sont également ceux qui les tuent ! À l'instar de leurs ancêtres qui ont noué un pacte avec la mer, ils embarquent inlassablement, bravent l'humeur de chaque jour, cap autonomie ; destination dignité ! Kôrmâma ! C'est une telle navigation qui avait mené Coumba et Bouba jusqu'à Dakar, comme tant d'autres enfants des îles Gandoune. Mais le contenu de la cale ne reflète pas toujours le mérite du marin. Préparés à la hâte, les bagages de Coumba sentaient la désolation.

Crissement d'essieux, c'était un redémarrage nerveux, après une petite halte, le temps de désaltérer le moteur. Diamniadio, Diass, Mbour, Nianning, Joal, bientôt le dernier virage déboulerait sur Djiffer. Avec sa vieille guimbarde, le chauffeur n'aurait pas roulé plus vite pour fuir une guerre. Malgré son sérieux, ses passagers, dont Diégâne, le cousin de Coumba, ne cessaient de lui donner du « *Sawaye gawal*, accélère *waye* ! ». Pendant que le véhicule traversait la savane, descendait la Petite-Côte, une cruelle réalité se déployait dans la tête de Coumba : on ne s'exile que pour le meilleur, l'ailleurs devient épouvantable dès que le malheur s'y invite. Maman… La houle s'arrêtera dans les bras de ma mère ! songe celui assailli par le spleen loin de ses pénates. « Qui dort là mourra ! Ce soir, qui dort là mourra ! » chante toujours le blues, lorsqu'il vous surprend à l'étranger. Alors la nostalgie murmure : « *Mater*, ma terre, ma douce mère », et, ce, même si le berceau était jonché de ronces ou de coquillages. Ainsi, la faucheuse aux trousses, s'en retourner s'était imposé à Coumba comme le souffle au nez. Reprenant son sillage à l'envers, elle se disait qu'au village, malgré tous les monstres que les conteurs logent sous les baobabs et dans chaque bosquet, le crépuscule serait moins menaçant que le regard froid des lampadaires.

Il n'y a que chez soi que l'on endure les trahisons du sort, sans incriminer le lieu. La besace pleine de tourments, le voyageur accuse forcément la terre promise qui n'a pas daigné le gratifier d'un peu de bonheur, ne serait-ce que pour compenser la peine du périple. S'ils ont coutume de pérégriner à la recherche de quoi améliorer l'ordinaire, les insulaires s'en vont toujours pleurer leurs morts au village, sans doute le besoin de s'accrocher aux racines, afin de mieux résister à la douleur de l'arrachement.

Pendant que l'auto ronronnait, cahotait, crachait d'épais nuages de fumée, Coumba, plongée dans le chagrin, regardait à peine ceux qui l'entouraient, mais elle les connaissait tous, sans exception. Mieux, elle savait son degré de parenté avec chacun d'entre eux. La tête contre la vitre, elle se souvenait de ces questions qu'on lui posait au village et dont la récurrence l'agaçait, quand elle était encore adolescente :

« De quelle tribu, de quel clan, de quelle lignée maternelle es-tu, Kalékhalé ou Sagnanème, Diakhanora ou Wagadou ? Connais-tu ton arbre généalogique ? Ta mère ne t'a-t-elle pas dit notre lien de parenté ? Nous sommes cousins par la troisième, septième, énième matriarche de notre lignée ! » De tels dédales dans l'histoire du Saloum, à flairer le lait rance, même les sourciers s'y perdraient. À l'époque de la carte d'identité, du passeport, du livret de famille et de LinkedIn, évidemment, cette laisse génétique peut paraître encombrante. Mais, entouré par une telle parentèle le jour où votre maison brûle, vous comprendrez l'immensité de votre chance. C'est la raison pour laquelle, longtemps après leurs ancêtres Gabou-Nianthios, les Niominkas récitent encore leur arbre généalogique, chacun s'accrochant aux siens par un nœud marin, tout à fait mammaire. Il est vrai que tricotant, ramifiant ses lignages, la terre mère leur jette un fil à la patte, mais c'est ainsi qu'elle leur tisse ce robuste filet sur lequel ils traversent tout précipice. Adolescente, Coumba cachait à peine sa lassitude lorsque sa mère ou sa grand-mère lui détectait des cousins et cousines sous chaque masure de l'île ; c'est à Dakar qu'elle comprit l'assurance tout risque ainsi garantie pour elle.

En effet, lorsque Dakar amassa ses pelles, prête à aligner des trous noirs, les insulaires formèrent un cordon de sécurité autour de Coumba. Alors qu'elle perdait le nord, ils savaient dans quelle direction l'effroi les conduirait : là-bas, derrière un bras de l'Atlantique, au bout d'une contorsion du bolong, les pélicans et les hérons les attendaient entre les palétuviers, le réconfort aussi. Au village, la marée n'apporte pas que des pirogues remplies de poissons, elle convoie parfois d'énormes malheurs et ceux qui doivent les raconter.

Aussi, servant le déjeuner, les mères niominkas laissent toujours, à côté, un bol d'amour pour le voyageur. Bienvenue ! Toujours, une voix bienveillante souhaite la bienvenue, mais tous les retours ne se fêtent pas ; ceux qui partent le savent bien, ceux qui les attendent aussi. À l'arrivée de Coumba, sa mère s'empressa de l'aider à défaire ses valises, mais Yaliâm avait fini par accomplir cette tâche toute seule. La jeune femme devant elle ne disait rien et semblait avoir l'esprit loin, très loin de ses bagages, là-bas, dans cette ville où son regard hagard errait encore.

Un matin de septembre, triste comme un matin d'agonie, Dakar avait promis autre chose à Coumba. Mais qu'avait-elle vu ? Maudit traître, son bel horizon couvait donc ces monstres du sort qui surgissent de nulle part et saccagent les rêves des voyageurs ! Ne reconnaissant plus cette ville qu'elle avait tant désirée, Coumba clignait des yeux, des points d'interrogation glissaient le long de ses joues. Pendant qu'elle attendait avec son groupe le car rapide loué pour l'occasion, ses songes vidaient son paquet de mouchoirs. Personne ne l'entendait mais elle hurlait dans sa tête : « Wôye, Mâme Ndiaré ! Vénérable génie protecteur de Dakar-Yoff, que faisais-tu quand tes enfants sombraient avec leurs invités ? Le *Joola* a-t-il échappé à ta vigilance ? Mâme Ndiaré, où vont les âmes quand leurs éclats de rire désertent tes rues ? Wôye, Mâme Ndiaré ! Qui te fera encore des libations ? La solitude est un gouffre qui aspire les vivants. Regarde ce sombre jour de septembre, le silence des vivants aussi lourd que celui des morts ; à quoi bon respirer si c'est pour prolonger la douleur ? »

Dakar la joyeuse danseuse, sans braillard Sabar ni loquace Tama ! Dakar désolée, frileuse en plein cagnard, blottie sous les drapeaux en berne. Même les vaillants soldats avaient le pas lent. De Bargny à Dial-Diop en passant par Thiaroye, et jusqu'au camp des Mamelles, ils marchaient, le pas lent, prêtant l'oreille à la sonnerie aux morts qui montait du fond de l'Atlantique et leur glaçait le sang. « Aaanh ! hinh, rompez ! » dit un adjudant, mais la faucheuse avait déjà rompu tant de liens. Tant d'êtres chers avaient largué les amarres pour de bon. Dans quel sens soufflaient les alizées ? Les narines l'ignoraient, elles restaient toutes humides et rien ne parvenait à les sécher. Dakar l'océanique avait le souffle court et La place de l'Indépendance ne savait comment libérer le Sénégalais de l'étau qui le serrait, lui enserrait les flancs. « Hey, Mâme Ndiaré, qu'as-tu fait de la confiance de tes enfants ? » Coumba n'était pas seule à gémir une telle question en silence.

Dakar, ville agora, toujours bruyante de débats, soudain aphone, traumatisée, oubliant même son thiéboudiène comme son attaya. Dakar la rieuse, sans le moindre sourire, n'enchaînant que de longs soupirs. Dakar la coquette, négligée, dépenaillée, dépareillant même ses élégantes ndobines ! Dakar la paradeuse, indifférente à ses belles robes ndokettes comme à ses fiers ensembles Niéti-Abdou, elle ne songeant plus qu'à l'ultime mode : les impératifs sept mètres de percal blanc du dernier rendez-vous. Dakar reine de la coiffure, perdant ses nattes, éparpillant ses altières coiffes tagaals. Dakar la lionne, à genoux, mine défaite devant l'ogre marin, lui réclamant ses enfants, en vain. Wôye, Mâme Ndiaré ! Le soleil n'avait-il pas honte d'éclairer ce lugubre jour ? Tout Dakar apposait un mouchoir sur son visage. Le glas, partout, sonnait le glas. *La hawla !* De Yoff à Bakel, ce même râle, de Podor à Kolda, le pays s'exclamait : *la hawla !* À Dakar, ce jour-là, SOS, Abraham, Jésus, Marie, Joseph, Mohamed, combien de fois vous a-t-on appelés à la rescousse ? Tant de gens saluaient, imploraient Marie. Comme son aide tardait, ils l'excusaient : la gracieuse était sûrement occupée, en train d'accueillir ces pauvres pécheurs qui venaient de fausser compagnie aux leurs, sans prévenir. Leurs SOS, tous vains, les éprouvés psalmodiaient : « Notre Père qui es aux cieux, que ton nom soit sanctifié, que ton règne vienne, que ta volonté soit faite sur la terre comme au ciel… » Ainsi soit-il ! Du moins, ainsi l'admettaient-ils. Très pieusement ils priaient, jusqu'à la transe. D'autres appelaient, interpellaient Allah par ses quatre-vingt-dix-neuf noms, faisant correspondre une supplique à chacun de ses attributs ; eux aussi, ils invoquaient le Seigneur jusqu'à la transe. Mais, puisque Allah est Lui-même *As-Sabur*, le Patient, ceux qui Le sollicitaient ne pouvaient que prendre leur mal en patience. À Dakar, ce jour-là, les athées et les croyants partageaient la même conviction : il n'existe nul treuil pour ôter le fardeau de l'impuissance qui écrase l'humain, ainsi en est-il, pour des siècles et des siècles ! Alors, ce jour-là, qui consolait qui ? Même les fous errants du marché Sandaga portaient le deuil, pour une fois qu'ils étaient au diapason de la population, répétant, comme leurs semblables de Tilène et Soumbedjoune, la même missive que les corbeaux portaient aux quatre coins du pays de Lat Dior. Le maestro Soundioulou Cissokho n'était hélas plus là mais, Kora en main, les fous auraient pu composer le *Requiem de septembre* et faire retentir l'Atlantique lamento, du Sénégal à Adiaguediâkh. Et, parce que la Kora dit la vérité des sentiments, le monde aurait pleuré davantage le *Titanic* africain.

« *We are the World / Nous sommes le Monde* », déclare le lyrisme d'un poète, appelant de ses vœux la même fraternité qu'imaginait déjà John Lennon ; mais sous les tropiques, la lucidité des paludéens pourrait rétorquer : « Hélas, certains s'arrogent le monde, ils considérant moins les autres ! » Pendant que les idéalistes s'évertuent à nous unir, le capitalisme nous divise. À preuve, l'intérêt que l'opinion mondiale accorde à chaque catastrophe meurtrière est proportionnel à la puissance financière du pays concerné. Certes, l'identification influe sur le degré de compassion, mais la différence de leurs robes n'empêche pas les vaches de se reconnaître dans leur pré. À l'ère du Dow Jones et du Cac 40, l'émotion est à géométrie variable, surtout parce qu'elle obéit au cours de la Bourse à Wall Street. Quelle est la cote de la vie des citoyens du Tiers-Monde ? La finance planétaire se soucie davantage d'un rhume de Google que du paludisme qui, pourtant, tue sous les tropiques plus que le sida dans le monde entier. La mort des pauvres émeut si peu le monde que leurs familles se sentent ignorées, sur une autre planète, abandonnée par l'humanité. Environ 2 000 personnes noyées au large de Dakar ; cette nouvelle a-t-elle provoqué une minute de silence dans une ville européenne ou américaine ? En tout cas, Coumba n'en avait pas entendu parler. Pour les puissants, la mort des pauvres est aussi insignifiante que leur vie.

Coumba, elle, connaissait l'immense valeur du capitaine de son cœur. Or, elle n'était pas seule à pleurer un irremplaçable humain. Même les djélis censés consoler le peuple avaient les yeux rouges et la voix tremblante. Alors, qui mieux que les fous pour dire la folle peine ? Capitale meurtrie, Dakar cherchait son Mozart ; réduite en chapelle ardente, elle réclamait un maestro pour moduler sa complainte au Seigneur. En ce jour où commençaient mille ans de solitude que Gabriel Garcia Marquez ne raconterait pas ; pourquoi rester une heure de plus à Dakar quand on n'y avait ni les bras d'une mère ni le regard d'un père ?

Assommée par la nouvelle, déboussolée, Coumba tournait en rond, incapable de prendre la moindre initiative. La solidarité à l'œuvre, elle fut prise en charge par des ressortissants de son village, dont ses cousins, qui accoururent et organisèrent la suite des événements. Parents, amis ou simples connaissances, ils avaient réussi à réunir en un temps record assez d'argent pour financer, outre leur voyage, une coquette donation pour la famille éplorée. Coumba n'a jamais su comment ils s'y étaient pris et nul ne jugea nécessaire de lui détailler les efforts consentis pour elle, chacun ayant agi comme devant. N'eût été les tristes circonstances, elle se serait sentie reine d'une ruche en action. En masse, ils l'accompagnèrent au village, où tous l'attendaient pour célébrer les obsèques de celui qu'elle n'avait pas encore renoncé à espérer. Accueillie dans sa belle-famille, comme le voulait la coutume, elle fut aussitôt encadrée par des aînées préposées à l'exécution des rituels la concernant. Coumba se laissa faire, subit les débuts de son veuvage telle une poupée désarticulée. « *Bismillah*…, répète après moi ; *Allahouma*…, répète après moi », ne cessait d'ordonner une dame qui, ayant déjà enterré trois maris, ne trouvait plus d'époux mais passait pour un modèle de piété, à force d'ascèse. Dès que les corbeaux ombrageaient une demeure, les hommes partaient au cimetière nord ou sud à la recherche de l'if pour l'âme, cette dame, elle, trouvait toujours un raccourci à travers l'île et la parentèle, puis rappliquait pour faire mimer la veuve. Comme toutes les malheureuses avant elle, la novice Coumba donna entière satisfaction à son initiatrice. De toute façon, la dame aurait pu lui faire scander en arabe la recette du tadjine ou du couscous marocain, elle n'y aurait entendu que les inflexions d'une complainte destinée au Seigneur. Alors Coumba répétait ce que l'on voulait. Cependant, postée derrière son épaule, une autre part d'elle-même se demandait pour quelle obscure raison elle ne pouvait user de sa propre langue pour s'adresser à Dieu, *Al-Khāliq*, le Créateur, qui a jugé bon de la doter du sérère. Allah, *Al-Mubdi*, l'Auteur, est *Al-Mussawwir*, Celui qui façonne Ses créatures ; Lui, *Al-Muqaddim*, Qui a tout précédé, multipliant les versions et les accents de son verbe, n'est-Il pas le premier des polyglottes ? Pourquoi Lui assigne-t-on une langue unique, quand Il en a créé à profusion ? Ici-bas, l'impérialisme impose son propre dialecte à tous, l'oncle Sam aliène nos neurones à Shakespeare et s'approprie le samsara. *Of course*, couinera Elisabeth II, première des traders, qui a même tenté de truster l'Afrique ! *Anyway*, Coumba, elle, ne distinguait plus *eat* de *heat*, et cela ne la dérangeait pas, puisqu'elle n'allait pas manger tiède au McDonald, il n'y en avait pas à Dakar, pas encore. La jeune femme n'était pourtant pas exemptée de migraines linguistiques. Les oreilles malmenées par l'arabe bantouisé que baragouinait sa répétitrice, elle se demandait s'il faudrait des interprètes au Paradis. La bigote analphabète qui la forçait à prier en arabe savait-elle seulement que le Coran dit qu'Allah est *As-Samī*, l'Audient, Celui qui entend toute chose, même avant sa formulation ? En attendant le Jugement dernier, où elle était sûre de plaider son salut en sérère, Coumba rallongeait sa liste de questions. Alléluia ou Allah Akbar, pour quelle raison *God* blesse-t-Il les cœurs sous tous les cieux ? Il fait même des veuves sans cheveux blancs. Elles parlent ou se taisent, se révoltent ou se résignent, chacune interprétant à sa manière son ressenti de la morsure du sort, mais elles ne cherchent aucun traducteur. Leur peine est une langue universelle : partout, elles serrent les dents pareillement. À Niodior, l'une d'elles élimait les siennes.

La journée, Coumba gardait ses pensées pour elle, même quand Yaliâm intimait « Parle-moi ». Persuadée que des confidences aggraveraient la tristesse de sa mère, Coumba se taisait, mais loin des regards, elle notait minutieusement ses impressions, en espérant les faire partager à Bouba, là-bas, à Sangomar. Certes, le silence peut inquiéter, voire blesser, mais en l'occurrence, il était plus lourd d'amour que de secrets. La nuit, Coumba écrivait. C'est ainsi qu'elle épargnait à sa mère le poids de ses songes. L'écriture n'allège aucun tourment, se disait-elle, mais elle aide à traîner son fardeau, au lieu de le déposer sur le dos d'autrui. L'écriture n'arrête aucune houle, mais elle apprend à s'y tracer un sillage à coups de rame, n'importe quelle rive étant préférable à la noyade. Bravant la nuit, jusqu'au rivage du jour, Coumba écrivait ; c'est ainsi qu'elle prépara son compte rendu pour Bouba, puis multiplia les entrevues avec les veilleurs de Sangomar, sans plus passer pour folle. Voyageuse immobile, elle rejoignait son aimé, chaque nuit ; grâce au charme ancestral de la terre du Saloum, elle naviguait entre le monde des vivants et Sangomar, le royaume des ombres.

VII

À mesure que le sable de l'île se refroidissait, Coumba sentait une étrange ferveur la gagner.

Amarrée au quai de la patience, elle guettait les Pangôls de Mâmayiin et les vents du soir pour voguer vers Sangomar. Tic-tac, tic-tac ! au salon. Tenace tintamarre, que cet infatigable maillet ! Le forgeron du temps martelait ses heures, rainurait, graduait le curseur du jour en toute indifférence. Que ne se cassait-il donc le poignet ? Tic-tac, telle une attaque de moustiques ! Heureusement, dès le dîner expédié, l'île exténuée se presse de clore ses volets, puis ses paupières, la sagesse des lève-tôt écourtant la veillée. Sans les périodiques séances de lutte traditionnelle ni soirée événementielle, seuls les chiens errants, les rares chapardeurs et les coureurs de jupons traînent dans les rues du village au-delà de 22 heures. Et Wassiâm attendait rarement si tard pour passer la tête dans l'entrebâillement de la porte de sa bru et lancer une prière bien à elle :

– Coumba, tout va bien avec Fadikiine ?

– Oui.

– Elle dort déjà ?

– Oui.

– Eh bien, bonne nuit ; échappons aux Nakwé jusqu'à demain, à la grâce d'Allah !

– À demain, se contentait de répondre la jeune femme.

– À demain, s'il plaît à Dieu, ne manquait de la reprendre Wassiâm, avant de disparaître, telle une lapine gagnant son terrier à l'approche d'une meute de loups.

Chaque soir Coumba recevait les vœux angoissés de sa belle-mère, comme l'illustration de la ratatouille arabo-bantoue-islamo-paganisante qu'on lui servait à longueur de journée. Cette femme qui se voulait si pieuse vivait hantée par les superstitions. Wassiâm ne trouvait rien d'anormal à réunir Allah et Nakwé, de supposés mangeurs d'âmes, dans la même phrase ! Mais, si près des bois sacrés de Ngonoli et d'Itoumbé, à quelques coups de rame de Sangomar, de telles incongruités étaient beaucoup trop fréquentes pour retenir l'attention, au-delà d'un sourire en coin.

Pourtant Coumba resta songeuse un bon moment. Wassiâm n'était pas la seule à mixer des croyances, à touiller, puis sacraliser sa soupe. Ce procédé de dilution syncrétique, tout missionnaire sous le ciel africain avait dû s'y faire, sans quoi sa chapelle aurait été moins vaste que son propre berceau. Quoi qu'en pense Bach, son *Oratorio de Noël* résonne sous les baobabs et, faute d'orgue, Jésus s'est accommodé des djembés sahéliens et des guitares folks sérères. Sans cette souplesse, aucun prêtre n'aurait eu assez de bouts de bois pour sa croix tropicale et le Christ aurait été privé du succulent ngalakh de Pâques, au Sénégal. N'en déplaise aux baptiseurs, ici les hommes priaient déjà Roog Sène, et si Jésus n'avait pas appris à manger du couscous au pain de singe, on l'aurait renvoyé garder ses moutons à Bethleem. Au Sine-Saloum, Dieu est plus vieux que les églises et les mosquées.

Contrairement aux apparences, il n'y a pas que les Bantous qui se font convertir, tous ceux qui squattent l'âme africaine sont passés maîtres dans l'art du caméléon. D'ailleurs, quelle que soit leur nouvelle religion, les Sérères appellent toujours Dieu *Roog Sène* ou *Roog o Yâl.*

Du fait de son veuvage, Coumba se trouvait assiégée par les bondieuseries des visiteurs qui se répandaient tous en prières. Alléluia ou Allah Akbar ? Allah ou Yalla ? Jésus ou Yéssou ? *Amen !* disait-elle à tous, puisque partout l'assentiment au bien s'affirme pareillement. En revanche, le nom donné au Seigneur s'avère toujours imprononçable pour les uns ou les autres, qui n'ont d'autre choix que de l'adapter à leur idiome. Ainsi, le premier converti n'est-il pas Dieu Lui-même ? Après l'étrange prière de sa belle-mère, Coumba en formulait une autre, in petto : « Pourvu que la musique de Babel soit belle et qu'elle porte la complainte humaine jusqu'aux oreilles du Seigneur, quel que soit son nom ! » C'était sa façon d'aplatir les herbes folles qui s'enchevêtraient dans sa tête. Dans le calme de la nuit du Saloum, elle avait mieux à faire que de se perdre dans les impénétrables voies du Seigneur, le royaume de Bouba s'offrait à elle, à quelques battements de cils. En effet, si les mots de sa belle-mère restaient incompréhensibles à bien des égards, Coumba y décelait néanmoins le signal tant attendu : le feu vert pour sa réunion avec les veilleurs de Sangomar.

Nuits du Saloum ! Les lucioles guident les inspirés, entre le monde des vivants et le royaume des ombres. Nuits du Saloum ! Quand le sommeil soustrait les froussards à la peur du noir, les Pangôls accompagnent ceux qui osent le voyage. Quand Wassiâm, au fond de son lit, ronflait à chasser tous les Nakwé des environs de Niodior, la veilleuse s'abandonnait au sortilège de la nuit du Saloum. Frappant à la porte de l'invisible, à l'instar des saltigués, Coumba détenait une formule rituelle, mais ne la prononçait qu'en totale discrétion. Sa porte enfin fermée, sa fille profondément endormie, elle se hâtait d'énoncer sa formule magique :

– Sangomar, moi, Coumba, l'enfant lavée dans tes eaux, je reviens vers toi. Sangomar, roi des ombres, pour toi et les Pangôls de Mâmayiin, je verse du mil et du lait caillé. Sangomar, accorde-moi la vue qui traverse la nuit ; Bouba, mon mari, et ses compagnons sont en ton royaume, convoque-les-moi. Ô roi des ombres ! Humblement je te le demande, accorde-moi la vue qui traverse la nuit.

Yeux clos, mains jointes sous le menton, Coumba murmurait plusieurs fois sa litanie. Invocations ! Coumba invoquait le roi des ombres, comme on frappe à la porte d'un autre compartiment de l'univers ! L'incantation, c'est toujours le manque qui se clame, l'inassouvi qui réclame de quoi combler l'humain. L'amour esseulé de Coumba s'élevait tel un cri dans la nuit, allait crescendo vers son objet, là-bas, sur la lune. Pleine d'ardeur, Coumba psalmodiait. De temps en temps, elle inspirait profondément, comme si une autre âme que la sienne se glissait ainsi en elle. Soudain, elle rouvrait les yeux, esquissant un sourire. Réminiscence ou anamnèse ? Ni l'une ni l'autre. Ce qui défilait sous ses yeux, elle ne l'avait jamais vécu, c'était bien un sortilège de la nuit du Saloum. Sangomar accueillait son enfant, Coumba reliait les rives, accédait aux inaccessibles. Chaque soir, convoqués par son seul désir, ceux que beaucoup croyaient hors de portée surgissaient des flots et se regroupaient au centre de l'île de Sangomar. Il est des clefs qui, tournées dans la conscience, ouvrent à d'autres mondes. Coumba en détenait une. Sortilège ! Un peuple sortait des ombres, parce que dans la nuit du Saloum, *Présent !* répondent les absents. Sortilège ! Aussitôt, ils étaient là, devant Coumba, les veilleurs de Sangomar. Fidèles au rendez-vous, ravis d'entrer en contact avec le monde des vivants, ils s'exprimaient l'un après l'autre. Chacun se présentait à Coumba, qui débutait la quasi-totalité des entretiens par cette invariable question : comment s'étaient-ils retrouvés là ?

Un soir, Sihalebe, l'ami de Bouba, fut le premier à prendre la parole. Il était pressé de dégobiller la confession qui lui brûlait la langue. Coumba n'eut pas besoin de lui tendre la perche, il avait beaucoup trop à se faire pardonner pour patienter.

– Bonsoir, Coumba, commença-t-il. J'imagine que tu m'en veux d'avoir hâté le départ de Bouba. Moi aussi, je m'en veux terriblement, car il n'aurait pas embarqué dans le *Joola* ce jour-là si Pauline et moi ne l'avions pas poussé à modifier ses plans, en fonction de notre séjour en Casamance. J'ignore ce qu'il t'a dit avant son départ, mais, au vu de la tournure des choses, je crois te devoir quelques explications. Tu sais, quand je l'ai appelé…

Un mois environ avant le naufrage du *Joola*, Bouba avait reçu un coup de fil de son ami, qui vivait à Marseille, l'informant de son futur séjour au pays, avec son épouse. Ils s'étaient réjouis bruyamment de leurs prochaines retrouvailles. Ils avaient parlé de tout et de rien, comme font les vrais amis, puis, dans l'euphorie, Sihalebe avait lancé une invitation d'un ton enjoué :

– Bouba, mon frère, comme je te l'ai dit, nous arriverons bientôt : début septembre, désarmement des toboggans à Dakar-Yoff ! Ma maison à Oussouye est construite, elle est enfin prête ! Pauline et moi, nous avons l'intention d'y vivre une sorte de deuxième lune de miel et cette fois nous aimerions que tu viennes avec nous, en Casamance !

– Ah, ça non, Siha, ne compte pas sur moi pour vous tenir la chandelle ! avait taquiné Bouba. Les veinards, vous allez en Casamance flemmarder tout l'été. Moi, je n'y fais que des passages éclairs, le temps d'acheter des noix de cajou et de l'huile de palme pour mon commerce, au marché Sandaga.

– Cette fois, tu t'accorderas des vacances avec nous. Allez, mon pote, cap au sud ! T'es un capitaine niominka ou pas ?

– Siha, des vacances, tu rigoles ? J'ose à peine prendre un week-end. Ici, on ne chante pas *On dirait le Sud*, c'est vraiment le Sud, et pas celui des poètes, mais bien celui en dessous de la ligne de démarcation économique du monde, dans toute sa rigueur. Le soleil ne manque qu'aux touristes, nous autres, nous n'en pouvons plus à force de courir sans répit sous son regard impitoyable. Les khosloumans, les débrouillards de mon espèce, n'ont pas de congés payés, tu le sais bien. On se demande ce que fait le gouvernement pour les comme nous.

– Arrête de râler, vieux, et dis-moi oui !

– Non, je suis sérieux, Siha ! Que font-ils pour des gars comme nous ? Dis-moi, à quoi servent nos études, tout ce temps, c'était pour une vie de galérien ? Te rappelles-tu notre première année de fac ? Nous faisions de ces plans sur la comète. Mais voilà, copain, tous nos rêves à l'eau ! Franchement, tu as bien fait de partir. Ceux qui gèrent ce pays doivent savoir que même les ânes ne supportent pas longtemps le manque de foin, ils finissent par ruer dans l'écurie. Si rien ne change ici, un jour, ça va péter.

– Tu sais, Bouba, une année de fac redoublée à cause des grèves et finalement jamais terminée, ça ne compte pas. Or, avec un bac, on ne va pas bien loin, même en Europe. Comme tu le sais, ici, j'en ai bavé, moi aussi. Disons qu'avec l'aide d'Ata-Emit, le dieu des Diolas, les choses s'arrangent un peu. Mais tu ne la feras pas ce soir, ta révolution, alors, revenons à nos moutons ! Tu ne changeras donc jamais ? Déjà, à la fac, tu excellais à rédiger des tracts pour les grèves. Je me demande pourquoi tu ne t'es pas lancé en politique ; sérieusement, ceux qui occupent le terrain gagneraient à te recruter. D'ailleurs, tu râles, mais tu ne t'en sors pas si mal. À mon avis, c'est le gouvernement qui a besoin de gars comme toi et pas l'inverse. Regarde, en deux ans, tu as stabilisé ta petite entreprise, un commerce sorti ex nihilo. Bon sang, un recalé de la fac de lettres qui réussit dans le business ! Tu assures, mon pote ! Tu as seulement besoin de te reposer un peu, viens avec nous au vert. Et, s'il te plaît, surtout pas d'excuse financière, c'est ton frère qui t'invite.

Bouba ne doutait pas de la générosité de son ami, mais il était trop fier pour admettre la moindre dépendance. La période n'étant pas très favorable pour lui, il avait à nouveau décliné pudiquement, préférant inviter Sihalebe et son épouse, Pauline, à venir chez lui manger un bon thiéboudiène. Il lui proposa également d'organiser quelques sorties à Gorée, au Lac Rose et sur la Petite-Côte. Mais Sihalebe insista :

– Allez, Bouba ! Tu peux quand même prendre quelques jours ! J'ai invité quelques amis. Amanda, la copine de Pauline, sera du voyage, tu la connais déjà, ainsi que son mari, Maxime, qui est censé nous rejoindre plus tard, peut-être avec d'autres. Tu vois, nous inaugurerons ensemble cette maison, entre potes, et nous y fêterons dignement le premier séjour de Pauline au vrai domicile conjugal, disons plutôt au pays conjugal, au royaume d'Oussouye. Jusqu'ici, elle ne connaît même pas Ziguinchor ni Bignona. Et tu ne me contrediras pas, quand on n'a vu que Dakar et Saint-Louis, cousines lointaines de Paris et Toulouse, le Sénégal reste à découvrir. Il est vrai que Pauline a bien sillonné la Petite-Côte et le Sine-Saloum pendant ses missions avec Amanda, mais cette fois je veux lui montrer d'où vient mon goût du riz. Si tu l'entendais se plaindre parfois : Mais enfin, Siha, nous n'allons quand même pas manger du riz tous les jours !

Bouba resta ferme. Sihalebe n'avait qu'à expliquer à Pauline que c'est le riz nature, le niankatang, qui donne de gros yeux aux Diolas. Encore bébés, leur maman leur en donne, ce qui les force à écarquiller les yeux, à les lever au ciel comme s'ils cherchaient leur dieu Ata-Emit. Idiots de Diolas, à regarder passer les nuages, avec ou sans vin de palme ! Qu'ils les dissipent donc à coups de kadiandou, au lieu de s'embrumer de vin de palme ! D'ailleurs, ivres ou pas, ils répètent, de Kafountine à Kabrousse et de Diembéring à Sédhiou, *Kassoumaye kèpe noppou Diola*, et chaque *Bonjour* pince l'oreille d'un Diola ! Si Pauline n'en pouvait plus du riz, elle devait attraper l'oreille de Sihalebe avec une pince de crabe ou demander aux Sérères de gaver ce gourmand de coucous de mil.

Mais Sihalebe avait-il dit à sa femme ce qui le liait si particulièrement à Bouba, son fidèle ami sérère, et presque frère ? D'après la légende, Aguène et Diambogne, deux sœurs jumelles d'un village du sud du Sénégal, étaient adulées pour leur intelligence, leur bonne éducation et leur beauté. Ne se connaissant pas d'ennemi, elles se croyaient aimées de tous, même d'une sorcière que tous redoutaient. Celle-ci leur conseilla d'aller à la pêche un jour où c'était normalement interdit par la tradition. Obéissantes, elles s'exécutèrent. Malheureusement, la sorcière voulait les faire disparaître pour punir le village qui, la considérant comme membre de la communauté des Nakwé, les mangeurs d'âmes, la tenait en mauvaise estime et ne la ménageait pas. Une fois les belles jumelles en mer, la houle se déchaîna, si violente qu'elle fendit leur pirogue en deux. Le village les chercha, en vain. Les jumelles survécurent, chacune sur sa moitié de pirogue, mais elles ne s'échouèrent pas au même endroit ; Diambogne aurait dérivé vers les îles du Saloum, Aguène vers la Casamance. Les années passèrent, chacune se maria mais fut longtemps inconsolable, car ignorant le sort de l'autre. Elles se retrouvèrent bien plus tard, Diambogne ayant donné naissance au peuple sérère, Aguène au peuple diola. En hommage à la joie de leurs retrouvailles sororales, Diolas et Sérères entretiennent un cousinage à plaisanterie, ils se doivent bonne humeur, confiance réciproque et entraide, sous peine de s'attirer malheur. En vertu de cet ancestral pacte, Bouba avait préféré taquiner gentiment Sihalebe, c'était sa manière d'esquiver la vraie question, sachant qu'il n'avait pas le droit de refuser une faveur à son ami diola.

– Espèce de bouffon sérère ! avait rétorqué Sihalebe. Continue de médire de tes cousins diolas ! Roog Sène ne te sauvera de rien, si Ata-Emit se fâche après toi. D'ailleurs, n'as-tu pas honte ? Un vrai Sérère qui s'appelle Aboubacar, franchement, on aura tout vu ! Roog Sène ne te suffisait donc plus comme dieu ?

– Cousin, c'est le même avec plusieurs noms, autrement, considère que j'en ai maintenant deux. Deux gardes du corps, c'est plus sécurisant, non ? Mes cousins diolas sont des gardes inutiles, ils se bourrent de riz à l'huile de palme, puis s'affalent, se reposent jusqu'à leur fête annuelle d'Houmabeul, ensuite, ils recommencent.

– Si tu veux collectionner des dieux, eh bien, qu'Ata-Emit aussi t'adopte, il est accueillant, mais tu dois d'abord t'engager à ne pas raconter à Pauline tes menteries sérères sur les Diolas et le riz. D'ailleurs, réponse du berger à la bergère, sache que, maintenant, quand Pauline juge quelqu'un têtu, elle ne le traite plus de tête de mule, elle dit : « Ah, celui-là, une vraie tête de Sérère ! » Devine qui lui a appris ça de vous autres ! Bouba, je ne devrais pas t'avouer ma réponse à Pauline chaque fois qu'elle critique mon goût immodéré pour le riz ; maudit Sérère, tu risques d'en profiter pour encore te moquer de moi. Tiens-toi bien, je lui dis qu'il n'existe pas d'autre nourriture qui rendrait un Diola plus heureux. Alors, elle éclate de rire en se préparant des haricots verts ou je ne sais quelle autre horreur diététique.

La conversation dériva sur les épouses. Surtout Pauline, une brave fille, pendant que Sihalebe se goinfrait sous ses yeux, elle faisait des efforts afin de rester belle pour lui. Que pensait-elle de la bedaine naissante de son cher et tendre époux ? Ce gourmand Diola mangeait ce qu'il voulait et ne cessait de répéter à sa femme que son régime ne faisait pas souffrir qu'elle, que ses hanches commençaient à lui faire mal, mais rien n'y faisait. Pauline guerroyait contre toute graisse, la sienne, celle de Sihalebe, et même celle des steaks, elle la détectait à la loupe, la découpait de manière chirurgicale et la jetait à la poubelle ! Elle évitait le riz de Sihalebe, qui, lui, ne pouvait plus sentir ses haricots verts et son blanc de poulet à elle. Pauline surveillait sa ligne mieux que le regard de son homme qui la trouvait parfaite. Lui, il était si fier d'elle qu'il voulait la promener partout, jusqu'aux rizières de Casamance ! Deux ou trois heures à pousser le kadiandou dans la gadoue délesteraient la belle Marseillaise de quelques grammes ; elle n'en serait pas malheureuse, disait son époux, en revanche, elle serait sûrement contente après d'avaler un bol de riz pour se requinquer.

Bouba, quant à lui, avait du mal à imaginer Pauline pataugeant dans une rizière, avec sa pédicure toujours impeccable, lorsqu'elle est en ville. D'un ton amusé, il évoqua les précédentes vacances du couple : Pauline avait voulu trouver d'urgence une esthéticienne pour une manucure, en vue d'une simple soirée en boîte de nuit. Et Coumba la soutint fermement, haranguant sans arrêt Bouba et Sihalebe. « Avez-vous été à l'hôtel Machin, là-bas, à Pétaouchnock ? demandait-elle. Il faudrait peut-être passer à tel autre hôtel, rue Duvertige ? Allez donc voir à celui-là, là-bas, à Adiaguediâkh. » Bouba ignorait que son épouse connaissait Dakar à ce point. Et les pauvres hères déboussolés se garaient pour redémarrer aussitôt, pendant que Pauline, toujours motivée, souriait d'avoir une si tenace alliée. Quelle paire de cheftaines, ces deux-là ! Si elles se voyaient plus souvent, aucun doute qu'elles s'entendraient pour mettre les deux amis à la danse du ventre. Ces coquines savaient qu'elles pouvaient leur demander un poil de moustache de lion ou de l'eau déshydratée, ils seraient assez fous d'elles pour y aller, sans regimber. Lors de cette hallucinante histoire de manucure, ils avaient dû faire presque tous les grands hôtels de la place, avant de dénicher une bricoleuse qui pourtant factura son art contemporain quasiment le salaire local d'un ouvrier. Et même plumée de la sorte, Pauline sembla ravie. À ce souvenir, les deux amis s'exclamèrent à propos de la coquetterie des femmes. Bouba cita un autre exemple : Coumba, qui pouvait passer des journées entières à se faire coiffer, ou plutôt à se faire tordre le cou dans tous les sens, et le soir, elle se plaignait de courbatures ou de maux de tête.

– Mais quand même, commenta Bouba, une après-midi de galère dans les embouteillages de Dakar pour des ongles, quand il existe des ciseaux pour régler le problème ! Alors Siha, je te parie ma boutique que Pauline ne mettra pas les pieds dans une rizière ! Et si jamais elle venait à le tenter pour tes beaux yeux, je veux voir les photos !

Mais Sihalebe ne voulait pas que Bouba se contente de photos. Il tenait à ce que son meilleur ami soit aux premières loges pour ce premier séjour de Pauline en Casamance. Et d'après lui, Bouba risquait de perdre son pari s'il doutait du pouvoir de l'Amour. Pauline était joueuse, elle voudrait sans doute essayer le kadiandou. Solidaire ou curieuse de la vie de ses belles-sœurs, elle les suivrait partout, elle irait sûrement voir comment elles s'y prenaient dans les rizières pour remplir leurs greniers toute l'année.

– Allez, Bouba, s'il te plaît, fais un effort, prends le bateau avec nous ! Tu n'as qu'à joindre l'utile à l'agréable : quelques jours avec nous, ensuite tu feras tes achats avant de rentrer à Dakar. D'ailleurs, tu peux venir avec Coumba, une escapade en amoureux ne vous fera pas de mal, sûr qu'elle appréciera, Pauline aussi.

– Siha, c'est tentant, mais tu sais bien que notre fille n'a que quatre mois, c'est encore un bébé, je ne crois pas qu'il soit prudent de faire déjà un tel voyage avec elle.

– Ah, maintenant, tu veux me la jouer papa poule, tu t'es assagi, dis-moi ! Allons, je ne lâcherai pas l'affaire. Pauline et moi tenons vraiment à ce que tu sois de la fête, c'est une occasion très spéciale pour notre couple. Si tu t'inquiètes pour ton bébé, je comprends ; mais alors, obtiens la permission de Coumba, seulement quelques jours. À mon arrivée, s'il le faut, je ramperai devant elle jusqu'à ce qu'elle nous accorde sa bénédiction.

À ce moment de son récit, Sihalebe, très ému, s'interrompit. Un vent frais soufflait, soulevait d'immenses vagues qui frappaient l'île de Sangomar par tous les flancs, mais le vieux baobab sacré restait immobile, indifférent aux bourrasques. Un oiseau survola le groupe, faisant retentir un étrange chant, ce n'était pas un hibou et personne ne sut quel autre nom lui donner. Comme pour s'assurer que Coumba l'avait écouté attentivement, Sihalebe l'interpella :

– Coumba, j'ignore si Bouba t'avait détaillé notre programme. Sinon, tu dois m'en vouloir de ne t'avoir rien expliqué auparavant, alors que nous étions venus à plusieurs reprises déjeuner ou dîner chez vous, Pauline, Amanda et moi. Avec Bouba et toi, nous avons également partagé des sorties. En toutes ces occasions, j'aurais pu t'informer davantage. Mais Bouba m'avait assuré, dès l'aéroport, qu'il n'y avait aucun souci, qu'il s'était arrangé avec toi. Crois-moi, Coumba, je n'avais pas l'intention de te cacher quoi que ce soit. Comme je viens de le rappeler, j'avais dit à Bouba qu'à mon arrivée, je te demanderais de nous accorder ta permission, j'étais prêt à ramper devant toi, malheureusement je ne l'ai pas fait. On prend trop souvent les choses à la légère, et parfois l'imprévu leur donne l'écrasant poids des remords. Coumba, je suis tellement désolé. Maintenant que je porte la culpabilité de vous avoir séparés, un doute me tourmente de surcroît. Étais-tu vraiment d'accord ou Bouba t'avait-il forcé la main, à cause de Pauline et moi ? Bref, étiez-vous en bons termes à son départ ? Coumba, dis-moi…

Silence tenace. Coumba semblait chercher quelqu'un des yeux. Abolissant la césure entre le tangible et l'imaginaire, elle échappait momentanément au vide de la perte de son conjoint. « Ceci est un théâtre d'ombres », ce sont les spectateurs qui le constatent, en discutent, pas l'acteur. Une fois ses décors permutés, Coumba évoluait dans un autre monde. À Sangomar, tout près de son amour, elle revivait, conversait, éprouvait chacune de ses émotions comme si la vie n'existait nulle part ailleurs. Cependant, le roi des ombres donnant la vue à sa guise, Coumba pouvait solliciter un rendez-vous, mais ce n'est pas elle qui décidait des apparitions ni de l'ordre des entretiens. Elle se faisait donc toujours surprendre par les volontés de Sangomar.

Pendant que Sihalebe enchaînait les questions, Coumba s'en posait d'autres. Les deux amis étaient partis ensemble, pourquoi l'un s'était-il présenté sans l'autre ? Où était Bouba ? Pour quelle raison n'était-il pas venu, ce soir-là, au rassemblement des veilleurs de Sangomar ? Où donc se trouvait son aimé ? S'il ne se présentait plus le jour et ne se montrait pas non plus lorsqu'elle allait le chercher jusqu'à Sangomar, au royaume des ombres, où était-il ? N'avait-il donc pas envie de la revoir, ne serait-ce que pour prendre des nouvelles de Fadikiine ?

VIII

Le voile de la nuit commençait à perdre de son opacité. Fuyant la lumière du jour, la foule regroupée au centre de l'île de Sangomar ne tarderait pas à se disperser. Au grand dam de Coumba, Bouba ne s'était toujours pas présenté. Pour faire languir son épouse de la sorte, avait-il adopté l'insupportable attitude du séducteur s'enorgueillissant de faire trépigner sa belle ? Non, dans l'esprit de son épouse, Bouba ne pouvait être de ceux-là. Mais alors, pour quelle raison n'était-il pas venu comme son ami ?

Au moment où Coumba s'apprêtait à questionner Sihalebe, un petit corps tout chaud gigota tout près d'elle ; aussitôt, une frêle voix déchira la nuit. Sur le lit, une boule de tissu se débattait, geignait, pédalait de plus belle. Petite lueur : derrière les persiennes, un velours noir virait bleu indigo, quelqu'un lavait, délavait le firmament. Le même retournait les bébés tels des crêpes. Pourquoi le teinturier des cieux réveille-t-il les bébés à cette heure-là, si ce n'est pour torturer les mères ? La petite voix se fortifia, s'agaça, insista. Soudain, elle hurla à vous attirer les Nakwé, ces sorcières anthropophages devaient encore tisonner leurs chaudrons pleins de méfaits nocturnes. Anh ! An-ha ! Coumba sursauta, atterrit dans un monde qu'elle avait oublié, clignant des yeux. An-ha ! An-ha ! Un tel abus de décibels dans la nuit, ce n'est pas forcément un âne errant. Parfois, c'est un(e) souverain(e) commandant sa pauvre mère. An-ha ! An-ha ! Même une reine du Saloum n'avait pas tant d'autorité. An-ha ! An-ha ! Coumba inspira profondément, expira bruyamment, comme si une entité s'extirpait hâtivement d'elle. Sur le plancher des vaches, un trésor réclamait sa gardienne. Délicatement Coumba passa une main dans le dos de sa fille, caressa, tapota, câlina. « Chut ! Allons, Fadikiine, chut ! » Mais, qui peut bercer une anguille dans une moustiquaire ? « Chut ! Allons, Fadikiine, chut ! » Certes, une petite Guelware du Saloum mérite djoundjoungs et pélinguères pour la consoler, mais une veuve n'a pas le droit de chanter, même une berceuse. Cela, l'orpheline l'ignorait. Elle pleurait, agrippait ce qu'elle pouvait et ne montrait aucun signe d'apaisement. Alors, essayer de la rendormir ? C'était aussi difficile qu'endormir les sentinelles de Maad Saloum à Kahone, ces lutteurs qui ne somnolaient jamais. D'ailleurs, connaissant la vigilance de ces veilleurs-là, le Peuhl, Atiou, prévenait toujours son frère cadet : *Hamadi, wattawad !* et ces voleurs de bétail allaient se faire voir au Fouta, car, à Kahone, capitale du royaume du Saloum, même les ombres ne passaient pas inaperçues. An-ha ! An-haaa ! « Fadikiine, chut ! Hey, Roog Sène, pourquoi tant de sanglots ? » soupira Coumba. Il n'y avait pourtant pas un nid de fourmis dans le lit. Cette petite, avec ses yeux scintillants tels des cauris dans la nuit, n'abritait-elle pas l'esprit d'une ancienne vigie sérère ? Elle regardait n'importe quel côté de la chambre, fronçait sa petite bouille, ronchonnait, puis braillait comme si, sorti de nulle part, son invisible paternel l'obligeait à signaler sa présence. « Chut, Fadikiine, allons, chuuut ! » quémandait Coumba, en pure perte. Les bébés se fichent royalement d'une bouche en entonnoir réclamant anxieusement silence. Las, allez donc montrer votre horrible grimace à d'autres, la paix de ma mère est à moi ! semblent rétorquer ces mignons petits monstres. An-ha, an-ha, an-haaa ! Coumba décoda les ordres du sien : quand la petite prolongeait de tels pleurs, seul un sein parvenait à la calmer. Serrant son bébé contre sa poitrine, Coumba réajusta la moustiquaire, puis se réinstalla plus confortablement. Adossée au mur, elle donna à sa fille ce qu'elle réclamait ; instantanément, le silence les enveloppa.

Regardant Fadikiine téter goulûment, Coumba, tout attendrie, sourit en se disant que la gamine avait déjà une sacrée énergie. « Mais, de qui tiens-tu un tel tempérament ? » souffla-t-elle, comme si elle avait déjà vu un pélican sortir d'une couvée de jacana ! Poussin du grand large, Fadikiine testait ses ailes dans l'espace restreint de sa mère, surtout quand celle-ci voulait regarder ailleurs. Fadikiine ne faisait pas ses nuits, Coumba se demandait ce que cela pouvait bien signifier. Peut-être qu'à sa manière, l'insomniaque en herbe exprimait une demande : « Ensemble sur terre, Maman, s'il te plaît, garde les pieds sur terre et fais-moi une place sur ton île. » Lorsque Fadikiine, repue, recracha doucement le mamelon de Coumba, aucune ne semblait vouloir changer de position, elles se dévisageaient comme si elles ne s'étaient jamais vues. Dans le silence de la nuit, mère et fille découvraient leur duo. Seul le temps raffermirait leur pas de deux et Fadikiine paraissait posséder assez de vitalité pour tenir sa mère debout. Quant à Coumba, elle apprendrait à déchiffrer l'humeur de sa fille comme elle avait appris le secret des marées.

De qui Fadikiine tenait-elle son tempérament ? Coumba taquinait sûrement sa petite, car même les crabes violets aux abords de l'île étaient en mesure d'indiquer la réponse en agitant leurs pinces. « De là, précisément, d'ici ! » auraient-ils dit. Qui comprend un milieu comprend les hommes qui l'habitent. Que sait-on des Savoyards quand on n'a pas vu leurs montagnes ? L'osmose n'est pas qu'une affaire de molécules ! Comme l'Everest révèle le courage des sherpas, personne ne racontera les Niominkas mieux que la mer qui les cerne, les berce, les menace depuis des siècles, sans jamais décourager une seule de leurs pirogues. Kôrmâma ! Ici, les femmes rament en cadence, hissent la voile aussi bien que les hommes. Les perles autour de la taille, le pagne solidement attaché dans le dos, elles tiennent le gouvernail et font face à l'horizon, quelle que soit sa couleur. Et, Tewmâma vaut Kôrmâma, dans la bouche des mères comme sur les champs de mil ! Fadikiine était déjà aussi généreuse que ses aînées. Et même si ce n'était que de ses pleurs, cette fille du Saloum grandissait avec le tempérament d'une Linguère. Au Saloum, les huîtres des palétuviers n'ont besoin de rien, elles reçoivent tout du bolong, qui, charriant l'histoire de la région, file, serpente, bifurque, mais déboule toujours sur une paisible baie, gardée par ses indéboulonnables haies de cocotiers. Ici, même la végétation se tient droite et rappelle l'allure des ancêtres, tous morts insoumis. Au Saloum, ils vous accueillent avec du lait de coco, mais ne vous fiez pas à votre palais pour juger de leur nature, pensez plutôt au goût de cette eau qui vous baigne les pieds au débarcadère. Certes, la gentillesse leur donne le calme du bolong qui les entoure, mais avant de les prendre pour des carpes, souvenez-vous, le caractère niominka ignore la fadeur. Et la petite Fadikiine ne ferait pas exception, elle relevait déjà les nuits de sa mère.

Une fois les battements de son cœur revenus à la normale, Coumba jeta un regard circulaire dans la pièce. Plus de veilleurs ! On ne dérange pas les esprits. « Ah, merci Fadikiine ! » soupira Coumba. Pourquoi faut-il toujours que les enfants gâchent les rendez-vous galants de leur mère, alors qu'ils ne seraient pas de ce monde s'il n'y avait que des saintes ? Sangomar, le royaume des ombres, était redevenu une île, un tout petit point, là-bas, derrière d'impressionnantes vagues bleues. Une île, accessible seulement en pirogue.

Le ventre plein, la couche sèche, Fadikiine s'était rendormie dans la douceur maternelle. Coumba regardait son petit visage paisible. Le coq s'égosilla, interrogeant les ombres de l'aube ; le muezzin lui répondit. « Cocorico ! qui t'a dit que je m'adresse à toi ? s'énerva le coq. Alors, cocalèque ! » À nouveau, la radio de la mosquée vibra, à faire tomber les noix de coco. Coumba soupira, certaines disputes dureront jusqu'à la fin des temps, se dit-elle. Incapable de fermer l'œil, elle saisit son cahier et sa plume, puis se mit à consigner la réponse qu'elle n'avait pas donnée à Sihalebe. Pour quelle raison s'était-elle obstinément tue, pendant que celui-ci l'interpellait, s'expliquait, se torturait ? Était-ce par pudeur ou par compassion, l'élégance de ne pas ajouter à la peine de Sihalebe qui déjà battait sa coulpe ? Coumba tenait sûrement la clef de ce mystère en griffonnant l'aube. Le coq radotait, le muezzin répliquait, elle écrivait. Parce qu'aucun des deux ne pouvait lui rapporter ce qu'elle réclamait à la nuit, Coumba les ignora et jeta son cœur sur le papier, c'était son offrande à Râ, Roog Sène. Lorsque Râ écarterait le rideau de ses nuages et daignerait jeter un regard sur terre, il lirait cette déclaration de Coumba.

Roog Sène m'est témoin, commença-t-elle, ma plume restera fidèle à la vérité, comme je le suis à mon aimé. Je me souviens de tout. Pour honorer l'invitation de son ami, Bouba avait réussi à me convaincre, en évitant astucieusement de s'appesantir sur ce qui concernait les vacances. Il m'avait fait admettre le nécessaire renouvellement de son stock de produits en provenance de Casamance. Maudits Diolas, gourmands au point de garder le grenier du pays pour vous ! Que Roog Sène vous transforme en lamantins et vous prive d'herbe ! Maudits Diolas ! Gardez donc votre riz paddy, vos noix de cajou et votre indélébile huile de palme, mais rendez-moi mon mari ! Il valait mieux que vos trésors ! Tous vos rois réunis tiendraient sous l'aisselle de mon géant ! Et votre dieu Ata-Emit, qui n'a même pas été capable de protéger le *Joola*, qu'il aille donc vous pêcher des carpes à Kafountine ! Je vous condamne à mille ans de kaldou, sans oignon ni citron ! Rendez-moi mon mari ! Aucune princesse diola ne mérite le sourire de Bouba. Rendez-le-moi, sinon, Roog Sène vous recevra à coups de latte ! Bien sûr, j'avais tenté de retenir Bouba, mais timidement, son argument commercial ayant eu raison de ma résistance. D'ailleurs, je n'avais fait mine de m'opposer à son départ que pour lui témoigner, encore une fois, mon attachement. De toute façon, ma petite voix intérieure m'interdisait de contrarier le moindre de ses projets. Ne vivions-nous pas de ce commerce ? Certes, cette fois Bouba resterait en Casamance quelques jours de plus qu'à l'accoutumée ; il me manquerait, évidemment, mais, en fin de compte, c'était dans notre intérêt à tous les deux. Nous ne roulions pas sur l'or, cependant, nous vivions plutôt bien, comparés à d'autres de notre entourage. Or, cette modeste quiétude, seuls les allers-retours de Bouba la maintenaient, la consolidaient, petit à petit. Dans ce pays où les rêves glissent des mains telles des anguilles, comment les rattraper quand on n'a pas le bras long ? Mon Niominka, mon capitaine, lui, le savait. Il faut des idées en guise de filets, disait-il, et des tripes à vous remorquer une baleine par la queue. Mon homme était fils du Saloum, une terre où l'on apprend la lutte et la pêche en même temps que la marche. Pied marin, mon athlète vivait debout ! Bouba ne vacillait que d'amour, pour le reste, il tenait du caïlcédrat des pirogues niominkas. Avec un tel capitaine, traverser les saisons ne me faisait pas peur. J'étais partante pour des siècles dans sa barque. Bouba fixait le cap, et l'horizon me semblait à portée de main. La houle n'avait qu'à bien se tenir, mon capitaine ne craignait pas les vents contraires. Kôrmâma ! Inlassable combattant, mon guerrier affrontait le sous-développement, sur le cynique ring du capitalisme. Mais, mon gladiateur ne tuait personne, c'est lui-même qu'il esquintait à la tâche ! Complet, mon bonhomme, à la fois employeur et salarié, il avait la journée double et le sommeil court. Quand l'employé devait écouter le bon sens de l'employeur pour garder la petite boutique à flot, c'est le patron qui se contentait d'une bouillie de mil, sans broncher. En période de vaches maigres, il dégustait tout bourratif comme s'il s'agissait d'un mets royal, en me complimentant : « Ma douce, c'est délicieux, tu t'es surpassée. » Voyant mon air dubitatif, il ajoutait : « Tu sais, ma douce, le ventre n'ira jamais raconter son contenu et le mien étant plein d'amour pour toi, je ne manque de rien. » Pourtant, même s'il opposait son flegme à la précarité, il ne cessait d'œuvrer à l'amélioration de notre condition.

Bouba ne laissait l'ombre d'aucune faim s'attarder dans mon regard. Débrouillard, toujours déterminé à nous sortir du marasme, il ne cessait de chercher des solutions. Bouba se démenait, rapportait de quoi égayer ma marmite et chacune de nos soirées. Le crépuscule me convoyait ce que l'aube, jalouse, me prenait : la silhouette de mon ami, mon mari, mon adoré, dont le sourire illuminait mes nuits. Maudits Diolas, rendez-moi ma féerie ! Sans Bouba, les étoiles se cachent au fond d'une mine à Sabodala. Sans Bouba, Fadikiine ne fait plus ses nuits, elle a aussi peur que sa mère des monstres qui hantent la chambre des veuves. La nuit, que deux douzaines de lutteurs diolas montent la garde au pas de ma porte ! Et qu'ils sachent que la couleur de mes dentelles leur restera inconnue. D'ailleurs, qu'ils aillent faire des châteaux de sable au cap Skirring ! Un régiment de gardes ne peut remplacer la compagnie du guerrier romantique qui veillait sur mes nuits. Avec Bouba, la solitude ignorait mon adresse, la peur aussi. Bouba ne partait jamais sans m'avoir rassurée. « Ne t'inquiète pas, ma douce, prends bien soin de toi et de la petite ; je reviens le plus vite possible », disait-il sur le pas de la porte. Cette porte, où je le devinais gardant Fadikiine et moi pendant toute la durée de son absence. Et mon prince tenait parole : il revenait vite, chargé de ma joie, ce sourire qui le précédait toujours. Bouba partait à cause de nous et revenait pour nous, en taisant sa douleur des arrachements, tout comme sa fatigue. Son élégance ne parlait que de la beauté des retrouvailles, qui nous soignait des jours et des nuits sans nous. Alors, qu'il allât en Casamance ou à Adiaguediâkh, quelle diablesse oserait contrarier un tel homme ? Le soutenir, c'était ma plus belle rébellion, pas contre lui, mais contre le sort des tropiques, qui avait fait de mon amour un bagnard des temps modernes, un nomade économique. Quoi qu'il entreprît, je l'encourageais : Kôrmâma ! Où qu'il allât, Bouba ne cherchait que le meilleur pour sa famille. Où qu'il allât, la pendule de mon cœur scandait la même prière : pourvu qu'il reste assez amoureux pour toujours reprendre son sillage à l'envers. Où qu'il allât, je voulais qu'il emporte le grain de ma peau au bout de ses doigts. Où qu'il allât, je voulais que mon parfum l'enivre dans ses rêves. Où qu'il allât, Roog Sène m'est témoin, je souhaitais qu'il parte le cœur léger. Pourquoi aurais-je alourdi ses semelles, il allait cueillir des étoiles pour nous ? Aussi, à chacun de ses départs, je lui soufflais le mantra qui allégeait ses pas : Va, mon aimé, va en paix ; je me languirai de toi, alors, fais-moi le plus beau des cadeaux : reviens-moi sain et sauf. Ce qu'il me répondit la dernière fois tournera en boucle au creux de mon oreille, jusqu'à nos retrouvailles. La seule permission que Bouba n'avait pas, c'était celle de ne pas revenir dans mes bras.

Non, Sihalebe n'eut pas besoin de mettre genou à terre. D'ailleurs, s'il avait seulement essayé, un esprit frappeur diola aurait surgi de nulle part et lui aurait filé des baffes, jusqu'à ce que surdité s'ensuive, car la mémoire de son altier homonyme n'aurait pas supporté l'agenouillement. Les révérences, l'indéboulonnable menhir qui veille encore à Oussouye n'en faisait pas, il les recevait. Révérences, Sihalebe Diatta, roi d'Oussouye, révérences ! parce que son souvenir soumet la raison à l'admiration. Il y a des humains que rien ne peut déshonorer, même pas le feu pétaradant d'une puissance militaire. Il était de ceux-là, Sihalebe Diatta, l'inoubliable roi d'Oussouye, car il possédait la plus redoutable des armes : la détermination ! Là-bas, en son royaume, pour souhaiter le *Bonjour*, dites *Kassoumaye*. Hospitaliers, les Diolas vous répondront *Kassoumaye kép*. Mais, attention, même si *kép* ne signifie pas képi, il signale bien d'inflexibles soldats, des soldats de l'honneur. Prononçant *kep*, la bouche mime l'hermétique mur de dignité qui se dresse devant tout outrage destiné aux enfants de Casamance. Là-bas, même les palmiers se souviennent qu'Aline Sitoé Diatta vécut debout et valait, à elle seule, une armée à l'assaut. Tout Diola qui tient d'elle redoute le manque de riz, sûrement pas le combat. Là-bas, le kadiandou, ils ne s'en servent pas que pour cultiver le riz dont ils raffolent, ils l'envoient puiser l'honneur des hommes tout au fond de leur terre. Ils suent, s'abîment les mains, se ruinent la carcasse, mais leur courage ne s'use pas, Sihalebe leur ayant appris la résistance à toute épreuve. Tout Diola qui porte en lui l'esprit d'un tel ancêtre mérite d'entendre : Kôrmâma ! Révérences, des rives du Saloum jusqu'au bois sacré d'Oussouye, révérences à Sihalebe ! Dieu animiste, suprême et indivisible, Roog Sène des Sérères, c'est évidemment Ata-Emit des Diolas, celui-là même qui avait béni le trône de Sihalebe. Comme ses homologues des royaumes du Sine et du Saloum, le roi d'Oussouye, en son temps, résista vaillamment à la colonisation, comme à toute forme de conversion religieuse. Au même moment, Maad-a-Sinig Coumba Ndoffène Fandeb Diouf gardait la même nuque raide que son illustre homonyme et Maad Saloum Sémou Ngouye Diouf tenait son sceptre droit comme sa lignée d'insoumis, en rêvant sûrement d'égaler la bravoure et la longévité de Maad Saloum Maléotane Diouf, le lion qui régna quarante-cinq années durant. Kôrmâma ! Imaginez donc, qu'auraient dit ces tenaces Guelwars du Sine et du Saloum, s'ils avaient appris que Sihalebe, leur cousin diola, s'était agenouillé ? Ils auraient certainement rugi : Inadmissible, *nankâne*, oreille ne peut entendre cela ! Et justement, *nanâne mouk*, jamais oreille n'entendit cela ! Consultez les archives françaises ou bien allez à Oussouye et demandez aux fils de Casamance ! Gardiens de la mémoire de leurs pères, ils vous diront que le roi Sihalebe resta droit comme son sceptre, jusqu'au désespoir de ceux qui savent domestiquer les vivants, mais pas la mort, qu'il accueillit sereinement. Non, Sihalebe n'a pas mis genou à terre ! Cet indomptable Diola se laissa mourir de faim et de soif aux mains des Français, pour ne pas déshonorer son titre et son peuple. Chef politique et chef religieux animiste, à la fois noble et sacré, le roi Sihalebe ne devait ni manger ni dormir en public. Allez donc dire cela à ceux qui ripaillaient, roupillaient, couchés sur des baldaquins, cernés de leur cour ! Chacun ses mœurs ! Malheureusement, les colons voulaient les terres des autres, mais de préférence dépouillées de leurs us et coutumes, afin qu'orphelins de leur culture, les hommes soient plus malléables bêtes de somme. Sa sainte Altesse royale, Sihalebe Diatta, en dieu vivant, ne devait pas quitter son royaume et, surtout, il ne devait s'adonner ni à la bassesse alimentaire ni à la négligence du sommeil en public. Et, lorsqu'en 1903, les Français le déportèrent à Sédhiou et tentèrent de l'y contraindre, il préféra renoncer au monde empirique avec ses gloires éphémères pour faire de l'éternité son incommensurable royaume. Sihalebe n'a pas mis genou à terre ! C'est le colon qui s'est mis à genoux pour ramasser sa dépouille d'insoumis, qu'Ata-Emit avait déjà vidée de la conscience qui l'habitait. Déjà, l'âme de Sihalebe régnait ailleurs, dans la nuit d'Oussouye, où les esprits obéissent à leur roi. Aujourd'hui encore, quand les lucioles traversent la nuit d'Oussouye, on dit qu'elles suivent le sceptre de l'immortel roi. Allez saluer Son Altesse royale Sibilumbaï Diédhiou, l'actuel roi d'Oussouye, il vous donnera de fraîches nouvelles de Sihalebe. Maître du culte et du trône, à son tour, Sibilumbaï converse avec ses illustres prédécesseurs. À Oussouye, lors de la grande fête annuelle d'Houmabeul, après les récoltes, Son Altesse royale Sibilumbaï, en roi reliant les deux mondes, nourrit les vivants, mais aussi leurs invisibles voisins. Chez les Sérères comme chez leurs cousins diolas, point de SDF, même les esprits de leurs morts savent où trouver un toit et des vivres jusqu'à la fin des temps. Sérère ou Diola, chaque animiste sait que l'esprit des siens vit par et pour lui, que s'il n'en prend pas soin, il ne fait de mal qu'à lui-même. « Les morts ne sont pas morts », Birago Diop l'a écrit, noir sur blanc, et pas seulement pour la beauté du verbe. Ce poète-là, les muses l'abreuvaient des sources de Mama Africa, où les *Souffles* vivent indéfiniment et accompagnent leurs descendants partout. Ainsi, l'esprit du roi Sihalebe se réincarne, change d'aspect à sa guise, se déplace, s'invite où il veut et quand il le veut. Comme ce brave Diola n'aime pas s'ennuyer, il s'amuse à jouer au petit coquin. Porté par les vents du soir, il voltige, tourbillonne à travers la Casamance et parfois prolonge sa virée jusqu'en pays sérère, où il est toujours le bienvenu.

D'ailleurs, le voilà en goguette, enquiquinant nuitamment une Niominka, qui peinait à lui faire entendre raison. En effet, pendant que Coumba écrivait, une fraîche bise soufflait, soulevant le rideau de la fenêtre par intermittences. Fatiguée ou distraite, la griffonneuse s'arrêta un instant, scruta la fenêtre, sourit, puis réprimanda son facétieux visiteur de l'aube.

Hey, Sihalebe ! Je veux bien te faire une offrande, mais ne me réclame pas l'insipide riz à l'huile de palme d'Oussouye, c'est un étouffe-chrétien ! Eh oui, tes enfants vont maintenant à l'église endimanchés. Ils communient, confirment, confessent et louent quelqu'un d'autre qu'Ata-Emit. Dire que tu t'es laissé mourir de faim et de soif pour refuser cela ! Si les aînés savaient d'avance ce que leurs cadets font parfois de leurs sacrifices, ils seraient moins combatifs. Enfin bref, si tu viens chercher refuge chez moi, adapte-toi. Ici, dans les îles du Saloum, le soir, pendant que le muezzin s'acharne à faire oublier le culte sérère de Maad Saloum Maléotane, on remercie toujours Roog Sène – après le succulent sikat, l'ancestral couscous de mil au poisson –, mais dans une autre langue. Capitaines, carangues, dorades, espadons ou barracudas, les poissons s'acceptent différents, tandis que les humains, eux, se mènent des guerres de chapelles, se convertissent et s'uniformisent ; en mathématiques, ils s'y connaissent en division, mais ratent trop souvent l'addition. Bon, Sihalebe, voilà un couscous riche d'une variété de poissons ; c'était mon dîner, mais je n'y ai pas touché. C'est tout de même mieux qu'un riz aux carpes de Karabane ! Ah, tu veux des crevettes de Saloulou ? Je t'en propose du Saloum, sinon, va les pêcher toi-même. Sihalebe, arrête de pinailler ! Si mon plat ne te convient pas, va te faire voir à Adiaguediâkh ; là-bas, à Haéré-Lao, ils te mettront au régime lathiyri-khâko ! Sihalebe, mange et laisse-moi écrire ; arrête de me parler de dialdiali, je ne suis pas d'humeur à porter des perles ! Sihalebe, je n'ai pas de bëthio et tu n'accrocheras pas ton sceptre à mes dentelles, elles sont rangées aux oubliettes ! Sihalebe, *wassiâm* : laisse-moi ! Mais lâche donc ma plume ; ne sais-tu pas qu'elle prolonge ton sceptre ? Sihalebe, *atti !* Si tu ne comprends pas le sérère, je te le dis en diola, *outébou !* Rends-moi ma plume ! Bénis-la et laisse-moi écrire en paix. Pourquoi est-elle mauve ? Ah, vieux curieux, apprends à lire le français et tu le sauras, en tout cas, elle écrit ton nom ! Est-ce qu'elle parle diola comme toi ? Non, et puis quoi encore ? Si tu continues, espèce de fantôme diola mal léché, je finirai par te mettre à genoux ! Ah, non, tu ne peux pas ? Qu'est-ce qui t'en empêche ? L'arthrose s'attaquerait-elle également aux esprits du panthéon diola ? Ah, tu ne peux pas, parce que ce serait sacrilège !

Au royaume des ombres aussi, les habitants ne doivent pas voir leur roi ni manger ni dormir. Alors, comme de son vivant, Sihalebe s'éclipsait pour prendre ses repas et se reposer avec ceux du monde invisible, maintenant il s'échappe du royaume des ombres pour venir se récréer et se sustenter chez les vivants. Il vient chercher offrandes et libations, mais ne se met jamais à genoux pour les prendre ; comme tout esprit, il les embrasse d'un souffle et s'en va, vivifié. Souffle, l'ancêtre Sihalebe traverse le bois sacré d'Oussouye, se fond dans la brise des soirs côtiers jusqu'aux rivages du Saloum où il apparaît comme il a vécu, debout. Non, Sihalebe n'a pas mis genou à terre ! Coumba surligna cette phrase dans son carnet, puis ajouta : Bouba non plus ! Son ami, le jeune Sihalebe, demande si nous nous sommes séparés en bons termes. Oui, je pense que oui, parce que le dernier terme de nos aurevoirs consistait toujours à nous assurer réciproquement de notre amour. Mais pourquoi n'est-il pas venu à ma rencontre au rendez-vous des veilleurs à Sangomar ? Sûr que j'y retournerai, on verra bien…

Fadikiine dormait, Coumba écrivait. Comme les mineurs suivent obstinément un filon, sans plus songer à la remontée, Coumba écrivait. Il ne restait presque plus rien de la traîne noire de la nuit ; grignotée par l'aube, elle dévoilait déjà les étroites ruelles du vieux village. Coumba n'avait pas entendu les pas s'approcher de sa chambre, mais soudain, trois coups décidés retentirent, interrompant le mouvement de sa plume qui dansait quasiment seule, comme mue par un invisible esprit. Coumba jeta un regard vers la porte. Déjà, une voix la submergeait d'injonctions :

– Coumba ? Bonjour, Coumba. As-tu fait ta prière d'*Al Fajr* ? Sinon, tu devrais te dépêcher, le muezzin a cessé d'appeler depuis longtemps. Comme je voyais de la lumière dans ta chambre, j'ai cru que… Mais ne te voyant pas sortir…

Encore Wassiâm, la belle-mère ! Et la journée commençait invariablement ainsi. Si, à défaut de cesser de croire en ce qu'elle voulait, elle pouvait s'abstenir de forcer les autres, son paradis à elle serait peut-être moins hypothétique ! D'ailleurs, comment se débrouillait-elle pour échapper aux Nakwé chaque nuit, et venir lui gâcher le calme de l'aube, ce moment si précieux pour elle ? Après quelques soupirs, Coumba nota dans son carnet quelques lignes, au style de sujet de dissertation. On ne cesse de parler de solidarité féminine ; comment se fait-il qu'il existe plus de belles-mères insupportables que d'adorables ? Pourquoi certaines bonnes femmes croient-elles devoir s'accrocher à leur bru, telles des échardes ? La fidélité, celle-ci ne la souhaite que de leur fils. D'ailleurs, les belles-mères savent-elles qu'en grande majorité les femmes, bien qu'elles ne l'avouent jamais, préfèrent épouser un orphelin ? Cela réduit les problèmes conjugaux de moitié, au minimum.

Et qui juge Coumba médisante n'a qu'à confesser les princes charmants ; s'ils apprécient le vin ou le comté bonifié par le temps, il est rare qu'ils aspirent à plus de proximité avec celle qui représente la vision anticipée de leur compagne. Constamment scruté, évalué, le gendre ou la bru jouit rarement d'une position confortable.

– Bang ! Bang ! frappa encore Wassiâm. Coumba, as-tu vu l'heure ? Tu es encore en retard pour la prière. Mais qu'attends-tu ?

Coumba attendait d'être libérée de son cornac. Mais, pour le moment, elle n'avait d'autre choix que d'obéir, malgré le poids de la selle et la morsure du harnais de Wassiâm. Alors elle bondit, cacha son cahier sous son matelas, saisit sa bouilloire et poussa la porte. Sa belle-mère, raide comme un balai, lèvres pincées, la regarda passer avec un œil de juge d'instruction. L'ire est toujours contagieuse, mais, en faisant ses ablutions, Coumba tempéra son humeur en se disant qu'Allah, *As-Sabur*, le Patient, dans Sa grande générosité, a sûrement donné autre chose aux créatures qu'il a privées de patience. Cette appréciable vertu procède elle-même de la clémence, dont la belle-mère faisait rarement preuve. Quel immense don cachait Wassiâm lorsqu'elle piaffait, testait les nerfs de Coumba ? Encore une journée que la jeune veuve endurerait en guettant la complice brise du soir pour retrouver les veilleurs de Sangomar. Qui a peur des djinns de Sangomar, pensait-elle, ferait mieux de se méfier d'abord de ses semblables : les humains et leurs diableries !

IX

Flux et reflux ! La vague reviendra caresser le banc de sable, c'est une certitude, il suffit d'attendre la marée. Hélas, les merveilleux rendez-vous de Coumba dépendaient des Pangôls de Mâmayiin ; les esprits des ancêtres offrent leur secours à leur guise et n'ont cure des amplitudes marines. Flux ! Comme la mélancolie prend sa source au cerveau, gonfle la poitrine, déborde du cœur et coule par le nez. Reflux ! Submergée, Coumba reniflait en cachette. Il est vrai que la mer se retire du bolong en silence, c'est ainsi que se retranchait la veuve, déviant le tumulte de ses songes vers son cahier. Djinn de la mer et roi des ombres, Sangomar accorde ses faveurs à sa convenance et, tout comme les humains, lui aussi a ses humeurs.

Pendant plusieurs nuits successives, les sollicitations de Coumba furent vaines. La patience est la vertu des requérants, se raisonnait-elle. Mais il est des désirs si impérieux qu'aucune sagesse ne peut les calmer. Celui de Coumba était de ceux-là. Et si le don ne servait qu'à expérimenter le supplice de la privation ? Bouba, elle ne pensait qu'à lui. Elle le réclamait chaque soir à Sangomar. Sa demande était-elle trop pressante au goût de Sangomar ? Ce dernier avait-il décidé de châtier l'insolence de son impatience ? À moins que les réveils bruyants de Fadikiine n'aient fini par décourager les veilleurs de venir au rendez-vous ? Perplexe, Coumba passait d'une hypothèse à l'autre. Mais elle tenait trop à revoir son Bouba pour renoncer à invoquer les Pangôls. Un soir, tout aussi motivée que les précédents, elle se fit très humble et redoubla de ferveur. Mains jointes, elle ferma les yeux et murmura plusieurs fois sa formule magique :

– Sangomar, moi, Coumba, l'enfant lavée dans tes eaux, je reviens vers toi. Sangomar, roi des ombres, pour toi et les Pangôls de Mâmayiin, je verse du mil et du lait caillé. Sangomar, accorde-moi la vue qui traverse la nuit ; Bouba, mon mari, et ses compagnons sont en ton royaume, convoque-les pour moi. Ô roi des ombres ! Humblement, je te le demande, accorde-moi la vue qui traverse la nuit.

Sous la moustiquaire, Fadikiine dormait, rêvait, tétait machinalement un sein imaginaire. Est-ce cette quiétude de bébé que la vie punit de coups de latte à l'âge adulte ? Sous la moustiquaire, Coumba restait assise, adossée au mur ; ses bras esseulés étreignaient le vide. Ce n'était pas une femme qui priait, c'était un souhait qui narguait les lèvres d'une amoureuse. Cette forme qui tremblait sous la lueur de la lampe tempête, ce n'était pas une dévote en prière, c'était la nostalgie qui dévorait le corps d'une amoureuse. Lorsque Coumba rouvrit enfin les yeux, une foule de veilleurs était là, massée devant elle, silencieuse. Alors qu'elle cherchait le visage de Bouba, un couple se détacha du groupe, avança vers elle, main dans la main. Elle reconnut aussitôt Pauline et Sihalebe, mais n'eut pas le temps de leur poser la question qui tenait son cœur en alerte, déjà, Pauline l'interrogeait.

– Ma chère Coumba, je suis si désolée, dit-elle en préambule ; Siha t'a déjà expliqué la manière dont les choses se sont malheureusement enchaînées. Nous sommes vraiment désolés. As-tu reçu un coup de fil de mes parents ? Sinon, je suis sûre qu'ils t'appelleront bientôt. Oh, les pauvres ! Imagine-les, là-bas, à Marseille, et moi, retenue ici. Et Maman ! Dans quel état elle a dû se mettre, la pauvre ?! Tu imagines un peu ? Je me soucie de mon père aussi, mais ma mère…

Comme si elle lisait les réponses dans le regard de Coumba, Pauline poursuivit, obnubilée par cette même pensée qui lui gâchait le repos au royaume des ombres : comment allaient ses parents, comment faisaient-ils face à son absence ? Comme hypnotisée, Coumba l'écoutait sans réagir. Voyant à quel point elle était émue, elle n'osait l'interrompre. Le vent répandait la rumeur des vagues, emportait avec lui les minutes et l'écho des mots de Pauline. Absorbée, Coumba écoutait, consignait chaque phrase avant son évanouissement dans la mémoire. Elle écrivait. Soudain, une autre voix couvrit celle de Pauline.

An-ha ! An-haa ! Ce n'était pas un sergent rythmant le pas de sa troupe dans la nuit. An-ha ! An-haa ! Il n'y a pas que les chiens qui interrogent les ombres dans la nuit. An-ha ! An-haa ! Le hibou gâche parfois le calme de la nuit, mais pas comme ça. An-ha ! An-haa ! Ce n'était pas une reine réclamant sa camériste, mais le résultat était le même, car ce cri-là signifiait : « À moi ! D'abord à moi, ma mère est à moi ! » Et l'effet fut immédiat, car le pouls de Coumba semblait battre dans celui de sa fille ; le moindre ronchonnement de la petite suspendait toute autre préoccupation, séance tenante. Si Sangomar envoûtait Coumba en lui donnant une vue qui traverse la nuit, Fadikiine possédait la voix magique qui la ramenait sur terre. Au commandement de la petite geignarde, Coumba tressaillit, émergea de son envoûtement, puis se retourna, prête à materner. Encore une fois, Fadikiine avait mis un terme à l'audience nocturne et chassé les convives de sa mère. Cette gamine au pouvoir irrésistible n'était-elle pas la cheftaine de toutes les sorcières du Saloum ?

Encore un rendez-vous écourté et toujours pas de Bouba ! soupira Coumba. Pourtant, très vite, sa frustration fut remplacée par un tout autre sentiment. Cajolant sa petite, elle oublia momentanément son propre sort. Solidaire, elle songeait à une autre mère, là-bas, à Marseille. Une mère qui réclamait son enfant à la nuit. « Tu imagines un peu ? » avait demandé Pauline. Non, car, personne ne le pouvait. Mais qui a déjà pleuré de chagrin connaît le goût de toutes les larmes et le poids de l'impuissance. Comment les parents de Pauline allaient-ils ? Coumba n'arrivait plus à sortir cette question de son esprit. Là-bas, où chaque soir confirmait l'absence de leur fille, comment accueillaient-ils les jours ? Un pélican de retour de migration renseignerait-il Coumba ?

Là-bas, loin du Saloum, la mer s'appelle autrement, mais le chagrin a la même amertume que sur les rives de l'Atlantique. Là-bas, à Marseille, la Bonne Mère veillait, fidèle au poste. On la quittait, la retrouvait ou pas, mais ce n'était jamais de son fait. Un jour, elle n'avait plus vu Pauline.

Sage observatrice des marées du destin, la Bonne Mère reste impassible, elle ne retient pas ceux qui larguent les amarres, ensorcelés par d'autres horizons. Que vous partiez pour Le Havre, Dakar ou Sepetiba, là-bas, à Adiaguediâkh, comptez sur votre pied marin et votre bonne étoile ! La Bonne Mère vous souhaite bon vent, mais ne vous prêtera pas main-forte lorsque vous prendrez le ris, elle garde ses pénates. Comme toute bonne mère de marin, elle a des nerfs à vous remorquer un tanker, l'attente la tient en veille mais ne la terrasse pas. C'est que, depuis l'Antiquité, ses enfants grandissent, humant l'air du grand large en jouant aux pirates. Quand les neiges d'Europe leur soufflent dans le dos, le soleil d'Afrique leur caresse le visage. Et, comme l'iode les fortifie, lorsqu'ils éternuent, c'est parce qu'un parfum d'ailleurs leur chatouille les narines. À l'instar de l'Atlantique, la Méditerranée ne lave pas les pieds aux marronniers, la sédentarité sied rarement aux fils de marins. « Va, mon enfant, si le cœur t'en dit, *vade in pace* ! Reviens, riche du monde qui t'appelle ! » Voilà ce que dit le silence de la Bonne Mère. Car c'est bien le voyage qui garde le grenier des marins inépuisable. Une mère ou une épouse de marin ne pleure pas à quai, cela déchaîne la mer, disent les Niominkas, là-bas, entre les bras de l'Atlantique. Qu'en pensent leurs frères méditerranéens ? Ont-ils eux aussi leur astuce pour maintenir le sourire des femmes et appareiller le cœur léger ? Quoi que l'allure raconte au port, conjurant le blues plus que les vents, nul n'est dupe : à la danse des masques, on sait bien que des visages transpirent dessous.

À Marseille, la Bonne Mère se laisse éblouir par le soleil ou cache son visage dans la brume, quand ses enfants lèvent l'ancre. C'est ainsi ! martèlent ses cloches. Et c'est bien ainsi depuis la nuit des temps, ils s'en vont chercher le poisson et ce qui l'agrémente jusqu'à Adiaguediâkh, là-bas, au bout de l'espoir, sans jamais oublier leur brave Bonne Mère, laquelle patiente tranquillement. Car toute bonne mère sait que, tôt ou tard, la douceur de son sein lui ramène ses enfants et même les plus ensorcelantes sirènes n'y changent rien. Outre la bonne fortune, c'est la force de revenir qu'elle demande dans ses prières pour ses vadrouilleurs. Bienveillante, la Bonne Mère reçoit les revenants et, si besoin, elle rassure, requinque, console des affres du périple. Cependant, inamovible sentinelle, elle ne va jamais à la recherche des explorateurs ayant perdu leur boussole en cours de route. Bien qu'elle entende les conciliabules affligés, les insistantes interrogations et les poignantes complaintes, elle reste égale à elle-même, aussi imperturbable que Cassis ignorant le clapotis des calanques. « Untel, depuis le temps qu'il a hissé les voiles, comment se fait-il qu'il ne soit toujours pas de retour ? » La Bonne Mère donne sa langue aux chats qui se disputent ses carcasses de poissons. « Unetelle n'a plus donné de nouvelles depuis des lunes, pour quelle raison n'est-elle toujours pas rentrée ? » Demandez-le à votre petit doigt ! La Bonne Mère tient son rond bébé dans les bras, pas une boule de cristal. Qu'importe le sens du vent ! La Bonne Mère sait que les soupirs balaient la poussière à ses pieds, mais, inébranlable, elle scrute la baie, sans piper mot. C'est qu'elle consacre son souffle à prier, réclamer clémence au Maître de la balance, qui écrase l'échine de ses enfants. Alors, *Amen* ! En passant, dites seulement *Amen*, mais ne l'interrogez pas si votre beau marin vous pose un lapin. La bonne dame s'occupe de mystères divins, pas des problèmes de calendrier des semelles de vent. Les anxieux n'ont qu'à prier, sinon, qu'ils interrogent les souffles bavards qui chuchotent au Vieux-Port. Non, la Bonne Mère ne dit rien, elle n'interroge personne non plus. D'une part, si elle se mettait à raconter tout ce qu'elle sait, plus aucun marin ne mouillerait, d'autre part, si les vents lui relataient ce qu'il arrive parfois à ses enfants au loin, elle n'aurait plus assez de sérénité pour veiller sur sa demeure. Notre Père, qui es aux cieux, dit-elle, que ta volonté soit faite sur la terre comme au ciel. Mais, que demande-t-elle sur la mer ? Un jour, elle n'avait plus vu Pauline. Elle l'attendait, comme elle attendait tant d'autres de ses enfants, sans compter les marées.

À l'automne 2002, la Bonne Mère veillait, surplombant sa ville autant que les soucis de ce bas monde. Vent du nord ou du sud, cela ne dérangeait que les jupes des coquettes et les écharpes des frileux. Par tous les temps, la Bonne Mère gardait silencieusement ceux de ses enfants qui lui demandaient protection et les plus sombres nuages ne parvenaient pas à brouiller son regard, qui a déjà tant vu. Toujours attentive, elle écoutait les suppliques, comme à l'accoutumée, mais elle n'avait aucune réponse pour Djilali et Linda, les parents de Pauline, qui lui répétaient les mêmes sempiternelles questions : Qu'est-il advenu de Pauline ? Là-bas, par-delà le Sahara, encore plus au sud, là-bas, en Afrique, à des milliers de kilomètres de Marseille, qu'est-il arrivé à Pauline ? Bonne Mère ! Que s'est-il vraiment passé, là-bas, au Sénégal ? Comment et, surtout pourquoi le *Joola* a-t-il chaviré ?

Obsédés par ces questions, dès l'annonce de la catastrophe, Djilali et Linda s'étaient rendus au Sénégal, en escomptant des réponses. Ils avaient sauté dans le premier vol disponible. Si leur fille et leur gendre étaient parmi les rescapés, ils auraient besoin de soutien, se rassuraient-ils. Linda et Djilali avaient embarqué, la terreur au ventre, mais avec le secret espoir de revenir en France avec Pauline et Sihalebe. Coumba l'ignorait encore mais, au moment où elle regagnait le Saloum avec sa pléthorique escorte, les parents de Pauline ralliaient la capitale sénégalaise, avec leur neveu Maxime, qui finalement n'avait pas pu rejoindre sa femme et ses amis comme prévu.

Arrivés à Dakar, Linda et Djilali trouvèrent une ville sens dessus dessous, où les pouvoirs publics étaient en état de choc autant que ceux qui faisaient appel à eux. Où peut-on voir les rescapés ? Y a-t-il une liste des passagers décédés ? insistait Maxime. Combien sont portés disparus ? Seul l'Atlantique le savait. À Dakar, en cette semaine d'apocalypse, les gens avaient tous perdu la tête, l'effroi leur avait vissé une toupie sur les épaules, comme à Linda et Djilali. « Non, ce n'est pas possible ! » s'exclamaient-ils. Mais c'était bien la cruelle réalité, le malheur n'avait pas manqué sa cible, le *Joola* avait effectivement coulé. Comme s'ils pouvaient encore redresser la barre de l'infortune, Djilali et Linda s'agitaient, couraient dans tous les sens. D'abord, ils se présentèrent à l'ambassade de France, puis, n'ayant pas la patience de supporter le goutte-à-goutte des informations distillées par les autorités, ils avaient marathoné d'un hôpital à l'autre, d'une morgue à l'autre, en vain. Éreintés, submergés par le désespoir, ils avaient fini par se résoudre à partager les veillées ardentes qui se tenaient dans tous les quartiers de la ville. Veiller, prier parmi les autres, c'était une demande pressante de Linda. Et, tout comme Djilali, Maxime, ne sachant quoi faire d'autre, se laissa entraîner. Linda qui n'avait jamais été fervente chrétienne en était arrivée à appeler Jésus, Marie, Joseph, de toutes ses forces : « Sainte Marie pleine de grâce, je te confie ma Pauline, mon adorée, mon unique enfant. Sainte Marie pleine de grâce, veille sur Pauline, où qu'elle soit, ne l'abandonne pas ! » Même lorsqu'elle se retournait dans son lit, au beau milieu de la nuit, Linda murmurait cette prière. Alors, Djilali l'enlaçait, lui caressait le dos et les cheveux. En guise de réconfort, il lui susurrait des vœux pieux :

– Ne perds pas espoir, chérie, peut-être que d'autres bateaux sur la zone ont pu sauver des passagers. Il y a aussi les pirogues de pêche des villages environnants. Alors, qui sait ?

– Tu crois vraiment qu'il y a encore de l'espoir ?

– Espérons, ma chérie, espérons…

Djilali essayait de rasséréner Linda comme il pouvait, pendant que ses yeux avouaient tout ce que la bouche ne s'autorise jamais à formuler, quand les hommes font l'homme : « Moi aussi, je suis inquiet. Moi aussi, j'ai peur. Moi aussi, j'ai mal. Je te tiens, ma chérie, mais, surtout, ne me lâche pas ; si tu t'écroules, c'est moi qui ne me relèverai pas. » Voilà ce qu'un œil attentif peut déceler dans le regard des hommes, quand le creux de leur épaule protège femme et enfants contre les violences du monde. Qui tisse l'étoffe des héros ? Celui-là devrait aussi leur forger une cuirasse, afin de leur éviter les bleus, toutes ces fois où ils s'interposent dignement, prennent les coups de bâton du destin pour préserver les leurs. Comme tout homme de valeur, Djilali savait que nourrir ne suffit pas, il faut aussi rassurer, c'est-à-dire avoir le cran de faire face aux pires circonstances de la vie. Et pour Linda, il était le plus fiable des héros. Agissant toujours en bon pilier de famille, Djilali ne fuyait jamais la détresse des siens. Mais comme il n'était pas de marbre, les mots qu'il taisait macéraient dans son cœur, puis injectaient ses yeux d'une couleur rouge-calamité. Quelle écluse retenait ses larmes ? Une éducation, une idée préconçue, un lacet pour les nerfs, une hermétique digue d'orgueil ? Bien sûr qu'un homme a le droit de pleurer pour une Madeleine, qu'elle soit en pâte ou bien en pantalon, mais surtout, il a le droit de pleurer comme celle qui gambade en jupe !

La vieille sottise qui consiste à faire accroire aux petits garçons qu'« un homme ne doit pas pleurer », loin de les inciter au courage, ne fait que les pousser à nier leur part d'humanité. La bravoure n'a strictement rien à voir avec l'insensibilité. Si courage et sensibilité s'excluaient, Paul Éluard n'aurait pas été infirmier militaire au front en 1914 ; pendant la Seconde Guerre mondiale, Léopold Sédar Senghor n'aurait pas été fantassin, au point d'endurer le Frontstalag, et René Char, alias Capitaine Alexandre, n'aurait pas écrit les *Feuillets d'Hypnos* dans le maquis. Non, on peut pleurer en humain, écrire des poèmes d'amour et rendre les torgnoles à qui les mérite. Les cœurs vaillants ne sont pas dénués d'émotions, le courage étant l'une des plus belles d'entre elles. Et même intrépide, un humain digne de ce nom admire les poètes, pas les sicaires !

Petit, Djilali ne se bagarrait pas inutilement, ne démembrait pas les insectes, n'arrachait pas les yeux des chats ; il s'éloignait des camarades sadiques, toute cruauté le rebutait. Adulte, il ne craignait personne, mais, toujours pondéré, son courage servait d'abord à combattre pour le bonheur des siens. Comme le lion apporte son gigot dans sa tanière, Djilali rapportait tout fruit de ses efforts pour illuminer son foyer. Cet homme-là était assez solide pour avoir le cœur débordant de tendresse. Aussi, devant toute angoisse, son épouse trouvait refuge dans ses bras. Ensemble face à la tragédie, Linda et Djilali étaient pareillement dévastés. Et ce 29 septembre 2002, comme à leur habitude, ils se tenaient, se soutenaient, lorsqu'un pauvre bougre, tout désolé, anéantit leurs derniers espoirs :

– Madame, monsieur, pardon, commença le fonctionnaire triturant son papier ; d'après la liste dont nous disposons, ni madame Pauline ni monsieur Sihalebe ne figurent parmi les rescapés. Pardon, il semble qu'ils ne sont pas non plus parmi les corps retrouvés, mais les recherches continuent, l'identification aussi. Désolé. Madame, monsieur, mes sincères condoléances. Que le Miséricordieux les accueille en sa clémence.

Le sol de Dakar se déroba sous leurs pieds. Certaines étreintes réclament des bras de géant. Que faire de ses mains, quand on est impuissant face à la douleur infligée à l'humain ? Que dire ? « Ma chérie, mon chéri, calme-toi », ces mots sont si dérisoires, lorsque l'on se voudrait assez grand pour caler d'une paume un ciel qui s'écroule. Djilali entraîna doucement son épouse vers la sortie. Maxime suivit. Ils devaient retourner à l'hôtel, se remettre de ce coup de poing à l'estomac. Dans la rue, Djilali ouvrit la bouteille d'eau qu'il tenait et la tendit à Linda. Elle fit non de la tête, son regard pourchassait d'invisibles libellules à l'horizon. Djilali but une gorgée, se retourna, passa la bouteille à Maxime, qui avait oublié la sienne sur le banc de l'hôpital, puis saisit la main de Linda et leurs pas se coordonnèrent. Mais, même la foulée synchronisée, ils ne pouvaient distancer le malheur qui leur mordait les mollets. Jumeaux de douleur, ils apprenaient ensemble à marcher dans leur nouvelle vie de parents sans enfant, une vie de survivants. Silencieux, ils avançaient comme dans une bulle de cellophane, insensibles aux bruits de la ville. Klaxons ou pas, ce qui bourdonnait en eux actionnait leurs membres, les déplaçait machinalement, pendant que leurs pensées se bousculaient.

Certes, ils avaient rêvé d'un séjour en Afrique noire – comme précisait Linda –, mais certainement pas comme celui-là. Quel diable écoute aux portes quand on fait des vœux ? Sûrement le même qui s'amuse à brouiller les plans sur la comète. Une rue au hasard. Encore une autre. Un cul-de-sac et, forcément, demi-tour. Ah, les urbanistes, on dirait qu'ils dessinent sous marijuana ! Linda et Djilali échangèrent un regard, avant de reprendre leur foulée. Puis ce satané rond-point ! qui les obligeait à choisir une direction, alors qu'ils ne distinguaient déjà plus leur main gauche de la droite. De toute manière, ils n'avaient qu'à débouler sur le bord de mer pour repérer leur hôtel. Et puis, quel emplacement pour un tel voyage ! Ils ne l'avaient pas vraiment choisi. Ils avançaient. Les paroles du fonctionnaire leur revenaient par bribes, comme révélant leur teneur en différé. Pour une fois que la couleur de peau facilitait les choses, c'était pour le pire. Parmi si peu de rescapés et tant de morts noirs, une dame blanche se remarquerait rapidement. Recherches qui se poursuivaient ou pas, Djilali et Linda savaient maintenant qu'ils n'entendraient plus les éclats de rire de Pauline et de Sihalebe au déjeuner du dimanche. Après trois jours enfermé dans un bateau au fond de l'Atlantique, même un cétacé ne survivrait pas. Analyses d'ADN ou pas, Djilali et Linda portaient assez de cheveux blancs pour savoir que le temps ruine les corps, surtout immergés dans les eaux tropicales. Pour ces cartésiens, la perte de leur fille relevait de l'évidence scientifique. L'absence de leur chère Pauline était un puits noir devant lequel ils éprouvaient le vertige, il leur manquait ce que Coumba opposait au désespoir, elle qui décodait le langage des souffles nocturnes et missionnait des esprits au royaume des ombres.

Allongée à côté de sa fille, Coumba avait fini par s'assoupir, avec d'autres que Bouba dans la tête. Cette nuit-là encore, Sangomar en avait fait à sa guise. Néanmoins, à son réveil, Coumba apprécia le fait d'avoir entrevu Pauline et Sihalebe, qui ne manqueraient pas d'informer Bouba de sa visite, du moins l'espérait-elle. Loin de se décourager, elle se promit de continuer à solliciter la grâce des esprits. Même si elle ne savait jamais à quoi s'attendre, elle essayait de garder une patience de baobab.

X

Rendez-vous ? Amoureux, aïe, aïe, ah ! Qui raille les fébriles n'a jamais aimé ! Qui n'a jamais trépigné pour un rendez-vous amoureux, on lui souhaite la chance de sentir l'angoisse sauter à la corde avec ses nerfs ; c'est cela que ressentait l'amoureuse Coumba. Mais qui attend son prince se moque du calendrier du Christ autant que de l'exactitude mensongère des horloges. Immortel, un prince aimé ; infini, son règne ! Pourtant Coumba avait beau se raisonner, elle ne tenait plus en place. Bouba, Kôrmâma, viens, sinon, attire-moi dans les ombres, mais ne me fais plus attendre ! pensait-elle. Aïe, aïe, ah ! Maintenant qu'elle dansait sur la braise, seul le sortilège des nuits du Saloum pouvait la secourir. Alors Coumba invoquait, suppliait à perdre haleine :

– Sangomar, moi, Coumba, l'enfant lavée dans tes eaux, je reviens vers toi. Sangomar, roi des ombres, pour toi et les Pangôls de Mâmayiin, je verse du mil et du lait caillé. Sangomar, accorde-moi la vue qui traverse la nuit ; Bouba, mon mari, et ses compagnons sont en ton royaume, convoque-les pour moi. Ô roi des ombres ! Humblement, je te le demande, accorde-moi la vue qui traverse la nuit.

Yeux clos, mains jointes sous le menton, Coumba

s'abandonna à la nuit. « Qu'un souffle m'envahisse ou que le diable m'emporte ! Tout ce qui peut m'amener jusqu'à Bouba me va ! » Ce n'est pas ce que disait sa prière, mais tout son être l'exprimait. Bouba savait-il de son vivant que sa belle était prête à traverser l'univers pour lui ? Souvent on dit combien on aime, sans se rendre compte à quel point on est aimé. Certes, le jeune couple se faisait des déclarations, mais quand les cœurs irradient d'amour, la pudeur est un miroir embué d'orgueil. La lumière que l'on envoie à l'autre, on la reçoit mal en retour. Rendez-vous amoureux ! Les confessions solitaires sont les plus douloureuses. C'est pendant l'attente que le sentiment amoureux s'assume pleinement. Assumant son manque de Bouba, Coumba mesurait, comme jamais auparavant, combien elle l'aimait. Ardemment elle psalmodiait, demandait, quémandait le sortilège des nuits du Saloum. De tous les bois sacrés les ancêtres accourraient peut-être, espérait-elle. Sous la moustiquaire, la veinarde Fadikiine dormait, s'étirait d'aise comme si la terre n'hébergeait que sa petite frimousse. Idiot de bébé, même pas solidaire ! à grandir telle une plante verte, pendant que sa mère veillait, allaitait, torchait, langeait et pleurait assez d'amour pour irriguer ses jours ! Dire qu'un jour ce petit bout réclamerait ses droits pour délimiter ceux de sa mère ! Mais quand Fadikiine dirait Maman, ce sortilège-là guérirait sûrement une part du blues de Coumba. Pour le moment, la petite joufflue suçotait son pouce, à moins que ce ne fût l'invisible sein d'une aïeule biberonnant sa lignée depuis les ombres. En pays sérère, cette idée n'étonne personne. Esseulée, Coumba suppliait les mânes des ancêtres de favoriser la présence de Bouba. L'île de Sangomar est une lune où se reposent les habitants du monde des ombres. Sirius guide le baldaquin qui transporte les amoureux réclamant la lune. Combien de temps dura la supplique ? La requérante n'avait pas chronométré, Fadikiine non plus. Soudain, Coumba s'interrompit et fixa un endroit de la pièce, comme si un spectacle captait toute son attention.

– Bonsoir, Coumba ! As-tu reçu un coup de fil de mes parents ? Désolée d'insister, mais j'aimerais tellement savoir comment ils vont.

Rendez-vous amoureux ? Le lapin se mange avec une sauce moutarde, et ça monte au nez, aïe, aïe, ah ! Il fallait donc un mouchoir à Coumba. Elle aimait bien Pauline, mais ce n'est pas pour elle qu'elle avait tant psalmodié, frémi, frôlé l'épilepsie. Aïe, aïe, ah ! Quel siècle les filles comprendront-elles enfin qu'une bonne copine ne remplace jamais un jules ? Pimbêches ! Même mortes, elles ruinent des couples, aïe, aïe, ah ! Coumba pouvait renifler, rouspéter, enguirlander ses ancêtres, mais elle n'avait d'autre choix que de s'accommoder de la situation. Rêvant de grandes largesses, le mendiant ne dédaigne pas l'obole.

Certes, Sangomar accorde la vue qui perce la nuit, mais, s'il vous prête des yeux, vous regardez où il lui plaît ; il décidait de qui devait se présenter ou pas au rendez-vous des veilleurs. Maître des eaux et du royaume des ombres, Sangomar promène ses six bras, couvre et découvre le delta du Saloum comme bon lui semble. C'est également ainsi qu'il traite les vœux qu'on lui soumet, ordonnant flux ou reflux à son gré. Alors, veuve ou pas, qui ne commande pas la marée commande patience à sa barque ! Aïe, aïe, ah !

En rade, enlisée sur son île, incapable de ramer vers son aimé, Coumba repensait à la question de Pauline. Non, elle n'avait pas reçu de coup de fil de ses parents, mais elle avait entendu à la radio que des familles de victimes étaient venues d'Europe. Coumba ignorait encore que les parents de Pauline et Maxime en étaient. Peut-être qu'un jour, au téléphone, ils lui raconteraient les détails de leur séjour.

Prêts à empoigner l'absence, Linda et Djilali avaient voulu voir le port d'où leur fille avait embarqué pour ce voyage de malheur, qu'elle avait préparé dans la joie. Parce que bouger dans n'importe quelle direction leur semblait plus supportable qu'attendre passivement leur vol de retour dans le silence d'une chambre d'hôtel, ils furent parmi les courageuses familles qui allèrent se recueillir sur les lieux du naufrage – à moins de 40 kilomètres de la côte, au large de la Gambie, non loin des îles niominkas. Comment se sentaient-ils ? À quoi songeaient-ils en voguant dans cette embarcation qui convoyait des passagers, tous lourds de chagrin ?

Seigneur, l'humain n'est en sécurité nulle part ! Même en vacances, croyant échapper aux accidents de travail, on meurt. Alléluia ! Fuyant la fureur des villes, les citadins trouvent la campagne charmante tant qu'ils ne sont pas démentis par un cobra royal, une hyène folle, un loup enragé qui hurle sa victoire quand sonne le glas ! À travers la savane, l'outrecuidant n'est pas à l'abri d'un lion, guignant non la caméra mais la viande derrière ; un tel cadeau de la nature écourte les vacances, abrège le séjour des brebis du Seigneur parmi les vaches. Mais que fait le Maître du cheptel ? Sieste millénaire ? Faut-il le réveiller avec des djoundjoungs ? Certes, en ville, les soulards, les drogués tuent sur la route plus que les fauves, et l'ascenseur peut confisquer le reste de vos jours, mais un prompt SOS peut vous rendre aux vôtres, quand la nature, elle, reste sourde aux appels. Pleurez, riez, elle s'en moque ! Souveraine, elle règne chez elle et pas pour vos beaux yeux ! Déjà que la planète en veut aux humains de pourrir ses eaux, ses sols et même son air devenu irrespirable ! Et vous redoutez l'apnée, idiots d'humains, hurlez ! La nature hurle plus fort que ses invités ; ces discourtois vident déjà le grenier des générations futures. Morfals ! Partout, la mère Terre se rebelle et file des coups de pied, toujours démesurés pour notre petite nature. Qui aime bien châtie bien ! Les termites détruisent tant de bois, mais ne supportent pas les feux de brousse ! Ah, les nuisibles, délicates bestioles ! Seigneur, l'humain n'est plus en sécurité nulle part ! Que dit l'horloge ?

Dans l'embarcation qui convoyait des familles vers le lieu du drame, Linda et Djilali fixaient l'horizon, perplexes. Ce qu'ils cherchaient leur hérissait les poils.

La beauté de l'Atlantique est un leurre ! Même au marigot, l'apnée est fatale, à plus forte raison sous les rouleaux compresseurs de l'Atlantique. Les petits insulaires savent que la sorcière anthropophage, qui guette les enfants dans la forêt, les attrape parfois au bord de la mer. La mer, si belle et romantique ! osent affirmer les hâbleurs aux pieds secs. Que ces fous-là déposent des offrandes sous le baobab sacré de Sangomar. Pour leur guérison, Ndeup chez Mâme Ndiaré ! Ensuite, qu'ils aillent demander aux insulaires : combien de têtes par génération coûte le poisson qui sauve une lignée de pêcheurs ? Mailles à côtes, serrées ! Ainsi sont tissés les inévitables filets du mektoub qui soustrait les marins à leur famille. La beauté de l'Atlantique est un leurre ! Sous la jolie mousseline bleue vit l'insatiable ogresse qui file des coups de boutoir aux pirogues comme aux bateaux, attrape les humains par le collet, les entraîne dans les abysses. À la plage, sirotant un diabolo menthe, peut-être un délicieux bissap, nul ne songe à dire *in memoriam*, mais les vagues sont des stèles mobiles. *In memoriam !*

L'instabilité de la vie, comme le balancement de l'embarcation sur le roulis ! Le cœur lourd, l'équipage vacillait, aucune ancre ne pouvait empêcher le tangage, au large de Dakar. Pied marin ou pas, certains demandaient au Seigneur de quoi caler leur estomac, mais pas Djilali ni sa dame, qui tenait, retenait son pilier. Accoudé au bastingage, observant la mer comme jamais, Djilali soupirait par moments et reniflait discrètement. Avec la même discrétion, il portait fréquemment la main à sa petite moustache, les larmes qu'il refoulait lui échappant par les narines. Cependant, d'autres larmes le préoccupaient plus que les siennes. Ce jour-là, comment aurait-il décrit sa femme, cette nouvelle Linda agrippée à son bras ? C'est sa respiration qui disait tout d'elle. Mais comment respire une mère qui sait son enfant sous l'eau ? Linda ne respirait pas, du moins, pas sciemment. C'est la vie, impérieuse, qui la heurtait, la violentait, s'incrustait par sa bouche, entrecoupant ses silencieux sanglots. À l'étroit, les cris pudiquement étouffés soulevaient sa poitrine. Car bien sûr, avec ou sans son, une mère éplorée crie, comme rappelant au Ciel l'inoubliable cri de son bébé, lorsque celui-ci se déchirait les poumons, inhalant la promesse de vie à son premier souffle. « Mon bébé, Seigneur, mon pauvre bébé… », répétait Linda. Ces mots qu'elle jetait sur les vagues, le vent les amplifiait, les rabattait, aggravant le rhume de Djilali. Alors, ce soir-là, dans leur hôtel, qui veut le décrire, qu'il marque seulement, dans les caractères de son choix : CAUCHEMAR ! Choc Affectif Ultra Cruel Handicapant l'Élégance Morale, Abattement et Rhume ! Ce soir-là, tous les deux étaient enrhumés.

Avant de regagner Marseille, Djilali et Linda souhaitaient obtenir des informations détaillées sur les derniers jours de leurs chers disparus, à Dakar, puis en Casamance. Cependant, même s'ils avaient parlé aux parents de Sihalebe, au téléphone, ils ne se sentaient pas la force de leur rendre visite à Oussouye. Non seulement c'était très loin de Dakar, mais l'adresse semblait trop baroque pour oser s'aventurer à sa recherche, qui plus est quand on ignore même comment atteindre la région. À ces difficultés d'ordre topographique s'ajoutait une tout autre, impossible à dégager d'un revers de main ni même d'un coup de pied. La broussaille des relations humaines est parfois jonchée de ronces.

En effet, même si les rares échanges entre les deux familles avaient toujours été courtois, Linda et Djilali savaient qu'il n'avait pas été facile pour Sihalebe de faire admettre à ses parents son union avec Pauline. « Maintenant, les colons veulent aussi me prendre mon fils ! » avait dit son père. Enfermé dans une autre époque, reprochant à Dakar d'être trop occidentalisée, l'homme n'allait pas à Saint-Louis par refus d'emprunter le pont Faidherbe. En rade, dans une crique du siècle précédent, ce retardataire aurait peut-être préféré traverser à la nage vers le troisième millénaire ? Auparavant, il avait toujours été heureux de recevoir des nouvelles de son fils. En revanche, au cours des dernières années, les missives de Sihalebe relatant ses amours bicolores lui donnaient des aigreurs. « Non, mais oh, avec le prénom qu'il porte ! » s'écriait-il, avant de brûler les lettres à l'huile de palme. Mais comme l'injuste économie internationale le gardait sous perfusion de son fils émigré, même déméritant son ancestral prénom, ce fier père avait fini par mettre de l'eau dans son vin de palme. Cependant, il continuait à déposer moult offrandes à ses ancêtres, au bois sacré, les suppliant en catimini de détourner Sihalebe des jupes de l'ensorceleuse européenne et de l'attirer dans les bras d'une brave Bantoue qui ne fume pas, n'embrasse pas en public et travaillerait à la rizière aussi vaillamment que ses belles-sœurs. De Pauline, la belle infirmière au grand cœur, l'homme ignorait quasiment tout ; il n'avait vu d'elle que des photos, mais en avait déduit assez pour nuire à son propre sommeil. Au courant de ses réticences, Linda et Djilali avaient toujours gardé avec lui une distance polie. Aussi, malgré les tristes circonstances, qui d'ordinaire rassemblent les familles, ils n'entendaient pas commettre l'indélicatesse de débarquer sans y être conviés. Cette inconfortable situation ajoutait évidemment à leur peine.

Peut-être qu'un jour, lassée de séparer les torchons des serviettes, d'assortir des cruches aux seaux de glace et d'enseigner des plans de table aux poupées désœuvrées, madame Bonnesmanières ouvrira une école diplomatique pour les familles-et-alliés de couples mixtes ? Sinon, gageons que l'Université de Liège ou de Gand créera un module à cet effet, intitulé : *Roucouladologie internationale*. En ce millénaire mondialisant, ce serait un marché porteur qui éviterait bien des drames, ce qui en ferait, de surcroît, un projet humaniste. L'enseignement ne vise-t-il pas l'amélioration du genre humain ? Il faut plus fort qu'un Caterpillar pour abattre et même déblayer les frontières mentales qui enferment certains de nos semblables avec les ânes. Hercule n'a qu'à montrer ses biceps aux baobabs ! Nous cherchons plus fort que lui, des cerveaux musclés et ceux qui les inondent de lumière ! Non partagée dans la froide nuit, à quoi sert la flamme du feu de bois ? À brûler l'espoir, en laissant les messagers de Sirius en souffrance parmi les équidés ! Assez de sabots ! De toute manière, nous n'atteindrons pas le meilleur du millénaire à dos d'âne ! À l'ère des amours transcontinentales, il est temps que l'entente des peuples soit aussi parfaite que celle des corps. Dame Foufounette et monsieur Routoutou vivent si bien cachés, s'ils parviennent malgré tout à se rencontrer par-delà les frontières, sourires et dialogues devraient pouvoir nous relier par les neurones. Bien sûr, quoi qu'ourdissent les rabat-joies, la fraternité reste possible ! C'est même l'examen qui attestera de l'intelligence ou non de notre époque. Alors, l'éducation sans trêve ! Allez, professeurs, ne laissez aucun cerveau en jachère ; ce siècle qui se soucie du bien-être animal ne peut décemment laisser des humains brouter le foin des bêtes. Même les végans ne s'en satisferaient pas.

En attendant, que la douceur prenne le pas sur l'orgueil, aïe, aïe, ah ! Linda et Djilali repartiraient sans voir la maison de Pauline et Sihalebe à Oussouye. À Dakar, ils se torturaient, reformulant la même question. Qui pouvait les renseigner sur les derniers jours du jeune couple ? Un souvenir sorti du sac à main de Linda leur donna une lueur d'espoir. La veille de leur départ de Marseille, *les enfants*, comme disait Djilali, leur avaient rendu visite et Pauline avait remis à ses parents un bout de papier que Linda avait précieusement gardé dans son portefeuille. Sihalebe y avait inscrit le numéro de Bouba et, subsidiairement, celui de Coumba, non sans taquiner ses beaux-parents :

– Voilà, tata Linda, si cela peut vous rassurer, tonton et vous. En attendant que je nous trouve une puce là-bas, vous pourrez nous joindre, le soir à l'hôtel, bien sûr ; sinon, voici le numéro de mon pote, son portable, nous serons souvent avec lui, sauf si nous sommes kidnappés par des aliens. Et, par précaution, voilà celui de sa femme.

À Dakar, le vieux couple marseillais avait facilement retrouvé l'hôtel où leurs enfants avaient passé quelques nuitées, c'est là qu'ils avaient choisi de séjourner eux-mêmes, espérant y dénicher quelques traces. Mais, malgré leurs multiples questions, ils n'avaient rien appris de significatif. L'endroit fourmillant de touristes, le personnel se souvenait à peine de ce jeune couple mixte, qui quittait tôt et revenait tard. Encouragée par Djilali, Linda tenta le seul espoir qu'il leur restait : elle composa plusieurs fois les deux numéros sénégalais, mais ne réussit à joindre personne.

– Maudit pays du Tiers-Monde ! Même leur réseau téléphonique n'est pas foutu de fonctionner correctement ! Mais, franchement, qu'est-ce que ma fille venait foutre dans ce… ? Cette, cette… Ah ! Elle était vraiment timbrée, ma fille ! Mais, ce n'est pas vrai, ça !

– Calme-toi, chérie, ne t'énerve pas comme ça, tempéra Djilali. On entend sonner, donc le réseau fonctionne. Peut-être que les personnes ne décrochent pas parce qu'elles sont occupées ou que sais-je moi ? Mais le réseau fonctionne.

– Enfin, n'importe quoi ! Nous avons essayé à différents moments de la journée et même en soirée. Alors, la vraie question : ces numéros à la noix sont-ils attribués à qui que ce soit ? Eh ben, on ne dirait pas !

– Mais bien sûr que si, chérie. Sinon, pourquoi Sihalebé nous les aurait-il donnés ?

– Je n'en sais rien, moi ! Pour nous endormir et entraîner Pauline avec lui, dans sa cambrousse, enfin son village ! Tu sais comment il était beau parleur, parfois…

– Linda, mais enfin, tu t'entends ? Et puis, Oussouye, c'est une ville, même un département ; combien de fois les enfants nous l'ont-ils dit ?

– Oui, bof, toute façon, c'est pareil !

– Voyons, chérie, ressaisis-toi. Ces propos ne te ressemblent pas, mais alors, pas du tout ! Les enfants étaient heureux ensemble, tu le sais bien. Cette maison à Oussouye, ils la désiraient tous les deux. Pauline ne cessait de répéter son envie de découvrir la Casamance. D'accord, peut-être voulait-elle également faire plaisir à son mari, mais cela rend-il Sihalebe coupable ? Après tout, qui ne rêverait pas de faire visiter son pays à la personne qui partage sa vie ? N'es-tu pas allée plusieurs fois en Algérie avec moi ? Et nous passons la plupart de nos vacances en Espagne, ton pays d'origine à toi. Allez, viens, repose-toi un peu. Tu es fatiguée, c'est tout. Tu sais, ici, même le crédit du téléphone, ce n'est pas facile pour tout le monde. Alors, nous essayerons une autre fois.

Linda s'était tue, presque honteuse de sa petite crise. Avec les années, sa vie avec Djilali lui était devenue tellement naturelle, qu'elle ne se rendait plus compte qu'eux-mêmes vivaient des originalités, quasi similaires à celles qu'elle pointait chez d'autres couples, comme celui que formait leur fille avec Sihalebe. Ceux qui avaient connu Linda dans sa jeunesse auraient sans doute souri, s'ils avaient entendu certaines de ses réflexions qui rappelaient celles de son entourage à l'égard de Djilali. La mémoire n'a pas de câble à rallonge électrique ! Si c'était le cas, en géométrie, la bêtise perdrait une longueur proportionnelle.

Certes, l'habitude banalise ce que la nouveauté met en exergue, mais, tout de même ! Quand le zèbre critique les quelques rayures sur le derrière de l'okapi, c'est qu'il lui manque un miroir dans la savane. Tondez donc les équidés ;

nus, ils s'entendront mieux ! D'après sa mère, Pauline était timbrée. Soit ! Alors, Sihalebe devait être plus que timbré, scotché, puisqu'il ne pouvait se passer de sa belle. Heureux les timbrés, rayés ; même raturés, ils s'aiment assez pour s'offrir l'arc-en-ciel ! Quand ils ont le courage et la patience de laisser rancir les jugements, leur amour s'enracine et grandit, hors de l'ennui qui tue les conformistes ; ces derniers étant déjà vieux de deux mille ans à leurs fiançailles. Mauve, la couleur du futur ! Futur qui sera fait d'additions. Pourquoi laisser le bleu et le rouge déprimer, dépérir, chacun tout seul de son côté, quand le mélange sauve de la monotonie ? Pour les vrais amoureux, les audacieux, curieux et novateurs, l'adversité est un aphrodisiaque ; chaque obstacle vaincu, une belle preuve d'amour. Les parents autoritaristes l'ignorent peut-être, mais blâmer ou interdire une histoire d'amour, c'est la meilleure façon de la rendre extraordinaire, donc irrésistible. Le gendre idéal peut plastronner, fayoter, il ne séduit que des parents à l'arthrose anxieuse ; les filles au cœur ardent ne se le disputent pas, leurs rêves demandent plus que la tiédeur du déjà-vu. Vivants ! Linda et Djilali étaient bien vivants, parce que ajuster leurs différences les gardait dans un monde toujours en construction. Vivants, vigilants, ils additionnaient leurs terres, mélangeaient leurs terreaux, fertilisant leur amour de l'engrais des médisances. Jeunes, leur attitude signifiait : « Jacassez donc, braves gens, une bouche étouffée de baisers laisse une mouette répondre ! Elle vous réserve de la poésie : elle vous décrira ses jolis bébés d'amour ! Ah-ha, ah ! » Marqués au fer rouge dès leur rencontre par les trieurs qui estampillent le cheptel du Seigneur, Linda et Djilali restaient vivants parce que, depuis leur premier baiser, ils s'aimaient envers et contre tous. Pour enchaîner des décennies d'amour, ils avaient tenu bon, face à tous leurs détracteurs. Les jaloux qui soupiraient encore à leur passage pouvaient se jeter dans la Méditerranée depuis les falaises Soubeyranes, ils ne changeraient rien à leurs doux regards. Même quand la vie s'en prenait férocement aux parents qu'ils étaient, Linda et Djilali restaient vivants, c'est-à-dire, qu'intensément attentifs l'un à l'autre, ils se vivifiaient.

Linda et Djilali vieillissaient dans cette complicité que cimentent les combats gagnés ensemble. Quand l'un s'exprimait, l'autre comprenait immédiatement les émotions en œuvre et ne s'arrêtait pas à la stricte signification des mots proférés. Et, même s'ils ne la manifestaient pas pareillement, leur déception sénégalaise était la même. Ne rien savoir de plus du séjour des disparus ! Ne pas voir la dépouille de Pauline ni de Sihalebe ! Aucune sépulture où se recueillir ! C'était plus qu'il n'en fallait pour perdre pied. L'impossibilité d'accepter cette situation retint le vieux couple à Dakar plus longtemps que prévu. Ce fut en pure perte, leurs nombreuses entrevues avec les autorités les ayant laissés dans la même incertitude. Après avoir repoussé deux fois la date de leur retour, ils étaient finalement rentrés, avec la désagréable impression de sortir d'un épais brouillard. La Bonne Mère les accueillit, elle-même enturbannée de nuages ; quand le monde se fait illisible, elle ne se fatigue plus à guetter Icare qui, de toute manière, se casse toujours la figure.

Ils déballèrent. Linda et Djilali déballèrent leur nouvelle vie. De leurs affaires de voyage, rien ne manquait, pas même une brosse à dents ; ils n'avaient laissé que leur cœur au Sénégal. Leurs valises débordaient des mêmes questions qu'à leur départ, auxquelles s'ajoutaient d'autres qui découlaient des maigres informations reçues. Que s'était-il passé ? Là-bas, au Sénégal, entre Ziguinchor et Dakar, au large de Sangomar, que s'était-il vraiment passé la nuit du 26 septembre 2002 ? À peu près 2 000 vies dissoutes, en une nuit ! Comme si chaque année des deux millénaires avait réclamé une âme ! Les parents de Pauline avaient encore du mal à réaliser. Inadmissible ! lançait parfois Linda, seule dans la salle de bains ou dans la cuisine. Moins loquace, Djilali restait souvent prostré, les yeux dans le vide, il pensait sûrement au même mot que son épouse. Comment avait-on pu charger autant de passagers dans un ferry prévu pour n'en transporter que 550 ? Qui était responsable de cette mortelle négligence ? Comme tous les parents de victimes de cette catastrophe, Djilali et Linda n'en revenaient pas et n'en reviendraient sans doute jamais. Le cerveau a beau être élastique, l'inconcevable n'y trouve pas place. Dès qu'ils comparaient les chiffres, l'immense écart soulignait le risque pris par les coupables. Une telle audace dépassait l'entendement. Évidemment, quelqu'un devait payer pour cela ! disaient-ils. Mais qui, au juste ? Et, surtout, qui pour s'en occuper ? Qui avait la carrure d'un tel combat ?

Parfois, démunis, les adultes voudraient un David pour les défendre contre tous les Goliaths socio-politico-économico-judiciaires, comme un enfant compte sur son grand frère pour filer des baffes aux indélicats qui l'embêtent dans la cour de récréation. La modestie est une qualité, mais quand c'est votre condition, rêver de la puissance de César ne confine pas à l'arrogance, mais au désespoir. Linda et Djilali n'étaient que d'humbles citoyens, braves, mais incapables d'affronter un État, même du Tiers-Monde, comme disait

Linda. Ils n'étaient pas assez riches pour s'adjoindre un bataillon d'avocats et ne dînaient avec aucun de ces notables, qui réorientent la roue du destin d'un simple coup de pouce. Linda et Djilali votaient, militaient pour de nobles causes et fréquentaient beaucoup de gens bien, mais aucun de ceux qui accèdent à l'oreille des puissants de ce monde. À part leur indignation et leur indicible douleur, ils n'avaient que leur indéfectible amour, face aux crocs du sort. Alléluia ! soupirait fréquemment Linda. Et, par réflexe, Djilali disait la même chose dans sa langue : Al-Hamdoulillah ! Mais Yahweh, Allah ou Jah Rastafari, celui qu'ils louaient, imploraient, n'entendait-il donc rien ? *Astaghfirullah !* Parfois, Linda avait la nette impression de percevoir la voix de Pauline, mais ce n'était que sa mémoire qui lui rendait sa fille, pas Alléluia. Dans leur modeste appartement, de temps en temps, l'un ou l'autre, l'air absent, réfléchissait à voix haute et s'exclamait : Ce n'est pas possible ! Ainsi, leur fille chérie ne rentrerait donc jamais de sa découverte de la Casamance ! Leur joviale Pauline, partie si enthousiaste, se pouvait-il vraiment qu'elle ne revienne jamais leur raconter ses amoureuses impressions d'Afrique ?

Coumba n'avait jamais rencontré les parents de Pauline, mais elle avait appris, par Sihalebe, qu'ils n'avaient pas d'autre enfant. Sachant leur fille unique retenue sous le règne de Sangomar, penser au vieux couple marseillais la bouleversait. Son enfant dans les bras, elle n'osait imaginer la détresse de Linda et Djilali, mais elle se doutait de la question qui devait immanquablement les tarauder. De quoi leur retraite aurait-elle l'air maintenant, sans leur rayon de soleil ? Cette terrible corvée du devenir sur les épaules ! À l'âge où l'on jouit des acquis d'une vie, il leur fallait à nouveau devenir autre chose que la structure familiale qu'ils caressaient, maintenaient, espérant se ménager une douce sortie de scène. Entracte ! Pas de reprise, clac, pièce interrompue ! Ainsi le voulait le Maître de l'horloge, des cloches et minarets. Hey, Roog Sène ! Tous ces voiliers pleins d'espoir ; qui est-ce qui démâte leurs mâts en plein océan ? Hey, Roog Sène ! Où donc éclaire Sirius, quand les humains cherchent les débris de leurs rêves et tentent un nouveau sillage ? Il y a vraiment un grand quelqu'un qui fume de la ganja !

Coumba aussi se posait la même question : avec Fadikiine, qu'allaient-elles devenir ? Elle n'en savait rien. Mais si le vieux couple marseillais devait tenir, elle se trouvait trop jeune pour déclarer forfait. Pour sa fille Fadikiine comme pour elle-même, elle redresserait la tête, fixerait l'horizon. Leur cap, c'est elle qui le choisirait, depuis les rives du Saloum. Voile ou moteur, la proue d'une pirogue s'aligne sur le menton du capitaine. En avant ! Issue d'un peuple réputé pour sa maestria sur les mers, Coumba ne se dégonflerait pas comme une tente de nomade peuhl ! Niominka, elle avait grandi au son du grondement de l'Atlantique et des tambours de lutte ; elle respectait l'Océan et ne craignait pas l'arène. En l'absence de Bouba, elle était prête à relever tous les défis pour l'avenir du fruit de leur amour. Alors, feraitelle à la fois père et mère ? Non, elle ferait elle-même. Bouba était vaillant, il avait une épouse à la hauteur. Là-bas, à Niodior, le même mot qui signifie « personne » et « humain », *o kiine*, ignore son genre. Neutre, il désigne pareillement masculin et féminin, ne variant qu'en nombre. En pays sérère-niominka, le féminisme n'a même pas de nom, Tewmâma vaut Kôrmâma, c'est tellement ancestral que nul n'en débattait, avant l'arrivée des missionnaires et des prédicateurs. Maintenant, les fils qui devaient leur statut de Guelwar à leur mère essaient de mettre les femmes sous tutelle. Une gageure, tant que les pirogues obéiront aux frères comme aux sœurs et que l'école accordera les mêmes chances à tous. Hey Roog Sène, combien sont-ils à couvrir l'œil de Sirius qui éclairait les Sérères-Niominkas à travers les mers comme sur terre ? Ce peuple historique de marins, d'architectes et de géomètres, qui compte des siècles de résistance, celui qui croit pouvoir le garder sous cloche ferait mieux de carillonner la marée.

Pour guider Fadikiine, Coumba gardait des bougies et ne lâcherait pas son gouvernail. Le prénom de Fadikiine signifie : *sois humain(e) complet(e)* ; littéralement : *grandis et accomplis-toi en tant qu'humain(e)*, c'est aussi : *accède à l'humain*. « Humaine accomplie, Fadikiine le deviendra, je ferai tout pour, je te le promets », murmurait Coumba, postée devant la photo de son couple accrochée au mur. Pleine d'émotion, elle promettait. Mesurait-elle l'immensité de la tâche ? Le courage du marin gouverne sa barque, mais pas les vents.

XI

Hum ! Vous vous délectez peut-être, en buvant un chocolat ivoirien, un café kenyan, un jus de raisin d'Ammerschwihr ou l'élixir de jouvence du Sénégal ? Bissap, à votre santé ! *Hum*, vous gobez des pets de nonne ou dévorez une bonne religieuse, aux portes du Paradis ? *Hum*, vous savourez un délicieux couscous, un sikat de Niodior, un succulent strudel d'Alsace aux pommes ou l'inégalable spécialité culinaire de votre adorable grand-mère ? Si ce n'est rien de tout cela, enregistrez un film, il sera diffusé après minuit ; vous vous adonnez certainement à *hum*, cette activité interdite aux mineurs. Activité qui a tondu Samson sur les genoux de Dalila, tué Roméo et Juliette, causé des tourments au marquis de Sade et vendu l'âme de Don Juan au diable qui le jalousait. Dire que ça fait encore des morts ! Des déçus, des trahis, et n'oublions pas les victimes des crimes d'honneur, crimes qui déshonorent leurs barbares auteurs ! Mais, *hum* ce n'est pas *hum-hum* ! Et la veuve n'était pas d'humeur à faire *hum*.

Quand Coumba nasalisait, *hum-hum*, elle tournait à double tour la clef de son intériorité. *Hum-hum* ne signale pas qu'une rage de dents, c'est parfois l'effondrement d'un château en Espagne qui contraint l'âme au répit. Même si

Coumba dormait peu la nuit, elle s'accordait rarement une sieste. Cependant, elle appréciait les moments où sa maman et sa belle-mère s'éloignaient, elle s'abandonnait alors à ses songes, sans plus éprouver la culpabilité de leur imposer son lourd silence. Évidemment, sa douce mère s'inquiétait, l'épiait. Les journées au Saloum, les feuilles mortes des palétuviers filent si lentement qu'elles voient les carpes grossir dans le bolong. Les journées au Saloum ; est-ce le sel, le sable des îles ou le poids des jours qui ankylose les fromagers ? Yaliâm foulait les dunes chaudes, revenait, se creusait la tête, afin d'animer l'ambiance autour de sa fille.

– Coumba, veux-tu que je fasse appeler ta cousine ?

– Hum-hum.

– Comme vous êtes de la même classe d'âge et que vous avez toujours été complices, je me disais que ce serait bien qu'elle vienne te tenir compagnie. Hein, qu'en dis-tu ?

– Hum-hum.

– Mais enfin, Coumba, parle-moi…

Yaliâm attendit une autre réponse, en vain. Quand Coumba faisait *hum-hum*, on lisait la DUDS dans son regard, la Déclaration Universelle du Droit au Silence. « Ne me forcez pas à parler, mon âme n'est pas votre malle de magicien. Et j'y tiens des trésors qui ne vous coûtent rien. Alors, DUDS ! Ne me pressez pas, votre langue n'actionnera nul interrupteur capable de déclencher mes confidences. Hum-hum, aucune lumineuse conversation ne jaillira de moi, sans Bouba. Alors, DUDS ! »

Pourtant, bien qu'obstiné, le mutisme de Coumba ne visait nullement à torturer Yaliâm. Il procédait même d'une délicate volonté de la préserver. Hermétique, la bouche couve sa rage de dents, certes, mais elle s'évite l'effort du verbe, ainsi que les conséquences de celui-ci. « Parle-moi », intimait Yaliâm, comme le batelier demande à l'éclusier d'ouvrir son sas. Cette protectrice mère ignorait peut-être que « parle-moi » équivaut parfois à « fais-moi mal ». « Coumba, j'imagine ta peine, mais... », ne cessait-elle de répéter, se trompant évidemment de mot. Car, bien que pleine d'empathie, elle pouvait compatir à la douleur de sa fille, mais sûrement pas l'imaginer, n'ayant jamais été veuve. Nul ne sait la saveur du tamarin sans l'avoir goûté ! Non, pour ce qui est du veuvage, Coumba était malheureusement l'aînée de sa mère. Durant ses longs silences, la jeune femme repensait aux événements, méditait sur son sort, ainsi que sur celui des siens, or, ce qu'elle pouvait en dire aurait brisé le cœur de sa mère. Si son silence lui permettait de garder ses visions secrètes et de ne plus passer pour dérangée, c'était également une pénible dignité qu'elle maintenait par altruisme. « Las ! Ne me secouez pas, mon cœur pourrait se décrocher et vous écraser », dit le silence des malheureux, quand leur regard esquive les autres regards, qui interrogent. Parce que son cahier ne ferait pas de crise cardiaque, Coumba lui confiait tout ce qu'elle épargnait aux autres, son blues, certes, mais également tout ce qui l'agaçait quotidiennement.

Les soirs où sa supplique à Sangomar restait sans effet, Coumba prenait la photo de Bouba, la plaçait tout près d'elle, lui parlait, écrivait. Comme scribe de Pharaon remplissant méticuleusement son parchemin, elle écrivait. Bravant la nuit, jusqu'au rivage du jour, elle écrivait. Obstinément, elle ordonnait le chaos, mettait son souffle en partition, parce que sa seule musique montait de son cœur. Parfois, elle imaginait ce que lui auraient demandé les dormeurs, s'ils étaient venus à la surprendre. Pourquoi écris-tu ? « J'écris, aurait-elle répondu, pour dompter les ouragans, ajouter leur force à mon souffle court ! » Pourquoi écris-tu ? « Pour tuer à coups de javelot tous les monstres qui m'embêtent, sans verser de sang ! » À quoi ça sert d'écrire la nuit ? « À défaut de vous réveiller, à me tenir en veille ! » Oui, mais pourquoi t'acharner à écrire, encore et encore ? insisteraient-ils. « Allez donc roupiller en paix au lieu de m'enquiquiner, ou je déroge à ma règle d'occire sans hémoglobine ! Et que l'on ne vienne pas me reprocher un meurtre, quand j'aurais seulement défendu ma part d'air ! » Toujours, les gens trouvent une raison de critiquer, même ce qui ne leur coûte rien. Vivre, c'est survivre aux diktats. C'est la nuit que la veuve recouvrait sa liberté. Coumba tenait d'une lignée de marins, elle écrivait comme on rame, chevauchant l'Atlantique-dragon. Elle avait la ténacité d'un pêcheur et le désir de paix d'une femme debout sur des coquillages. C'est que l'échine n'est pas un repose-pied et de sa rectitude dépend le souffle. Dans la discrétion du veuvage, Coumba n'élevait jamais la voix, mais l'écriture libérait son dos de toute selle. Elle tenait à sa plume autant que Damel Lat Soukabé à son glaive. Mais, si Lat Soukabé, fils de Linguère Ngoné Dièye du Saloum, mit André Brue aux arrêts en 1701, Coumba, elle, en 2002, croisait le fer avec les Métamorphosés, qu'elle aurait volontiers arrêtés pour les expédier à Ouïelimite, sous le gazon du Seigneur, là-bas, à Adiaguediâkh. Ces vaniteux causaient de livres sacrés qu'ils connaissaient à peine, la submergeaient de leur verbiage et la prenaient pour une brebis égarée, elle qui lisait les textes in extenso, quand eux se contentaient de colporter des ouï-dire. Ces marchands de sable vendaient leur boue pour de l'or ! Au lieu de gâcher son souffle à leur répondre, elle réfléchissait à leurs nouvelles tocades, puis écrivait nuitamment.

Regardant son peuple se détourner de sa culture et revendiquer des religiosités qu'il ne connaissait qu'approximativement, elle se demandait quel serait l'avenir de Fadikiine. Par moments, elle fixait la photo, interpellait son aimé :

– Bouba, mon Bouba, Kôrmâma, dis-moi ! Où va notre fille ? Où Fadikiine va-t-elle grandir ?

Dès ces mots prononcés, Coumba entendait la voix de Bouba, répétant des réflexions qu'il tenait fréquemment :

– Coumba, ma douce, ce pays ne ressemble plus à celui de notre enfance. Certes, les routes bitumées se multiplient, nous roulons plus vite, en quête de futur, mais la culture fonce dans les ronces. Où va l'Afrique, quand les marabouts détroussent les naïfs et monnayent le nom d'Allah à l'ombre des mosquées ? Où va l'Afrique, quand les stades grouillent de citoyens en transe devant des bonimenteurs en costume de scène, qui s'enrichissent de la misère en abusant du nom du Christ, à l'ombre des églises ? Où va l'Afrique, quand les prétendus guides religieux vivent du clientélisme politique et n'épousent plus la quête spirituelle, mais des kyrielles de femmes avides de lucre ? Dans quelle Afrique Fadikiine va-t-elle grandir ?

Ne sachant que faire de toutes ces questions, Coumba écrivait. Comme d'autres tricotent ou brodent, peignent ou sculptent, se droguent ou se taillent les veines, elle écrivait. Plume en main, c'est ainsi qu'elle mourait aux réalités qui l'insupportaient. Plume en main, c'est ainsi qu'elle godillait dans la houle des jours. Plume en main, c'est ainsi qu'elle affrontait la nostalgie, survivait à l'absence de Bouba et vivait pour Fadikiine. Coumba ne cherchait pas ses mots, ce sont eux qui l'envahissaient, surgissant des ombres et brandissant des torches, qui découpaient la silhouette de Bouba.

– Kôrmâma, mon aimé, te voilà, murmura Coumba, souriante. Qu'importe où les autres t'imaginent, quand je te parle, l'univers rétrécit pour nous réunir.

Sortilège ! Du bout de sa plume, Coumba rattrapait son aimé, le ramenait à elle. Face à la page, quand sa plume veillait, vibrait, brûlait tout le pétrole de la lampe-tempête, quel remontant pour la veuve ? Si vous avez une âme de maître d'hôtel, sachez que Coumba ne demandait rien. Envoyez votre café noir à Balzac ! De votre whisky, faites des libations pour l'âme de Bukowski ! À part le verre de bissap qui se reflétait dans ses yeux, l'eau du puits suffisait à Coumba. Ce qui tenait sa plume debout dissiperait le sommeil d'une marmotte. Ce qui faisait danser sa plume ronronnait le jour et, la nuit venant, ça djoundjounguait assez fort pour réveiller Son Altesse Maléotane des sables chauds du Saloum. Imaginez les battements de cœur d'une amoureuse, mais d'une amoureuse réclamant son aimé à la nuit. Boum, boum-boum, Bouba ! C'est un tintamarre à couvrir les djoundjoungs et pélinguères du Sine-Saloum. Bouba, Kôrmâma ! Bouba, Kôrcoumba ! Et, *punctus contra punctum*, rythmait le cœur de Coumba.

Parce que la journée elle se taisait, observait, mais n'en pensait pas moins, sa plume avait beaucoup à dire à son aimé, la nuit. Si son silence servait à protéger les siens, particulièrement sa mère, de ses tristes songes, elle en usait également comme d'une cotte de mailles face aux attaques des Métamorphosés qui pullulaient et perturbaient quotidiennement sa sérénité. Le Seigneur, dans Sa grande prodigalité, a tout donné aux humains, y compris des semblables qui les privent d'oxygène. Devons-nous Le remercier pour cela aussi ? Alléluia ! Al-Hamdoulillah ! Il y avait toujours des parents ou voisins pour indisposer Coumba. Elle, d'ordinaire aussi calme que les eaux du bolong, elle sentait, durant son veuvage, la houle la gagner à mesure que le jour avançait. Vivre ensemble, c'est un fait pour tout humain qui ne partage pas l'intimité des taupes ; mais, vivre bien ensemble, partout, cela reste un éternel projet.

Alors, certains soirs, lorsque Sangomar restait sourd à son appel, Coumba en profitait pour noter des faits dont elle voulait entretenir Bouba. En réalité, elle avait le sentiment de poursuivre leurs anciennes conversations. Elle connaissait bien l'opinion de Bouba quant aux nouveaux pseudo-religieux, mais elle se demandait souvent ce qu'il aurait pensé de leur comportement pendant son veuvage, car cela, malgré sa perspicacité, il n'avait pu le présager. Or ils étaient là, vautours dansant autour des âmes blessées ! Jamais absents longtemps, ils semblaient ubiquitaires, bouchant les quatre points cardinaux.

– Ils sont là, Bouba, lança Coumba, si tu les voyais ! Ils sont là, de plus en plus nombreux ! Créatures du Seigneur, mais fardeaux des humains ! Qui ne gémit pas sous leur joug ne se tait que par crainte d'un supplément d'oppression de leur part. Convertis, honteux de leur origine animiste, mais redoutant encore les mystères des nuits du Saloum, ils cherchent à conjurer leur peur du noir, tout en exploitant opportunément celle des autres.

Coumba se remémora le ton qu'adoptait Bouba pour brocarder les Métamorphosés, lorsqu'ils se permettaient d'interroger sa foi.

– Bande d'obscurantistes ! Ouste ! Athia, kiss waye ! s'exaspérait-il. Brassent-ils les ténèbres par manque d'électricité ou bien ignorent-ils délibérément la Déclaration universelle des droits de l'homme, qui reconnaît à chacun sa liberté de conscience ? Coumba, ma douce, quoi qu'il en soit, nous ne laisserons pas ces conteurs nous compter parmi ceux qu'ils endorment.

– Oh que non, Kôrmâma, je les garde à l'œil ! dit Coumba, réprimant un rire. Bouba, si tu les voyais ! *Passons la journée en paix*, osent-ils, en gâchant la vie de l'île. Et, pteuh-pteuh, de l'aube au crépuscule…

Pteuh, amen ! Pteuh-pteuh, amen ! font ces animistes métamorphosés. Mains tendues, mine théâtrale, barbe hirsute, ils marmonnent de sibyllines prières, aspergent toute assemblée de leur salive jamais amène. Iblis zélés, missionnés par la volonté de domination et la cupidité, ils détournent le saint Coran pour asservir des régiments de sous-fifres et n'hésitent pas pour accuser d'hérésie tout esprit éveillé. Avec ou sans cauris animistes de divination, Coumba voyait bien ces cracheurs de fumée précéder tout autre pécheur en Enfer, où ils se languiraient de ceux auxquels ils ne cessaient de promettre le purgatoire. Bande d'hypocrites ! pensait Coumba à la vue de ces auto-sanctifiés, exhibant leur chapelet comme le paon son plumage. Leur audience prospérant sur la peur de la mort, ils accouraient à toute heure dans les maisons endeuillées, tels des chacals flairant charogne. Comme il se trouvait toujours des gens assez naïfs pour les recevoir avec une déférence de disciples, Coumba en déduisait que ceux qui ont renoncé à la foi de leurs ancêtres vivent affamés de spiritualité, au point de gober n'importe quoi. Affamées, les brebis sont plus faciles à capturer, les mauvais bergers le savent, qui les leurrent éhontément pour les traire ou les égorger. Mais Coumba réservait son lait à Fadikiine et n'entendait pas suivre Panurge. Ce que ces barbes psalmodiaient tout bas, sans doute par crainte de laisser percevoir leurs monumentales erreurs, ce n'est pas du tout ce qui guida Bandé Niambo, matriarche fondatrice de Niodior, du royaume du Gabou jusqu'au Saloum. Après avoir perdu ses ancêtres à Troubang, parce qu'ils refusaient toute conversion, Bandé Niambo devait-elle aussi perdre sa descendance, qui se laissait lobotomiser ? Ah, si les ancêtres savaient, combattraient-ils au prix de leur vie pour des héritiers amnésiques ? Voilà qu'en 2002, sous le ciel de Niodior, Coumba, descendante de Ceddos, effectuait sous surveillance autant de prières qu'en annonçait le muezzin. Qu'a-t-on fait de la mémoire de Bandé Niambo qui trouva son chemin, guidée par Sirius ? se demandait la jeune veuve en faisant ses ablutions. Qu'a-t-on fait de Roog Sène, le dieu universel qu'invoquaient les Sérères, depuis la première nuit du Sine-Saloum ? Alzheimer ! Qui guérira l'Afrique de l'Alzheimer ? Où va Fadikiine ?

Si la jeune veuve ne comptait plus les génuflexions, elle n'oubliait pas non plus que le djinn de Sangomar veillait sur son village depuis des temps immémoriaux. À lui, après Roog Sène, Mâmayiin demandaient santé, bonnes pêches ou récoltes, ainsi que tout ce qui peut rassurer l'humain et le rendre heureux. Mais, si la fidélité est l'une des plus nobles vertus, au pays des convertis complexés par leur passé, elle peut vous coûter cher. Ailleurs, il y a eu des bûchers, Coumba l'avait appris à l'école française, mais aussi que cela commençait toujours par des reproches. Or elle constata qu'au village, les réincarnations de Torquemada en faisaient déjà aux récalcitrants, ceux qui veillent devant l'âtre de leurs ancêtres. Alors, Coumba veillait, ses yeux promenaient deux cauris dans la nuit, mais face aux Métamorphosés enténébrés, elle gardait ses pensées pour son cahier et pour Fadikiine. Pour voguer vers l'île sacrée de Sangomar, aujourd'hui tombée en disgrâce, elle attendait la nuit, comme on attend une diligence. De l'aube au crépuscule elle patientait, en observant la routine quotidienne qui l'ennuyait souvent, la distrayait quelquefois. En effet, des événements a priori insignifiants captaient son attention, la transportaient loin du rectangle de sa natte de prière et des œillères que lui plaquait son voile de veuve. Il est heureux que l'esprit ne soit pas toujours assez docile, quand l'humeur du moment lui assigne une seule et même monotone thématique. Outre la triste raison de sa réclusion, Coumba pensait à d'autres sujets, presque par inadvertance. Toute la journée, elle assistait au défilé des visiteurs, parmi lesquels des soutiens sincèrement compatissants, mais également de nombreux faux dévots, aussi bruyants que des calebasses vides. Ce sont ces derniers qui la fatiguaient, ils venant régulièrement lui seriner d'ubuesques recommandations quant à la conduite de son veuvage. *Nguirofo !* Ce n'est pas ce qu'ils annonçaient, dérangeant les aurores et bravant le zénith, mais, au nom de la fameuse parenté qui lie tout le monde au village, ils chaussaient, déchaussaient leurs sandales, poussaient indiscrètement les portes, squattaient les chaises du matin au soir, parlaient, rabâchaient et, surtout, se permettaient…

– Coumba, ma chère cousine, si tu me permets, veille à mieux te couvrir, commençait l'un des Métamorphosés – cousin, peut-être, mais à un degré dont la recherche blanchirait les cheveux d'un généalogiste. Tu sais, Coumba, une femme pieuse ne doit pas rester tête nue, surtout dans ta situation.

– C'est vrai, ma nièce, prête attention à la décence de ta tenue, renchérissait aussitôt l'éminence grisonnante du groupe de Métamorphosés, trop content de s'engouffrer dans la brèche. Une veuve doit se montrer exemplaire dans l'observation de la *Salāt*. Aussi, sois plus ponctuelle dans l'exécution de tes prières. D'après ta belle-mère, tu aurais encore besoin d'encouragements à ce niveau-là.

– En effet, il ne suffit pas de prier, la ponctualité fait partie des qualités exigées, commentait la voiture balai, avant de poursuivre d'un ton culpabilisateur. En attendant Yômankyam, laquelle de nos occupations est plus importante que l'adoration du Seigneur ? Coumba, prenons garde à ce que nos actions soient irréprochables ; Malaki-Mawti nous guette, il ne renoncera à nulle âme !

– Coumba, ma nièce, reprenait l'éminence grisonnante qui s'arrogeait toujours le dernier mot, Coumba, ne porte plus ton chapelet autour du cou, ce n'est pas un collier, un ornement, c'est un objet sacré…

D'autres fois, c'était « Coumba, il ne faut plus faire ceci… Sais-tu que c'est un péché ? Tel marabout a dit que, pour le repos de l'âme d'un défunt, il est recommandé à la veuve de… Coumba, ne fais plus ceci ni cela, certes, ce sont d'anciennes pratiques, mais elles sont *haram*, dans notre religion… »

Et toutes leurs visites se déroulaient ainsi. D'interdit en recommandation, chacun ajoutant un caillou de son jardin, ils obstruaient l'horizon de Coumba. Suivant des pistes improvisées, leurs prêches bifurquaient, se ramifiaient, l'audience durait, s'éternisait ; le supplice aussi, parce que, créant l'humain, le Seigneur a oublié des couvercles à rabattre sur les oreilles, quand on sature de pipeaux sans oser invoquer la DUDS. Mus par une sincère démarche pédagogique, les Métamorphosés auraient pu dire dans leur propre langue *l'observation du culte*, au lieu de bâiller *Salāt*, et préciser que telle chose interdite par la religion est *illicite*, en lieu et place de *haram*. Mais non ! Rebaptisant l'ange de la mort, Malāk-al-Mawt en *Malaki-Mawti*, ils tronquaient aussi Yawm al-Qiyāmah en *Yômankyam* plutôt que d'énoncer simplement *le jour de la Résurrection et du Jugement dernier*, alors qu'aucun d'entre eux n'avait lu le Coran jusqu'à la sourate 75, à laquelle ils faisaient allusion, *Al-Qiyāmah* : la Résurrection. Pariant sur l'ignorance des témoins, ils mâchaient, mâchouillaient des vocables arabes, tel Yéménite son kat, puis s'en gargarisaient, donnant ainsi un air docte à l'esbroufe. Face à de tels illusionnistes, songeait Coumba, tout bon musulman doit demander lumière et protection auprès d'Allah Al-Rahman, le Tout Miséricordieux. Le pire, c'est que de telles personnes ignorent évidemment le verset 78 de la sourate *Al-Baqarah* qui réprouve leurs agissements : « Et il y a parmi eux des illettrés qui ne savent rien du Livre hormis des prétentions et ils ne font que des conjectures. » Mais, Al-Hakim, Al-Jabbār, sera leur seul Juge !

Jaugeant leur emprise sur l'auditoire, ils pontifiaient, métaphorisaient, épiloguaient. Écrasant tout sur leur passage, les gros sabots confondent toujours silence et obéissance. Coumba les écoutait comme les vaches regardent passer les trains. Sans frein, jusqu'où iraient-ils dans l'outrecuidance ? Elle l'ignorait encore. À son grand dam, tout simulateur de piété venait sans être invité, se fendait de son bon conseil, s'incrustait dans sa vie privée, tel un bernard-l'hermite dans une coquille vacante. Il est vrai que les Métamorphosés qui l'assiégeaient vivent près des vasières de Diandoufo et Nianiandé, le voisinage peut donc contaminer de ses habitudes ; mais tout de même ! Bouba a parfaitement raison !

pensa Coumba, qui entendait encore la voix guillerette de son homme, argumentant pour leur départ vers la capitale :

– À Dakar, ma douce, je ne te promets pas de château, mais ce sera une paix royale ! Rien que toi et moi, chez nous ! Tu sais combien j'aime notre île, mais vraiment, cette manie qu'ont certains de disposer de l'espace vital des autres, c'est très regrettable. C'est même l'une des plus grandes violences sociales et, malheureusement, au village, elle s'élève à la puissance dix. La promiscuité villageoise offre de la chaleur humaine, c'est sûr, mais l'envahissement en est le corollaire. Ma douce, à Dakar, nous aurons enfin de vrais moments bien à nous.

Au village, le silence tenace de Coumba ne dissuadait pas les plus hardis de ses guides autoproclamés. « Entendu », concédait-elle, sachant bien qu'un avis de navigation ne suffit pas à dévier le cap d'une barque. De l'acquiescement à l'exécution d'un ordre, il y a la souveraineté d'une volonté. D'ailleurs, tous ces pseudo-capitaines de l'âme, que n'allaient-ils négocier le virage de leur vie de convertis, au lieu de venir l'encombrer de leur indiscrète religiosité ! Pêcheurs, ils étaient aussi de grands pécheurs, selon leur livre saint. Dès sa deuxième sourate, La Vache, *Al-Baqarah*, le Coran condamne l'ostentation, à laquelle ils s'adonnaient sans répit. Incapables qu'ils étaient, en majorité, de lire ce livre, Coumba ne pouvait accorder le moindre crédit à leurs prêches, toujours alambiqués. Des réflexions de Bouba lui revenaient, réconfortantes :

– Ne les écoute pas, ma douce. Ils s'incrustent chez tous les jeunes ménages et se comportent comme si leurs années de plus suffisaient à leur conférer un statut de théologien. Parfois, le droit d'aînesse confine vraiment au droit d'ânerie !

Qui sait le modeste processus intellectuel par lequel le perroquet restitue des bribes de conversation de son maître sait comment certains ânonnent des sourates sans rien y comprendre. Ignore-les.

Après leurs bredouillements, Coumba murmurait toujours *Astaghfiroullah*, demandant pardon de peur d'être associée à cette maltraitance flagrante du verbe divin, mais les Narcisse croyaient qu'elle disait *Amen* à leur salmigondis. Gageons qu'ils se tromperont pareillement sur la route d'Éden, afin que les autres y soient enfin tranquilles. Ils ne quittaient jamais une maison sans offrir des prières que personne ne sollicitait. Pteuh-pteuh, amen ! postillonnaient-ils, jusqu'à l'ankylose des timides mains ouvertes sous leurs crachins. Que se frotte-t-on au visage, après de telles prières ? Combien de vaccins, combien d'antibiotiques faut-il pour préserver le peuple des germes si généreusement distribués par la salive de tels prieurs ? Dans un pays où l'hépatite existe en toutes ses lettres de détresse et où la tuberculose refuse de se laisser déloger, sans compter d'autres contagieux cadeaux de la nature, à l'évidence, des postillons même sacralisés peuvent passer des vies sous le tapis de prière. Pteuh-pteuh, amen ! Y a-t-il vraiment quelqu'un là-haut qui regarde faire ? Aucun poing géant ne sortait du ciel pour enfoncer les malfaisants dans le sable de l'île ou les projeter dans la baie, là-bas, à Sangomar. Même au royaume des ombres, ils dérangeraient.

Malgré sa patience, Coumba était parfois d'une humeur à offrir laisse et piquet aux épouses des prêcheurs itinérants, elle craignant de les accueillir un jour à coups de poêle à frire sur le crâne. La majorité de ces exaspérants avait déjà dépassé l'espérance de vie du pays (58,66 ans, en 2002). L'arthrose et les filets de pêche ayant déjà bien entamé les carcasses, Coumba aurait pu les ratatiner à coups d'écumoire, sans craindre son Seigneur, Roog Sène voyait bien ce qu'elle endurait. Mais elle s'en abstenait, se retenant surtout pour la paix des siens. Son acte aurait éclaboussé toute sa tribu. Chez elle, même si la responsabilité est individuelle, la honte, elle, se porte collectivement. Si par malheur la colère de la veuve avait refroidi l'un des Métamorphosés, le village aurait dit qu'elle a tué un homme, alors qu'elle l'aurait seulement achevé. Lorsque Yaliâm sentait sa fille trop tendue, elle partait en cachette verser un peu de mil, du lait caillé et de l'eau fraîche sous le baobab sacré. Nourris, leur soif étanchée, les Pangôls vengeurs s'éloignaient en douceur, puis leur protégée se calmait, c'est du moins ce que pensait Yaliâm.

Même si Coumba se montrait sensible aux efforts de sa mère, prête à tout pour l'apaiser, elle se sentait néanmoins profondément seule. Il lui manquait une autre forme de complicité, plus étroite, celle qui l'autorisait à mettre des mots sur ses maux, sans provoquer un autre malaise ni de jugement scandalisé. Il lui manquait la certitude d'une révolte commune, la camaraderie dans la réflexion, cette franche connivence où, jadis, elle pouvait honnêtement exprimer son opinion, notamment à propos du règne des Métamorphosés, sans se voir acculée au silence par les dormeurs : ceux déjà sous emprise, à l'instar de Wassiâm, sans compter tous les trouillards qui, au lieu d'assumer ouvertement leur désaccord, fermaient les yeux et dissuadaient les veilleurs de regarder Sirius. Il lui manquait Bouba. Elle lui parlait la nuit. Alors, la faire discuter le jour ? *Hum-hum*, en vertu de la DUDS !

XII

Soif ! D'eau ou d'amour ? Inassouvie, la soif est mortelle. Qui étanche la soif des veuves ? Pour Coumba, une nuit sans Bouba, c'était le noir profond d'un puits sahélien. Quand les consolateurs l'assaillaient, enchaînant des mots convenus, son regard semblait déclarer : « Si vous n'avez pas de canari d'eau fraîche à me proposer, ne m'empêchez pas de sauter dans le puits. »

Un soir, une corde glissa du rebord du trou noir ; descendant au fond des abysses, son crissement décroissant fit kôthie-kôthie, khôtki plouf ! Toute suspension préfigure une chute. Où flotte le cœur esseulé, quand il s'en va puiser de l'amour ? Il n'y avait rien dans le seau à puits. Un seau à puits qui s'abattit et déclencha la houle des reflets nocturnes. Au fond du trou noir surnageait la page froissée d'un ciel jaloux de son mystère. Après de longues minutes d'observation et de réflexion, Coumba ne rapporta que de l'eau dans sa bassine, pas une seule réponse à ses questions. Le ciel mutin n'avait qu'à offrir son miroir noir aux Nakwé, ces sorcières y voyaient sans doute plus clair que Coumba. Certains soirs, lorsqu'elle était trop nerveuse, Coumba promenait sa quête de vérité et de justice sur le chemin des sources.

Hey Roog Sène, comment vit-on avec ces soifs que n'apaise pas l'eau ? Hey Roog Sène, que fais-tu d'une amante sevrée d'amour ? Toutes les nuits qui ne la tuent pas sont sans clémence ! Coumba s'interrogeait en permanence. Pour quelle raison devait-elle rester sur le plancher des vaches, alors que son sourcier dormait sur une étoile ? Toute l'eau des puits ne désaltère pas autant qu'un baiser ! Hey Roog Sène, qui étanche la soif des veuves ? Sûrement pas le soleil du Sahel, qui embrase la savane et laisse mourir les vaches ! Nuit du Saloum, quand le sable qui a bu les libations s'attiédit, ce sont les morts qui reviennent étancher la soif des vivants.

Coumba se tenait à la margelle de chaque nuit jusqu'à ce que l'aurore et les premières salutations viennent la soustraire à l'attraction du néant. Rejoindre Bouba, à la nage ou par tout autre moyen, elle y songeait souvent, mais sentir le souffle chaud de sa fille, répandant l'innocence à ses côtés, l'en dissuadait. Il fallait une main bienveillante pour accompagner les pas de cette petite, Coumba ne pouvait ôter la sienne, bien qu'elle-même se trouvât vacillante. Tenir debout sans son roc Bouba, c'est le miracle qu'elle tentait au quotidien. Ses nuits blanchissaient au rythme des tétées de Fadikiine. L'enfant grandissait, la mère veillait, mâchait son stylo, notait ses dialogues avec les ombres. Parfois, elle s'imaginait loin, très loin de sa chambre nichée sous les cocotiers. Mais un toussotement, un étirement, le moindre signe de vie de sa gamine lui rappelait aussitôt le nœud marin qui l'amarrait à la réalité, la tenait à l'intersection du passé et du futur. Être mère, c'est vivre au service d'un être en devenir, même quand on ne veut plus du tout exister pour soi-même. Sans Bouba, Coumba avait perdu la femme qu'elle avait été, ne lui restait plus que la mère de Fadikiine à faire tenir. Être mère, c'est respirer pour une autre vie que la sienne, Coumba le découvrait. Cette petite Fadikiine, sa fleur de printemps, le fruit de sa passion, c'était son plus beau souvenir de Bouba, mais aussi, sa messagère pour le futur. Alors, Coumba en était sûre – parce qu'elle se battrait pour –, sa petite irait à l'école ; elle posséderait l'alphabet de leur histoire, ainsi que les chiffres qui datent leur tragédie, autant que les joies d'avant dont elle resterait toujours nostalgique. Coumba écrivait. Sa plume grattait, gravait le marbre de chaque nuit, parce qu'il lui était inconcevable de laisser les vagues de la vie tout emporter sur leur passage. Non seulement elle écumait sa mémoire, mais elle sélectionnait les faits marquants du quotidien et consignait tout, comme on entrepose des provisions. Plus tard, Fadikiine aurait de quoi nourrir sa curiosité. Le cahier de Coumba restituerait à sa fille la couleur de ces terribles jours, dont la petite n'aurait aucun souvenir personnel, mais qui compteraient indéniablement dans sa compréhension de son histoire. Grandir sans papa ? Maman, que s'est-il passé ? Qu'est-il arrivé à mon papa ? Comment cela s'est-il passé ? Inévitables questions. Combien de saisons encore, avant que Fadikiine ne soit en âge de démêler les fils de l'existence ? Parce que le temps rogne la mémoire comme la rouille corrode les épaves, la jeune maman écrivait, afin de préserver l'entièreté de sa version des faits pour sa fille. De toute façon, elle-même avait besoin de mettre les choses bout à bout, de leur trouver une explication logique sous peine de perdre la raison. Contrairement à son entourage, qui ne s'embarrassait pas trop d'analyse et s'en remettait au hasard de l'infortune, Coumba s'essorait la cervelle, cherchant obstinément les causes de l'engrenage dramatique qui lui avait coûté son mari.

La journée, quand la grégarité villageoise imposait sa loi, Coumba laissait parler les commentateurs qui se perdaient en élucubrations. Serrant sa petite, elle s'interrogeait, oscillant entre abattement et révolte. « C'est la volonté divine qui l'a voulu ainsi », disaient les causeurs, évoquant Bouba avec le même fatalisme qu'ils regretteraient une récolte saccagée par les criquets. « Dieu l'a voulu ainsi ! » disaient-ils. Comme si Dieu n'avait pas donné le libre arbitre aux humains, les rendant ainsi maîtres de leurs stupides décisions comme de leurs actions criminelles ! « C'est le destin ! » Ce type de phrase révulsait Coumba : le *Joola* s'est donc surchargé seul ! Il s'est auto-manœuvré pour aller se saborder à Adiaguediâkh ! Le destin, martelaient les Métamorphosés, bâillonnant ainsi toute complainte, invalidant tout réquisitoire contre les fautifs. Ces derniers étant également présentés comme des victimes, martyrs du même destin, qui s'était accompli à travers eux, malgré eux. Coumba se demandait pourquoi l'humanité recourt aux pompiers, si le sort rend toute catastrophe imparable. Le destin a bon dos ! fulminait-elle. Un jour, elle, qui pleurait encore son chéri, en arriverait peut-être à casser la mâchoire à l'un de ces beaux parleurs, arguant l'infortune pour dédouaner des coupables. Paupières baissées, lèvres pincées, Coumba ruminait, quand les bavards se marchaient sur la langue. Son calme était volcanique ; mentalement, elle distribuait des uppercuts. Si Sangomar avait exaucé ses prières, les casuistes auraient vu leurs dents pulvérisées.

Ces fatalistes qui malmenaient vainement ses oreilles, que savaient-ils de ses nuits au bord du gouffre et des pensées cauchemardesques qui ne la quittaient plus ? Combien de mètres mesurait la monstrueuse vague qui avait englouti son géant ? Quelle était la température de l'eau ? Bouba était si frileux. Marin, fils et petit-fils de marin, avait-il nagé longtemps avant de s'avouer vaincu ? Avait-il été surpris dans une cabine où il espérait un peu de repos ? Cette nuit-là, avait-il eu le temps de dîner ou non ? Dans quelles conditions son aimé avait-il fini par cesser d'espérer un retour sur la terre ferme et renoncer à ses bras ainsi qu'au futur de Fadikiine ? Ces questions torturaient Coumba, lui coupaient l'appétit, rabotaient ses hanches, creusaient ses joues. Et des résignés venaient l'assiéger, brandissant *le destin*, telle une sucette de caramel pour enfant mal luné ! Au diable ces pseudo-compatissants ! Comment pouvaient-ils prétendre comprendre et partager sa peine, s'ils se moquaient de savoir les véritables causes du désastre ? Le destin ? Quel mauvais sort, quelle sorcière, quelle sirène jalouse a coulé son amour ? Non, rien de tout cela ! s'emportait-elle in petto. Ni diable ni sorcière ! Seuls les irresponsables qui ont surchargé le *Joola* ont privé le Sénégal de tant de ses enfants et brisé le rêve de plusieurs de ses invités ! Plaider la guigne et la volonté divine ne calme que les autruches ! C'est l'inconscience, le dilettantisme, l'incompétence et le sentiment d'impunité qui ont sabordé le *Joola*. Rien d'autre ! De tels manquements rendent toute excuse scandaleuse !

Comme Djilali et Linda à Marseille, Coumba regrettait son impuissance ; elle en souffrait autant que de sa solitude de veuve. Destin ou doigt de Satan, sa fille avait perdu son père parce que des gens avaient agi comme si tout leur était permis. Et des dames qui serraient leur conjoint dans leurs bras toutes les nuits osaient venir lui seriner des *mougni, mougni* : calme-toi, tiens bon ! sans lui dire à qui, à quoi s'agripper pour tenir. Et puis, elle en avait assez de ce mot. *Mougni*, à

Niodior, c'est aussi un nom fréquemment donné aux chiens. Et les chiens, eux au moins, trouvent toujours une carcasse de poisson pour s'y faire les dents. Comment Coumba aurait-elle pu tromper sa faim, alors que c'est elle-même que le vide dévorait ? « Sois courageuse », lui enjoignait-on en guise de réponse à la moindre de ses interrogations ou complaintes. Mais il n'y a que l'âne qui supporte son fardeau sans chercher plus loin. Qu'ils dégagent, ces prêcheurs, et que leurs jacasseuses d'épouses m'accordent le silence ! pensait Coumba, indignée par tous ceux qui s'échinaient à museler sa révolte, au lieu d'essayer de la comprendre. Étaient-ils seulement chloroformés par la religion ou carrément dévitalisés ? Ceux qui lui suggéraient une vie de robot, où étaient-ils la nuit quand son lit lui semblait trop grand ? Ronflaient-ils bien quand sa fille hurlait, sans obtenir une berceuse ? Que savaient-ils de ce qu'elle éprouvait dans le secret de sa chambre, quand elle reniflait les chemises de Bouba comme les addicts cherchent désespérément leur dose de drogue ?

Après avoir enduré les visites de la journée, Coumba accueillait le crépuscule comme un moment de répit. À Dakar, dans leur minuscule studio, elle avait souffert parfois de solitude, mais seulement quand Bouba partait en voyage. Maintenant, non seulement elle se sentait seule parmi la foule, mais en plus elle réalisait qu'une partie de son mal-être au village ne relevait pas du deuil, mais de cette impossibilité de jouir de la moindre privauté avant la nuit tombée. Combien de bars de pression les nerfs supportent-ils quotidiennement, dans une telle situation ? Des journées entières à tenir, à se retenir, à faire bonne figure, à donner le change ; cela peut-il laisser l'organisme sans dommage ? À la rituelle question « Comment vas-tu ? », il faudrait peut-être substituer une autre, plus pertinente, « Comment sont-ils, autour de toi ? », car toute réponse à celle-ci augure de l'état de santé. Ensemble, évidemment, c'est bien, mais quand c'est de manière ininterrompue, c'est harassant et, surtout, toxique. Même les présences les plus rassurantes deviennent éprouvantes, lorsqu'elles se font abusives. S'il y a un temps à vivre avec les autres, il y a également l'indispensable temps pour respirer, écouter le monde et tenter d'ajuster une certaine harmonie en soi-même, ce qui aide à mieux retrouver les autres. Éliminer l'un de ces temps revient à se maltraiter, sinon à contraindre ceux que l'on prive d'eux-mêmes. C'est agréable de s'enlacer, mais, trop serrée, l'étreinte tue.

Ouf ! soufflait Coumba, après sa douche du soir. Enfin, seule ! C'était le moment où ses traits se décrispaient, son rendez-vous avec les veilleurs de Sangomar promettant plus de consolation que les répétitives audiences diurnes qui se relayaient auprès d'elle. Enfin seule ! Elle était libre d'arpenter son jardin intérieur. Roses, orchidées ou trompettes de la mort ? Qu'importe, tout ce qui germait dans sa tête s'épanouissait la nuit, élargissant les ombres où elle devinait le sourire de son mari. Enfin seule ! Elle n'était plus seulement la veuve, elle retrouvait Coumba. Coumba, une amoureuse qui appelait son chéri dans la nuit.

Un soir, après avoir couché sa fille et reçu les habituels bons souhaits de sa belle-mère, Coumba saisit une chemise de Bouba, la huma longuement, les yeux fermés. Soudain, elle se perdit en invocations, tendant la chemise dans la même direction que sa supplique :

– Sangomar, moi, Coumba, l'enfant lavée dans tes eaux, je reviens vers toi. Ce matin, j'ai versé secrètement du mil et du lait caillé pour toi et Mâmayiin. Sangomar, Bouba est dans ton royaume ; humblement, je te demande de me laisser voir mon mari. Sangomar, je te demande la vue qui traverse la nuit. Sangomar, je t'en supplie, montre-moi mon mari…

Les yeux clos, Coumba psalmodiait sa requête en boucle. Ses bras, fatigués d'être tendus au-dessus de sa tête, s'étaient rabattus et pressaient maintenant la chemise de Bouba tout contre son cœur. Assise sur son lit, Coumba invoquait, effectuant de légers balancements du haut du corps. Pourquoi avait-elle besoin de bouger de la sorte ? Attirée par le souffle ardent de l'amour et propulsée par lui, elle ramait, murmurait, comme les rameurs chantent en fendant les flots. Ô hisse, attraction, traction ! Coumba ramait vers Bouba avec le cœur de mille marins ! Ô hisse !

À quelle vitesse voguait son esprit ? Seul l'oiseau qui hulula le savait, mais ce cachotier le gardait pour lui-même. Tchoukour-kouroum ! réitéra le volatile, narquois. C'était une nuit du Saloum. Pendant que le hibou poursuivait sa virée avec ses amies sorcières agrippées à leur balai, une femme ivre d'amour balançait sa solitude au milieu de son lit. Il manquait des ailes à Coumba, autrement, elle aurait atterri à Sangomar, tel un pélican. Elle se balançait. Habitait-elle encore ce corps en mouvement ? Si une traîtresse tornade avait soudain emporté son toit de tôle, s'en serait-elle aperçue ? Je m'envole, Bouba, regarde, je vole vers toi ! aurait-elle sûrement pensé. Mais aucune bourrasque ne venait la décoller du lit et Fadikiine n'était d'aucune aide, cette peinarde souriait aux anges dans ses rêves.

Nuit du Saloum ! Qui n'a pas les ailes de son voyage peut compter sur le souffle des Pangôls de ses ancêtres. Nuit du Saloum ! Qui invoque les Pangôls de Mâmayiin franchit le seuil du monde invisible, où les âmes chéries recouvrent chair et verticalité. « Mes chers enfants, n'en doutez pas, qui me cherche me trouvera », promettaient les vieux Sérères animistes sur leur lit de mort. D'après ces ancêtres-là, le monde empirique n'est qu'un parmi tant d'autres auxquels on peut accéder, à condition d'être initié. C'est-à-dire qu'il faut avoir reçu la précieuse instruction des anciens concernant la cosmogonie, les mythes fondateurs, le sens profond des totems et tabous, les obligations afférentes ; les rites codifiant le culte des ancêtres, ainsi que les formules requises pour les pratiques rituelles, surtout celles occultes, plus difficiles d'accès. Car, même si les anciens ne fermaient leur case que d'un thiâbi-laobé, un simple bout de bois attaché en travers de la porte, il fallait être digne de confiance pour recevoir la clef des mystères de leur bois sacré. Fadikiine les trouverait dans le cahier de sa scribe de mère, qui elle-même les tenait de sa grand-mère maternelle. Quand tous croyaient que la doyenne avait déjà un pied dans la tombe, la sage Routiyâm se faisait plus sénile qu'elle n'était, décourageant ainsi les impatients et les chèvres parmi sa descendance, et pendant ce temps-là, elle livrait discrètement ses secrets à la douce Coumba. Convaincus de léguer un immense pouvoir et soucieux de son bon usage, les aînés choisissent leur épigone au regard de son humanité. Car, ceux qui convoquent les morts et les accueillent par une porte dérobée de l'univers sensible sont gardiens des âmes ; ils ont également l'obligation de veiller sur la paix des vivants, ces derniers étant de nouvelles créatures de Roog Sène ou des ancêtres réincarnés. Ainsi, qu'importe l'apparence, il s'agit de veiller l'humain en toutes ses phases, visible ou invisible, ici ou ailleurs, dans l'univers de Roog Sène. Ici ou ailleurs, une traversée en flux et reflux.

Passage ? Une transe de saltigué ! Qui veut changer de

monde change de conscience ; l'humain est donc censé en posséder plusieurs, tout comme il a plusieurs vies. Offrandes et libations ne sont pas œuvres d'illuminés, mais de gens qui traitent leurs discrets voisins avec la même courtoisie qu'on sert des hôtes à table. Incantation ? Parce qu'il faut bien une adresse, même au facteur émotionnel qui convoie l'amour ainsi que les doléances à Mâmayiin, parmi lesquels veillait maintenant Bouba. Incantation ? Toujours le même murmure, comme la ferveur qui répète un psaume en boucle. Et d'ailleurs, qui se lasse du nom de son amour ? N'est-ce pas vénérer Dieu que de porter en soi la ferveur de toutes les ferveurs ? L'amour ! Qu'importe l'accent, l'extase ne l'entend pas ! Le Maître des grâces sait qu'en sérère, français, mandjack ou mandarin, on aime comme on prie, toujours avec ardeur ! Jamais ignifugé, qui brûle brûlera encore, ne serait-ce que pour éclairer les dédales de la mémoire. Coumba se consumait, réclamant Kôrmâma à la nuit. Kôrmâma, un prince si charmant, là-bas, dans le bleu de l'Océan ! Que fait saint Antoine de Lisbonne quand il ne ramène pas les naufragés ? Guide-t-il les veuves qui rament vers le large ? Tchoukour-kouroum ! Dans la nuit du Saloum, le hibou répétait sûrement cet ancestral conseil : si votre prince attend la marée au royaume des ombres, dites son nom à Sangomar, il guide tout cœur qui rame par amour.

– Ô Sangomar, roi des ombres ! Sangomar, que ton index déchire la nuit ! Accorde-moi la vue qui traverse la nuit ! Ô Sangomar, roi des ombres, ouvre-moi le chemin jusqu'à mon aimé ! suppliait Coumba.

L'incantation ? Jusqu'à la transe ! C'est le seul transport direct jusqu'au royaume des ombres, là-bas, à Adiaguediâkh. Transe ! Une fois sorti de ce monde où les vaches piétinent les patates douces, dégagé de toute pesanteur, il suffit de dire : *Nguirofo, Mâmayiin !* Et soudain, sortilège ! Au Saloum, les ombres ne sont pas que des ombres, ou alors des chinoises, des silhouettes projetées de l'autre monde. Voilà pourquoi, en pays sérère, il n'est pas étrange de reconnaître le profil de son aïeul(e) sur les murs, quand le crépuscule dessine ses arabesques. Cette éphémère réalité, on a beau la prendre au sérieux, disait le vieux pêcheur, elle n'est qu'un rideau de théâtre, la conscience l'écarte pour entrer dans l'autre monde, celui plus durable, puisque le séjour y est illimité. Incantation, transe et sortilège sont les étapes du voyage vers l'autre rive ! Et Mâmayiin accueillent tous les voyageurs, comme les plages du Saloum accueillent la marée haute. Qui a fini son parcours en ce bas monde continue dans l'autre, comme le caïlcédrat ayant cessé de verdoyer devient pirogue et poursuit son voyage. Ne culbutez nulle barque, chaque humain vogue, la cale pleine de milliers d'années de mémoire et de futur. Métempsychose, cela va de soi, dans l'univers infini de Roog Sène. Métempsychose ! Pourvu que les bêtes à plumes deviennent des orchidées bien mauves et pas des dindes de Noël ni des moutons de Tabaski. Métempsychose ! Pourvu que les chasseurs ne se réincarnent pas en gibier, quand les animaux reviendront chaussés de rangers pour des safaris, fusil à l'épaule. Et si Roog Sène le veut, tous les méchants loups deviendront des agneaux, des peluches, des sapins, des baobabs à l'ombre drue, des blocs d'améthyste ou de simples talus couverts de fleurs.

Transe ! Coumba voguait ailleurs. Transe ! Mutation ! Coumba chuchotait à d'autres oreilles, invisibles à tout autre qu'elle. Mais, cette fois, qui avait répondu à son appel ? Dehors, la brise du soir elle aussi chuchotait, susurrait ses aventures marines au feuillage des cocotiers, pendant que ces malfrats de chauves-souris menaient la vie dure aux insectes et volaient des fruits aux vergers environnants. Ces vampires s'envolent de leur perchoir, quand les Nakwé coupent du bois pour attiser leur chaudron.

Tchoukour-kouroum ! Dans la nuit du Saloum les mystères mûrissaient. Coumba s'imaginait ailleurs. Sangomar gardait son royaume. Le muezzin dormait. La lune filait, taisait ce qu'elle sait. Les chats chassaient des mulots. Un gecko passa d'un mur à l'autre, sa petite proie, de vie à trépas. Des vies s'écourtent, en prolongeant d'autres, ainsi le veut le Maître des Cieux, auquel Darwin ne reprocha rien. Une chauve-souris changea de branche. Coumba traversa un bras de mer, relia deux mondes aussi naturellement qu'elle franchissait le pont entre Niodior et Dionewar. Une rafale, une deuxième plus forte ; soudain, les fiers cocotiers se mirent à imiter la femme qui tanguait sur son lit. C'est qu'au Saloum, même la végétation implore la clémence de Sangomar. Un mugissement lointain donnait une idée de l'humeur de l'Ogre-Atlantique. Déchaînées, les vagues s'abattaient, s'attaquaient à la façade sud de l'île et s'acharnaient. Que voulaient-elles engloutir encore ? Un baobab bicentenaire, sous lequel les cultivateurs avaient coutume de déjeuner à Fandiongue, n'assistait plus qu'à la ronde des poissons entre ses branches devenues des éponges. Après le *Joola*, que pouvait encore réclamer l'Atlantique ? Depuis que les Niodiorois ignorent leurs Pangôls et négligent les rituelles offrandes à Sangomar, la mer mange le village. Tout à son invocation, Coumba y penserait une autre fois. Pour le moment, elle souhaitait seulement que Sangomar se calme et réponde à sa supplique. Or le vent forcissait, sifflait par les fenêtres, annonçant l'averse. L'Atlantique grondait, ruait, happait les flancs de l'île. Un chien aboya, Coumba fronça les sourcils, essayant de ne pas y prêter plus d'attention. « Tcheuh-tcheuh, athiah ! » fit quelqu'un, qui apparemment ne voulait pas trop élever la voix. Était-ce Wassiâm qui chassait déjà des Nakwé dans un cauchemar ? « Heuy, athiah ! Athiah waye ! » Cette fois, Coumba s'immobilisa brusquement et rouvrit les yeux. Cramponnée au rebord du lit, elle retint son souffle, tendit l'oreille, en regardant tout autour d'elle. Fin de transe !

Fin de transe : toute suspension préfigure une chute ! Quelle malédiction brise la volupté des rêves ? Impossible, l'ascension ! Les parois de l'univers sont-elles faites de brume et de brouillard ? Pour Coumba, ce fut une vertigineuse chute, la frayeur d'un escaladeur dévissant du Kilimandjaro. Après cette douloureuse dégringolade dans la réalité, elle s'adossa au mur, assoiffée d'amour et dépitée.

– Faut-il toujours qu'il y ait quelqu'un pour contrarier mon rendez-vous avec Bouba ? se plaignit-elle en regardant la photo. Mais, enfin, que fait Sangomar ?

– Tchoukour-kouroum ! Sangomar fait ce qu'il lui plaît ! rétorqua le hibou.

De quoi se mêlait ce messager emplumé des Nakwé ? Passer trois fois un cauri autour de chaque oreille chasse le mauvais augure de ce loup-garou volant. Conjurant le lugubre chant de l'oiseau, auquel elle jalousait pourtant ses ailes, Coumba ne pouvait qu'admettre les aléas de la nuit du Saloum. Mais, tout de même ; en dehors du vent, qu'est-ce qui troublait tant le silence de l'île, cette nuit-là ?

– Tchoukour-kouroum ! Tchoukour-kouroum ! chantaient, reprenaient les Nakwé, prêts à dévorer la langue au curieux.

XIII

Impatience ? Comme un tama tapant dans les tempes ! L'impatience ? Son intensité se mesure aux mouvements du sternum. De frénétiques battements de cils semblaient rythmer le souffle de Coumba. Parfois, respirer, c'est forcer l'organisme, l'urgence trouve toujours les narines trop étroites. Adossée au mur, Coumba croisait, décroisait ses longues jambes. Cuisante impatience ! Si ce n'avait été qu'une affaire de nerfs instables, elle aurait pu s'emmailloter dans la moustiquaire, aussi bien qu'elle emballait le fessier de Fadikiine dans les langes. Hélas, il s'agissait moins de maîtriser son corps que de freiner son esprit qui cavalait dans tous les sens tel un chien affamé, rapportant n'importe quel os. Les yeux grands ouverts, Coumba s'érodait les dents ; le bruxisme ne signale pas forcément un sommeil de loir, parfois c'est l'âme qui mâche son mets de pierres. Mastiquer, respirer, voilà deux corvées vitales qui éreintent l'humain, et l'impatience les rend plus ardues.

C'était une nuit du Saloum, le mil mûrissait patiemment dans les champs, les gousses de niébé s'affermissaient, les fleurs de bissap s'empourpraient ; Niodior dormait, rassuré par ses futures récoltes, une forêt de points d'interrogation poussait sous les paupières de Coumba. Douk ! entendit-elle ; avec le vent qui fouettait dehors, c'était peut-être la chute d'une noix de coco, à quelques mètres de sa chambre. Pourtant, cette supposition faite, son regard jetait encore des cauris de divination. Qui sait tout ce qui fait bruire la nuit du Saloum ? Tchoukour-kouroum ! Quand les hiboux et les Nakwé chassent avec la complicité des ténèbres, les insomniaques surveillent la cuisson de leurs rêves d'onyx. La frustration, bien qu'elle soit chaque jour plus dure que la veille, elle rend la nuit élastique et la dilate sans fin. En échange d'une vision nocturne, de quoi Sangomar prive-t-il les veilleurs ? Sûrement du repos dont Morphée gratifie les dormeurs qui renoncent à questionner les ténèbres. Parfois, la réflexion est une torture silencieuse. La nuit donne de la décence à la tristesse, mais ça ne réchauffe pas d'enlacer des ombres. À force d'éprouver les pourtours du gouffre, de jeter des poignées de sable dans les béances, même l'esprit le plus lucide vacille.

Coumba se leva, tituba, traîna les pieds jusqu'au canari, souleva le couvercle, se servit un pot d'eau qu'elle vida d'une traite. Combien de grenouilles barbotaient dans son estomac ? L'intranquillité, c'est bien sûr la vie qui coince dans la gorge, mais elle ne se recrache pas comme un bout de steak avalé de travers. Avant de se réinstaller, Coumba rajusta des coins de drap qui n'en avaient pas besoin. Bien que sa gracieuse gestuelle n'en trahît rien, elle s'évertuait à contenir son bouillonnement intérieur. Il y a pire état que le syndrome d'impatiences musculaires, puisque ce qui soulage les nerfs reste sans effet sur les tempes enflammées par la pensée. Glang, gling, gong, galopait la vieille horloge du salon qui refusait de mourir en silence. « Maudit tas de ferraille, ferme-la ! » s'agaça Coumba. Dix, vingt minutes peut-être, une demi-heure déjà, qu'elle tendait l'oreille. Combien de temps durerait cette pause forcée ? La patience a quelque chose à voir avec la longévité, parce qu'elle ôte sa propre durée aux moments pleinement vécus. Quand le cœur pressé bat à tout rompre, endurer le tumulte qu'impose ce tempo de l'urgence, c'est perdre une part de vie, celle consumée par l'attente. Même en se hâtant de vivre, on se hâte de mourir. À aimer et se faire aimer, certes, on se réconforte et on radoucit des vies autour de soi, mais, ce faisant, on multiplie également les futurs malheureux. Non content de brûler toute joie par les deux bouts, le temps s'abîme aussi dans l'expectative. La chérie de Bouba attendait, pas ses cernes ni son cœur qui s'épuisait.

Heuy ! Tcheuh-tcheuh, athiah ! plus proche cette fois, la tête de Coumba pivota vers la fenêtre, pourtant fermée. Heuy ! Tcheuh-tcheuh, athiah ! C'était une voix masculine encourageant sa monture, la charrette longeait la maison. Des grelots cadençaient le trot du cheval et ne laissaient aucun doute sur la direction de la cargaison ; elle remontait du vieux village, sûrement du débarcadère, vers la boutique d'Abdou. Tcheuh-tcheuh, athiah ! Pauvre bête, pensa Coumba ; en plus de son impatient cocher, combien de dizaines de kilos supportait son échine ? Lorsqu'ils sont surexploités, les employés peuvent recourir aux prud'hommes, mais à qui se plaignent ces bêtes de somme qu'on fait trimer, même de nuit ? Le Maître de la balance, qui en a décidé ainsi, leur réserve peut-être le plus délectable des foins et d'immenses prés où ils se prélasseront, dans l'au-delà ? Les grelots s'éloignèrent. Finalement, rien de spécial. Coumba inspira profondément, chercha une position plus confortable, cette petite animation nocturne était trop familière pour retenir longtemps son attention. Elle ne voulait surtout pas se laisser distraire. Hélas, les pensées ne sont pas que de jolies fleurs que l'on discipline en bouquet, parfois, insupportables bêtes, elles cabriolent, galopent sous le crâne avec une fougue de tarpan. Plus Coumba tentait de se concentrer, de replonger dans son imploration, plus son esprit détaillait les échos qui lui parvenaient.

Tcheuh-tcheuh, athiah ! Ce n'est pas ainsi qu'on chasse la migraine. Un tel bruit dans la nuit, au Saloum, ce devait être un transport de marchandises, les pirogues de contrebande en provenance de Gambie débarquant souvent au moment où les Nakwé partagent leurs proies avec les hiboux et, de préférence, quand la mer est assez démontée pour décourager les limiers. Or, depuis quelques jours, la météo marine annonçait *drapeau jaune*, ce qui signifie vert aux oreilles de certains, puisqu'en réalité, le vert vaut rouge pour la conduite de leurs affaires. Marins aguerris, les piroguiers niominkas savent que leur meilleure alliée, c'est la prudence, toute citadine, des douaniers. Un chien aboyait, insistait. Encore un passage de charrette, à moins que ce ne fût la même qui, déjà, s'en retournait au wharf. Waouf ! Wawou ! Waouf ! Mais les charretiers ne craignaient pas les chiens errants, du moment que leur indiscrétion ne réveillait pas les douaniers, tout allait comme devant. Dans les îles du Saloum, sauf extraordinaire, c'est-à-dire un signalement précis obtenu grâce aux confidences d'une taupe, les fonctionnaires de l'économie ne s'aventurent pas à l'extérieur, une fois la nuit tombée. *Nguirofo, Saloum, Nguirofo !* Ici, certaines traditions sont aussi pérennes que le bleu de l'Atlantique. Tout comme avant la télévision et les téléphones portables, le crépuscule vide les rues des villages, de Niodior à Diamniadio. Et cela, les fonctionnaires mutés dans la zone l'apprennent, en même temps qu'ils apprennent le sérère. En pays sérère, l'intégration ne suscite pas débat, la nécessité en fait une obligation que la douceur de l'accueil transforme en plaisir. N'ayant généralement pas de parentèle dans les îles, les douaniers marchent à pas de velours, même le jour, et comptent sur les rares délateurs locaux, traîtres ou jaloux, pour intercepter occasionnellement les pirogues de contrebande. Tcheuh-tcheuh, athiah ! Wouaf, wouaf ! Athiah waye ! Les chiens pouvaient continuer leur dénonciation éhontée, même les cocotiers étaient complices. Ici, on vend, achète, cuisine, meuble et s'habille transnational. Wouaf ou pas, faouw ce serait pareil ! Le ballet des charrettes se poursuivrait, jusqu'à ce que la cale de l'immense pirogue soit vidée de son dernier sac de sucre, de sa dernière caisse de savons et de la plus petite boîte d'allumettes. Au réveil du village, Sangomar aurait miraculeusement rempli les boutiques comme d'habitude et même ces casqués de maltouters iraient se ravitailler en produits moins chers, comme les Niominkas qui s'approvisionnent ainsi dans l'aire sénégambienne, depuis un temps que seul le ridicule daterait, mais bien avant les fantaisistes frontières coloniales. D'ailleurs, celles-ci demeurent une fiction pour bon nombre d'habitants. Ici, les seules frontières, ce sont les rares limites que la mer fixe à la témérité des piroguiers. Les autres, administratives, non seulement elles sont presque invisibles, mais, en outre, elles correspondent rarement à la géométrie des familles, subdivisées par les nouveaux États. Or, au Saloum, leur indépendance ne date pas des années 60, en dépit des apparences, ils l'ont toujours conservée de manière viscérale et, cette réalité-là, les douaniers s'en rendent vite compte. Conscients de l'impossibilité de leur mission, ils testent malgré tout leur autorité sur ces princes des mers, toujours souriants, mais indomptables. « Contrôle, coupez le moteur ! D'où venez-vous ? – De l'autre côté, répondent les piroguiers. – Mais d'où exactement ? – De l'autre bras de mer ! » Les points d'interrogation qu'un tel échange suspend à la barbe des agents sont au nombre des ramifications du bolong. « Bon, bon ! Que transportez-vous ? Avez-vous des marchandises à déclarer ? » Sans goûter aux bonbons amers des douaniers, le capitaine se contente toujours d'affirmer, sans ciller : « Nous transportons des vivres ! » Pendant ce dialogue de sourds, la mer bougonne, ballotte indifféremment les deux embarcations, ensuite, chacune reprend sa propre direction, sûre de naviguer dans son bon droit. « Nous devons faire notre travail, servir notre pays, même si ces têtes de mules n'y comprennent rien ! » s'encouragent les douaniers, au nom de leur salaire. « Peut-on protéger l'économie sénégalaise contre la gambienne ou vice versa, alors que nos familles vivent des deux côtés ? » protestent les Niominkas, au nom de leur dignité. Coumba laissait Senghor et Corneille arbitrer ! Au Saloum, le panafricanisme n'est pas qu'une idéologie politique dont on se gargarise dans les symposiums, c'est leur quotidien depuis que les pélicans portent des plumes. Avant le partage de la tarte africaine par les impérialistes, le royaume du Saloum englobait une partie de la Gambie, raison pour laquelle les Guelwars affrontèrent tour à tour les soldats français, puis les britanniques, qui s'en souviendraient encore si l'Occident n'écrivait pas l'Histoire à sa seule gloire. Qui ne franchirait pas le Rubicon, s'il divisait sa maison ? L'Atlantique impressionne les pieds secs des bergers peuhls, mais il n'est pas assez grand pour disjoindre les sénégambiennes familles niominkas. Et puis, quelle gageure que d'expliquer à ces marins lutteurs que les gouvernements taxent le pain de l'humain, de rive en rive ! Eux qui vivent ainsi depuis toujours, reliant les terres, fleurissant les entrelacs des bras de mer des fruits de leurs voyages. Indépendance ou nouvelle servitude ? répliquent-ils. Tout guêtré qui s'avise d'en arrêter un, s'il se soucie d'équité, devrait menotter la totalité du village, ainsi que les palétuviers, souvent coupables de protéger les cargaisons jusqu'à la nuit tombée. Zélé, l'agent pourrait également encager les hiboux pour non-dénonciation de crime ; mais est-ce la faute des hiboux si les douaniers laissent des plumes au Saloum ?

Incapable de retrouver la concentration nécessaire à son incantation, les clochettes des charrettes retentissant par intermittences derrière sa chambre, tout près de la clôture de la maison, Coumba patientait, mais semblait de plus en plus calme. Soudain, elle esquissa un sourire au souvenir d'une scène de son enfance. Elle était encore à l'école primaire. Armés, casqués, bottés, motivés, gendarmes et douaniers étaient venus en nombre pour arrêter Younguare, un piroguier de l'île. Mais, alertés on ne sait comment, les villageois, hommes et femmes confondus, se ruèrent au débarcadère en quelques minutes, chacun clamant : « C'est moi ! Celui que vous cherchez, c'est moi ! Younguare, c'est moi ! Nous sommes tous des contrebandiers ! Ou vous nous embarquez ensemble ou vous n'embarquez personne ! » Et ce fut tel que dit. Non seulement les hommes de loi repartirent bredouilles, mais ils avaient décampé aussi vite que les moteurs de leurs zodiacs le leur avaient permis. Avaient-ils entendu la joyeuse polyphonie qui s'éleva aussitôt du wharf ? Tapant des mains, les femmes improvisèrent un chant : « *Younguare youngué ! Kôrmâma, diambar damkâne ! Younguare youngué !* », c'est-à-dire : « Younguare n'est pas seul ! Kôrmâma, le brave reste libre ! Younguare n'est pas seul ! » Remerciant la foule, l'homme, tout ému, mesurait l'amour des siens, mais aussi la sagesse de son vieux père, qui, suivant la tradition anthroponymique sérère, lui avait donné ce prénom conjuratoire, sinon prémonitoire – Younguare signifiant effectivement : *celui qui ne sera jamais seul.* Il n'avait pas eu besoin de l'expliquer au singleton qui commandait la troupe de casqués ; ils étaient déjà loin et c'était bien ainsi. Si la marée les avait retenus, Sangomar leur aurait peut-être attribué une place en son royaume et leurs familles n'auraient eu que le hibou pour les renseigner. Au Saloum, on accuse les Nakwé de toute disparition, or personne ne donne leur adresse par crainte de les attirer. Ici, on dénombre plus de pirogues que de bureaux, la mer et la terre nourrissent les hommes plus que les fiches de paie, alors, le président de la République accoste quand le chef du village donne l'ordre de l'accueillir. Même l'hélicoptère ne change rien à ce protocole diplomatique, que Senghor respectait déjà. La Grande-Bretagne n'est pas la seule île à s'honorer de son inviolable aristocratie, Niodior aussi. Toute île garde une forme de souveraineté, ne serait-ce que celle de son ingouvernable marée.

Perdue dans ses pensées, Coumba ne s'était pas aperçue que le tapage des charrettes s'était interrompu depuis un bon moment, le hurlement du vent aussi. Lorsqu'elle réalisa qu'il régnait un silence complet, son souffle était calme et régulier, son corps détendu. Quelle heure sonnait l'horloge ? Coumba ne s'en souciait plus. Le moment étant enfin propice à l'imploration de Sangomar, elle n'allait pas louper l'occasion.

Assise, jambes tendues, dos bien calé entre les oreillers, elle joignit les mains à hauteur du visage et supplia :

– Ô Sangomar, roi des ombres ! Moi, Coumba, l'enfant lavée dans tes eaux, je reviens humblement vers toi. Sangomar, que ton index déchire la nuit ! Accorde-moi la vue qui traverse la nuit ! Ô Sangomar, roi des ombres, ouvre-moi le chemin jusqu'à mon aimé !

Litanie en boucle, jusqu'à la transe. Combien de fois avait-elle marmonné ces mots ? Qu'importe, personne ne compte les pas qui mènent à son amour. Tout à son invocation, Coumba était-elle consciente des spasmes qui la parcouraient ? Lorsqu'elle rouvrit enfin les yeux, son visage s'illumina. Devant elle s'étalait le sable blanc de Sangomar ! Devant elle, une foule immense, mais calme, qui semblait guetter sa venue. Un homme se détacha du groupe, avança de quelques pas vers elle, tête baissée, puis s'immobilisa, redressa la tête. Un croissant de lumière se découpa dans la nuit.

– Bonsoir, ma douce, dit-il posément.

– Bouba, mon Bouba ! Kôrmâma, ce sourire, ça ne pouvait être que toi ! s'extasia Coumba. Mais, où étais-tu passé ? Depuis le temps que je te cherche !

– Je suis là, ma douce, jamais loin de toi.

– Mais bien sûr que si ! Pourquoi n'es-tu pas venu la dernière fois ?

– Quand tu as parlé avec Sihalebe ?

– Ah, tu es au courant ; Sihalebe t'a donc informé de ma visite ?

– Il n'a pas eu besoin de le faire, j'étais là. Je suis resté dans la foule, mais assez près pour vous entendre, disons plutôt, pour écouter Sihalebe, puisque tu ne disais rien.

– Bouba, tu étais là ! Et tu n'es pas venu à ma rencontre ?

– J'ai pensé que tu m'en voudrais de ne pas t'avoir donné les détails concernant le plan que nous avions arrêté, lui et moi, pour notre voyage en Casamance. Persuadé que tu ne me croirais pas après coup, j'ai pensé qu'il valait mieux que Sihalebe t'explique d'abord. Ma douce, je te demande…

– Enfin, Bouba ! Kôrmâma, tu sais bien que, même si tu m'avais clairement dit que tu partais en vacances chez ton ami, je ne t'en aurais pas empêché. Mais, si tu en as douté, je suis seule coupable ; que le ciel me pardonne de n'avoir pas su te rassurer. Sangomar te garde-t-il en son royaume pour punir ma pudeur qui n'a pas su te dire combien je t'aime ?

– Non, ma chère Coumba, tu n'es coupable de rien, c'est moi. Moi qui voulais tout partager avec toi, je regrette d'avoir joué les cachottiers, alors que j'ai toujours pu compter sur ta compréhension. Tu sais, ma douce, maintenant, j'ai le temps de repenser à mes erreurs, à notre vie. Ici, j'ai croisé Mâma, tu sais, le vieux pêcheur, nous l'avons retrouvé ici ; je lui ai confié mes remords et il m'a dit : « Les humains se plient en quatre pour honorer leurs crédits financiers, mais négligent trop souvent leurs dettes de mots, qui font pourtant plus de mal. Dire les choses n'améliore pas forcément la vie des gens, mais les non-dits la pourrissent à coup sûr. » Alors, pardonne-moi, ma douce, d'être parti avec des mots que je te devais. J'ai vu ce que tu as écrit à la suite de ta conversation avec Sihalebe. Imagine comme je suis touché !

–Tu as lu mon texte ? s'étonna Coumba, déjà rattrapée par sa pudeur.

– Disons plutôt que je suis au courant. Esprits, nous percevons tout ce qui se dit ou se fait chez nos chers vivants. Ah, ma douce, quand Sihalebe a fini de t'expliquer, je t'ai trouvée si triste. J'aurais tellement aimé te consoler…

– Me consoler ? Alors, pourquoi n'as-tu pas daigné te montrer ?

– J'ai essayé, mais c'était trop tard, tu étais déjà partie. Je t'ai même suivie jusqu'à notre chambre, mais tu ne me voyais pas. On aurait dit que la petite était seule à réaliser ma présence, parce qu'elle s'est mise à s'agiter, elle a pleuré d'une façon que je ne lui connaissais pas. Je suis resté un moment, puis j'ai dû filer rejoindre les autres veilleurs à Sangomar.

– Bouba, si tu peux te montrer à Fadikiine, pourquoi ne fais-tu pas en sorte que, moi aussi, je puisse te voir ?

– Ma douce Coumba, autant que toi, j'aurais tellement aimé en être capable. Mais ce n'est pas moi qui en décide, cela s'est passé ainsi ; j'ignore pourquoi. Peut-être que la petite arrive à me voir parce qu'elle ne peut pas le raconter. La parole épaissit parfois les ombres, dit le vieux pêcheur. Le fait que Fadikiine ne parle pas encore favorise peut-être la clarté de sa vue ? Enfin, il s'agit sûrement là d'un des mystères des nuits du Saloum, comme nous disions, souviens-toi.

– Et les deux autres fois où je suis venue ? J'ai bien vu Pauline, pourquoi pas toi ?

– Ma chérie, je te reconnais bien là, avec tous tes pourquoi, fit-il, taquin, avant de s'expliquer. Tu sais, Sangomar accède à la demande du veilleur de son choix. Et Pauline voulait tellement te parler. D'ailleurs, as-tu des nouvelles de ses parents, t'ont-ils appelée ?

– Non, pas encore. Mais, Bouba, moi, c'est toi que j'appelle tout le temps ! Non seulement tu me manques, mais j'ai tant de choses à te raconter. Si tu voyais les Métamorphosés ! Tu n'imagines pas tout ce qu'ils s'autorisent, en ton absence !

– Je m'en doute, mais tiens bon ; ne te laisse surtout pas déstabiliser par cette bande de mutants.

– J'essaie, Bouba, mais j'aimerais que nous en parlions plus sérieusement. Dis-moi, que dois-je faire pour être sûre de te revoir ?

– Comme ce soir, ma douce ; chaque fois que tu nous convoqueras, mes compagnons et moi, nous viendrons, si Sangomar le permet. Et nous ferons ainsi jusqu'au moment où tu seras d'accord pour nous laisser poursuivre notre voyage…

– Tu veux dire qu'un jour vous irez ailleurs ? Que je devrai vraiment vivre sans toi ?

– Non, Coumba, rassure-toi. Depuis Sirius, on voit la terre, je serai donc toujours à tes côtés. Nous ne vivrons jamais l'un sans l'autre. Comme moi, tu te souviens de ce que nous avons vécu ensemble, n'est-ce pas ?

– Évidemment que oui !

– Eh bien, il te suffira d'y penser pour me ramener à tes côtés.

– Oui mais, Bouba, ne plus te voir comme avant ! Ne plus pouvoir te toucher…

– Coumba, doutais-tu de mon existence, auparavant, quand je m'absentais ?

– Non, Kôrmâma, jamais ! Mais je priais pour que tu me reviennes et…

– Et je revenais toujours, comme ce soir…

Cocorico ! Allah Akbar ! Coumba tressaillit. Allaaah Akbar ! Cocalèque ! Encore ces deux-là, et leur perpétuelle querelle ! Fadikiine grogna, toussota, se roula sur elle-même, jusqu'au flanc de sa mère. Coumba lui tapota le dos pendant un petit moment, elle se rendormit. Une porte grinça très bruyamment. Coumba tendit l'oreille, mais n'entendit aucun pas. C'était une manie de sa belle-mère d'ouvrir sa porte donnant sur la cour le plus tôt possible, manière de signifier au voisinage qu'elle se levait dès le premier appel du muezzin ou le deuxième chant du coq et ne manquait donc aucune prière, même pas celle de l'aube qui laisse souvent un sentiment de culpabilité aux gros dormeurs. Coumba soupira, jeta un regard autour d'elle, puis s'allongea. La chemise de Bouba se froissait entre Fadikiine et elle. Soudain, elle se mit à protester à haute voix :

– Oui, d'accord, tu revenais, mais sûrement pas comme ce soir ! Moi, ce que je veux, c'est du concret, encore m'endormir et me réveiller tout près de toi, sentir la chaleur de ta peau. Tu m'entends bien ? Je veux vraiment te serrer encore et encore dans mes bras…

– Bang, bang ! Coumba ? Ouvre ! Coumba ! Bang, bang !

La main à nouveau sur le dos de Fadikiine, qui sursautait à chaque coup sur la porte, l'interpellée resta silencieuse, interloquée. Derrière la moustiquaire, ses yeux s'étonnaient, s'inquiétaient. Hey Roog Sène, qu'offre le jour qui mérite d'écourter la traîne de la nuit ? Avec toute la douceur de son cœur de veuve, aimant et cajolant pour deux, Coumba berçait sa fille. Hélas, une furie, peut-être tombée du lit, semblait déterminée à leur gâcher cet instant de tendresse.

XIV

Silence, on tourne ! Moteur ! Ça tourne ! Clap ! Un matin au Saloum, première séquence. Action !

Extérieur, aube tropicale : copiant la mer, un ciel bleu indigo s'attardait, délayait, nuançait, allégeait sa teinte, mais pas la leste main qui avait gardé un morceau de nuit pour noircir l'horizon de Coumba. Et le Maître de l'arc-en-ciel laissait faire ; n'est-ce pas dans le noir que brillent ses étoiles ? Alors, les pupilles de Coumba devaient s'en accommoder.

– Bang, bang ! Coumba, ouvre ! Coumba ! Bang ! Bang !

Cette voix de stentor identifia immédiatement sa propriétaire. Mais que voulait-elle disputer à l'aube qui s'enfuyait, encore une fois, sans elle ? Au lieu de compter les coups qui s'abattaient sur sa porte, Coumba aurait pu improviser une balade en brousse, jusqu'à Fandiongue. Là-bas, entre les baobabs, la rosée perlait sur l'herbe, les vaches restaient encore vautrées, profitant de la paix des prés ; malheureusement, les turbulents humains n'imitent pas leur sagesse. Extérieur, aube tropicale : au garde-à-vous sur les dunes de Niodior, les cocotiers écoutaient l'augure du jour, mais la facétieuse brise soufflait, énigmatique ; quel message de

Sangomar murmurait-elle ? Les curieux n'avaient qu'à courir se la faire interpréter par la diseuse de bonne aventure, puisqu'elle lisait heurs et malheurs dans ses cauris, son ouïe égalait peut-être sa vue. Extérieur, aube tropicale : les gestes encore ensommeillés, de braves pêcheurs larguaient les amarres. Mêlés aux retraités, quelques fainéants stagnaient au wharf, prétextant leurs champs, où ils n'avaient pourtant plus rien à faire ; le mil mûrissait et ne demandait plus que la bienveillance des crickets. Bla-bla d'accompagnateurs et conseils redondants, mais sardines et barracudas n'attendent pas les retardataires. Alors, les bosseurs firent de brefs aurevoirs aux hâbleurs. En attendant de revenir grappiller le poisson de leur dîner au nom de la parentèle, ces derniers n'avaient qu'à garder les cocotiers, à moins qu'arbitrer les bagarres des petits au terrain de football ne les rende utiles. « Allez les gars, bonne pêche ! – C'est ça, va te recoucher, feignasse ! lança un matelot à son cousin de plaisanterie. Nous donnerons du poisson à ta femme, ainsi que ce que tu n'as pas dans le froc ! » Ici, pas besoin de procureur, le cousinage à plaisanterie facilite la cohésion sociale et cloue au pilori qui le mérite. Et tant pis pour ceux qui prennent la mouche : bouffon, qui boxe le bouffon ! Vrombissements de moteurs, comme un concert et ses intermèdes, les machines s'appelaient, se répondaient, réveillant même les hérons perchés sur les palétuviers. Après la troisième relance, Coumba ne dénombra plus les pirogues, on aurait dit que tout le village était en partance. Alors, forcément, les empêchés se languissaient, songeant au départ impossible. Quelle que soit sa qualité de vie, toute île est une prison à ciel ouvert. Ranimant le débarcadère, combien de frustration le ronronnement matinal des moteurs suscite-t-il dans les chaumières ? Coumba ne devait pas être la seule à se rêver ailleurs. Chez soi comme à l'étranger, ce n'est que lorsque l'on est libre de partir que l'on peut trouver plaisir à rester.

Extérieur, aube tropicale : déjà, un liseré mauve ébauchait la bouche par laquelle le ciel déverserait son or brûlant sur le Saloum. Les rues se dévoilaient, encore peu animées. Ceux qui fraudent, larcinent ou chassent avec les loups déguerpissent, dès que la nuit commence à replier sa traîne.

Extérieur, aube tropicale : plus aucune sorcière ne traversait l'île sur un balai, les vibrations des haut-parleurs de la mosquée l'auraient précipitée dans un puits. Mais, où se cachaient les Nakwé ? Quant au hibou, il se taisait ; savourant son répit après ses méfaits nocturnes, il n'annonçait plus d'âme en péril. Traître, ce volatile ! Il gâche indûment le sommeil à tous et, quand vous avez besoin de sa vue perçante, il vous abandonne aux ténèbres du jour. S'il avait été secourable, il aurait survolé la cour en hululant ; ainsi, il aurait momentanément débarrassé Coumba d'une assaillante, qu'elle savait très superstitieuse. Mais non, le hibou ne copine qu'avec les Nakwé ! Pendant qu'il digérait tranquillement son gibier, une harpie agitait le réveil des anges, perturbait même la paix des poules, qui s'agaçaient dans le poulailler, piétinant les poussins.

– Bang, bang, bang ! Coumba, tu sais bien que c'est moi ! Ouvre cette porte ! Coumba ! Bang, bang, bang !

Les bébés sont parfois plus forts que les gardes du corps, ils freinant souvent les brusqueries destinées à leur mère. En l'occurrence, Coumba se doutait bien que la bonne bouille de Fadikiine ne la sauverait de rien. À l'évidence, l'esprit frappeur devant sa porte n'avait cure du sommeil de la petite. Il éructait, tambourinait, chaque coup plus fracassant que le précédent. Avec une telle hargne dès l'aube, songea Coumba, la journée ne promettait qu'infernal cauchemar. Ceux qui redoutent la nuit, où fuient-ils les terreurs du jour ? Au Saloum, il n'y a pas que les loups-garous du conteur qui dressent les poils. Certes, il y a la beauté des estuaires, la luxuriance des bolongs, la merveilleuse diversité avicole et piscicole, l'élégance du vol des pélicans, l'allégresse des soirs de lutte, l'hospitalité légendaire des îles, mais aussi tellement de sujets pour des films d'épouvante que l'on pourrait tourner sur les berges du Saloum. À l'automne 2002, si Hitchcock était revenu du royaume des ombres en quête d'inspiration, la cohabitation de Coumba et Wassiâm lui aurait offert le meilleur scénario. Silence, on tourne ! Moteur ! Ça tourne ! Clap ! Un matin au Saloum, troisième séquence. Action !

– Bang, bang, bang ! Coumba, ouvre, je sais que tu m'entends ! Coumba ! Bang, bang, bang !

Hésitation. Pourquoi le créateur des dragons ne les tient-il pas en laisse ? Hésitation ! Affronter ou se dérober ? Une question indigne. Coumba lambinait, parce qu'elle réfléchissait à sa réaction. Pourquoi faut-il toujours que les ânes piétinent la queue aux paisibles cobras ? Aucun buisson, aucun recoin n'échappe à la violence du monde. Enfermée dans sa chambre, Coumba lanternait, se demandant où se planquer pour retrouver un souffle moins heurté. Qui tenait la balance, quand le poids du cœur catapultait la raison de Wassiâm ? S'acharnait-elle sur sa belle-fille parce qu'elle lui rappelait la cuisante absence de son fils ? Et d'ailleurs, pleurer son fils lui donnait-il tous les droits ? Coumba dorlotait sa fille, persévérait ; elle regardait en direction de la porte, mais seule sa main bougeait, tapotant le dos de la petite.

Où trouver le calme ? Il y a toujours quelqu'un pour vous faire des ricochets au lac intérieur. Toute une vie à s'amariner, en mousse de Noé ! Le même diable qui allume les incendies souffle à plaisir et soulève toutes les eaux. En plus de la layette, personne n'offre d'extincteur ni de gilet de sauvetage aux nouveau-nés. Si ce n'est un oubli, c'est un manque d'imagination ou, pire, la résignation à voir tout humain goûter à la brûlure d'exister, tout en se débrouillant avec son mal de mer.

L'aube pâlissait. La houle allait grossissant. Coumba faisait l'épave, s'enlisait volontairement dans son lit. Cependant, fille de marin, elle ne pouvait mettre une sourdine à la pensée qui claquait dans sa tête, une pensée désapprouvant son attitude passive : quand on ne peut éviter la houle, il faut la traverser au plus vite ! Les coups pleuvaient contre le zinc, scandés par des exclamations, de plus en plus aiguës. Une meute d'orangs-outangs n'aurait pas fait plus de boucan. Déchaînée, Wassiâm cognait, ordonnait, s'impatientait, s'étranglait d'indignation. À quoi songent les marins, à l'approche du triangle des Bermudes ? Qu'importe la peur des abysses, y réfléchir à se fondre les neurones ne sauve pas un chat ! Quand la tempête commande, c'est agir ou périr. Silence, on manœuvre ! Moteur ou voile, abattée ! À bâbord comme à tribord, ça tourne au vinaigre ! Clap ! Un matin au Saloum, ouragan tropical, quatrième séquence. Action !

– Bang, bang, bang ! Mais, qu'attends-tu pour ouvrir ? Coumba ! Bang, bang, bang !

Coumba souleva la moustiquaire. Sans prendre le temps de chausser ses sandales, elle fit quelques pas, entrebâilla largement la porte et, dans un soupir, interrogea l'esprit frappeur :

– Que se passe-t-il ?

À peine avait-elle lâché la poignée que sa belle-mère s'engouffra, dégageant sa question et le rideau d'un revers de main, sans même un petit bonjour. Avec l'air d'un vigile, Wassiâm scruta tous les recoins, inspectant même sous le lit, puis, les mains sur les hanches, elle fixa Coumba d'un œil réprobateur et tonna :

– C'est à toi de me dire ce qu'il se passe ici ! Et c'est sûrement la raison pour laquelle tu n'étais pas pressée d'ouvrir ! Tu croyais que ton inadmissible comportement resterait sans témoin ? Eh bien, le Seigneur Lui-même t'a démasquée ! Je revenais de mes ablutions, quand je t'ai entendue. Et surtout, n'essaie pas de nier ! Je t'ai entendue très distinctement dire ces choses qui heurtent la morale ! À qui veux-tu déjà faire ce que tu viens de déclarer sans pudeur ? Alors que ton veuvage n'est même pas encore terminé ! À qui t'adressais-tu tout à l'heure ? Où est-il, hein ? Réponds, où est-il ?!

Intérieur, jour naissant : trois générations de femmes, les adultes se tenaient face à face, une légère pénombre leur estompait les cernes ; sur le lit, Fadikiine geignait, pédalait, brassait la moustiquaire ; le Maître des Réalisateurs tournait son film. Regarderait-il un bébé s'étouffer dans sa couverture ? La caméra céleste ne se casse l'œil devant rien ! Honni soit qui mal y pense ! disent les chapelles en chœur. Silence ! On tourne, en bourriques ! Mais, nul besoin de blasphémer, pour zoomer imperturbablement la détresse humaine, la force du Réalisateur qui l'agence ainsi ne peut être qu'incommensurable. Souffrant de l'échine, les mules peuvent regimber, hélas, elles ne choisiront jamais leur fardeau. Alors, ainsi en est-il ! Fadikiine se débattait, pleurait, Coumba écarquillait des yeux, autant que sa gorge se serrait.

Quelle sirène sonne l'alarme, quand la boussole du monde se disloque ? Assaillies de toute part, les oreilles de Coumba ne percevaient plus la complainte de Fadikiine. Bam, taha boum ! battaient les bongos tendus sous ses tempes, assourdissant sa raison. Bam, tahou boum-boum ! C'est à ce tempo que la lourde cloche dans la poitrine de Coumba se balançait, bourdonnait, rebondissait. Aux mots de Wassiâm, elle aurait préféré des coups de bambou, pour encore sentir son corps. Plus son accusatrice déployait son délire, plus ses longues jambes s'amollissaient.

– Allons, réponds-moi, où est-il passé ?

Derrière le village, là-bas, dans le silence du bolong, peut-être qu'un poisson-chat était en train d'avaler la langue de Coumba. Cadeau, morfal ! À quoi aurait-il servi de dire à Wassiâm qu'elle prenait le Couchant pour le Levant, alors qu'elle avait perdu le nord ? Debout, les bras croisés dans le dos, Coumba se triturait les doigts et regardait sa belle-mère comme on observe un tourbillon de sable au Sahara en veillant à ne pas être pris dedans.

– Montre ce que tu as dans les mains ! claironna Wassiâm, joignant le geste à la parole. Je suis sûre que tu parlais à quelqu'un ! Alors, si je ne le vois pas, c'est qu'il était au téléphone ? Qui est-ce ? Celui que tu veux déjà serrer dans tes bras, qui est-ce ? Ah, ces maudits téléphones portables ! Les femmes d'aujourd'hui sont intenables, elles peuvent jouer les saintes, tout en mijotant les pires trahisons ! Mais tu porteras d'abord le deuil de mon fils ! Et pour la suite, tu verras ! Eh oui, nous verrons bien !

Le hibou aurait pu dire au juge de l'aube que la veuve ne comptait pas ses perles à quelque amant qui se serait tapi sous son lit. Médusée, incapable de trouver l'énergie de se défendre, Coumba se contenta de récupérer ses mains vides et les recroisa, cette fois, devant elle. Pendant que sa belle-mère s'agitait, piétinait en chien truffier, Coumba l'observait ; essayait-elle de mémoriser la scène dans ses moindres détails ? Mais, qui l'aurait crue ? Si elle avait raconté le cirque qui venait de se dérouler dans sa chambre, qui aurait accepté de seulement l'imaginer ? Pourtant, si elle avait pris un peu de distance, Coumba aurait pu déceler quelque chose de réjouissant dans cet étrange événement. En effet, pendant que la rumeur villageoise prétendait qu'elle entendait des voix et que beaucoup la supposaient au bord de la folie, Wassiâm, quant à elle, semblait ne pas partager cet avis, au point de surgir dans sa chambre en lui soupçonnant un interlocuteur en chair et en os.

La contrôleuse était ressortie bredouille, mais persuadée que sa belle-fille était déjà prête à batifoler et vivait une inavouable idylle. Sans refermer la porte, Coumba avait pris Fadikiine dans ses bras, le vacarme de Wassiâm ayant écourté le sommeil de toute la maisonnée. De toute façon, même si elle se recouchait, elle était beaucoup trop nerveuse pour espérer s'endormir. Comme souvent, elle passerait la journée à somnoler, et les mauvaises langues, ignorant la teneur de ses nuits, la jugeraient à nouveau trop tranquille pour une récente veuve puisqu'elle s'assoupissait au moindre instant d'accalmie. Que Sangomar me lave du poison de telles bouches ! pria-t-elle mentalement. Coumba allaita, changea, recoucha sa fille, puis resta assise au bord du lit à la regarder. Au bout d'un moment, Fadikiine ronchonna, s'étira, se roula sur elle-même et vint se blottir contre sa mère, localisant d'instinct l'endroit exact où celle-ci s'était repositionnée. Coumba se rallongea doucement sur le côté en poussant un long soupir. Le bras autour de sa fille, elle murmura : « “Nous verrons bien”, dit ma belle-mère. Eh bien, Fadikiine, c’est tout vu ! J’ignore où nous irons, toi et moi, mais tu ne grandiras pas dans cette maison ; sans ton père, ce n’est qu’une irrespirable prison et, ça aussi, j’aimerais en discuter avec lui. » Cette fois, nul autre que Fadikiine ne pouvait l’entendre. D’ailleurs, où se trouvait son téléphone portable ? Elle ne s’en servait presque plus depuis qu’elle avait entamé sa viduité. D’une part, sans Bouba, le manque de revenu l’obligeait à davantage économiser son crédit et, d’autre part, sa belle-mère lui jetait des regards courroucés dès que l’imprévisible machine se mettait à sonner. Les rares occasions où Coumba avait osé décrocher, la vigilante dame ne s’était pas privée d’y aller de son amer commentaire, prenant même les visiteurs à témoin.

– Regardez-moi ça ! s’offusquait-elle. Vraiment, les jeunes ne respectent plus rien ! Mais, enfin, ces gens-là qui t’appellent devraient pourtant savoir qu’ils dérangent une période rituelle de recueillement. Une veuve ne peut quand même pas bavarder comme à la kermesse…

Pourtant, ceux qui appelaient Coumba, c’étaient en grande majorité des amis de Bouba. Ceux d’entre eux qui se trouvaient au pays au moment du drame étaient venus assister aux obsèques. Habitués à la nouvelle technologie et soucieux de leur rôle de soutien, certains, parmi les plus proches, se sentaient le devoir de téléphoner à la veuve de temps en temps. D’autres réagissaient tardivement, au fur et à mesure que la mauvaise nouvelle faisait le tour de la bande de copains éparpillée aux quatre coins du monde du fait de l’émigration. Coumba avait plusieurs fois tenté d’expliquer, mais rien n’y faisait, Wassiâm voyait tous ses contacts d’un très mauvais œil. Que voulaient-ils, ces télécentres ambulants ? Et cette

Coumba qui adoptait une voix doucereuse, que fomentait-elle ? Le plus frustrant pour Wassiâm, qui ne savait ni lire ni écrire, c'est lorsqu'elle surprenait sa bru pianotant des SMS. Bien qu'incapable de prononcer correctement ce sigle, elle éructait :

– Ah, ce téléphone ! Encore ces *sème-et-sème*...

Amusée par cette dyslexie d'analphabétisme, Coumba baissait la tête et réprimait un sourire dans son voile. Un sourire davantage provoqué par la réponse qui lui traversait aussitôt l'esprit : Eh bien, si je sème et sème, tu n'auras qu'à récolter ce que tu mérites, vieille pie ! Mais quelle graine d'idée voulait faire germer Coumba en semant sa belle-mère à travers l'alphabet ? De toute façon, que la jeune femme correspondît avec Machin ou Machine, Wassiâm se montrait pareillement soupçonneuse. Aux yeux de la mère de Bouba, tout homme qui s'intéressait un tant soit peu à la veuve de son fils chéri passait pour un traître potentiel et toute copine de Coumba était une complice en puissance. « Trop prévenant pour être honnête ! » disait-elle chaque fois qu'un copain de son fils rendait visite à la veuve. Après la traditionnelle dot, les somptuaires cadeaux d'avant noces et le grand mariage au village, Coumba représentait un important investissement que sa belle-famille n'imaginait pas perdre, surtout après une si brève vie conjugale. Ainsi, sa belle-mère avait fait d'elle une chasse gardée. D'ailleurs, elle avait déjà commencé à distiller savamment son avis, quant à l'avenir de la jeune femme. Son fils aîné habitait au village, avec ses deux épouses. Sachant que la tradition musulmane autorise jusqu'à quatre conjointes, les choses s'annonçaient très simples pour Wassiâm : après le veuvage, la famille appliquerait le lévirat et la jeune veuve deviendrait la troisième épouse de son beau-frère. Qu'en pensaient les intéressés ? Le hibou n'en soufflait rien, la diseuse de bonne aventure non plus. Coumba, elle, consciente que le bruit des vagues ne mouille personne, elle attendait son heure pour affronter les courants qui ballottaient déjà l'île.

On a dévié des fleuves pour verdir des déserts ; mais qui a dit que l'amour change de trajectoire comme un vulgaire ruisseau ? Fluide, l'amour explose les écluses, déborde les digues et passe toutes les murailles. Fluide, l'amour est un élixir, mais il ne passe pas de fiole en fiole. Wassiâm n'avait qu'à transvaser le lait des vaches pendant mille ans !

Pour l'instant, personne n'évoquait le sujet devant Coumba, c'était encore trop tôt. Nonobstant cette précaution, pour certains pélicans devenus manchots à force de se briser les ailes dans le moule, le lévirat semblait incontournable. Plus d'une fois, Coumba avait remarqué le manège d'une poignée d'anciens de sa belle-famille, et même de sa propre famille. Avec quelques Métamorphosés, ces aînés venaient soi-disant lui rendre visite, mais, au bout de quelques minutes seulement, ils s'en allaient tenir leurs messes basses dans la chambre de Wassiâm. Leur secret de polichinelle ne leur coûterait pas une dent, mais risquait de briser celles d'autrui. En cas de rébellion ou de drame, ils plaideraient coutumes, jureraient n'avoir agi que pour le bien de leurs victimes et pour la cohésion de la communauté.

Forts de telles certitudes, songeait Coumba, des manipulateurs se mêlent de tout, régentent l'existence de tous, du berceau au tombeau. Et même le trépas ne sauve pas de leur emprise, ils exerçant, en sus, l'injuste partage des héritages, une fille ne recevant qu'un tiers de la part dévolue à son frère. À quelle louche mesurent-ils la quotité des filiations ?

Ils ne prient pas pour le repos de l'âme d'Antoine Laurent de Lavoisier, pourtant, ils ne désavoueraient pas ses principes de chimie. Jamais à court d'idées, ils trouvent toujours un nouvel usage aux débris des couples fracassés par la faucheuse, comme ils recyclent les épaves de leurs pirogues, lorsque l'Atlantique les pulvérise. C'est ainsi qu'au troisième millénaire, la gérontocratie des Métamorphosés tourne la roue du temps, aplanissant des destins et brisant des vies, au lieu de transformer la société elle-même. Mais, que pensent-ils conserver de la masse, en détruisant les individus qui la composent ?

Coumba ne cessait d'analyser la situation et, plus elle y songeait, plus le consensus lui semblait impossible. Non, non, se disait-elle, pas moi ! Ce cœur dédié à Bouba, nul n'en héritera comme d'un vulgaire canoé. Et puis quoi encore ? Depuis que leurs nouvelles croyances les aveuglent, les mutants soumettent les femmes, les reléguant au rang de pleureuses. Je ne me contenterai pas de pleurer. Féminisme ! dénonceront-ils, comme on se désole de la peste. Mais oui, Féminisme, et malgré nous ! Malgré nous, car jouir de ses droits devrait aller de soi. Tel n'étant toujours pas le cas, alors, féminisme ! Qui ne rêverait de voir, en son siècle, la flamme de la liberté dans chaque paume, éclairant l'humanité entière ? Même si j'avais une barbe, je penserais quand même féminisme, parce que je pense droits de l'homme, or ceux-ci resteront approximatifs tant qu'il y aura des femmes auxquelles on fait un sort de bête.

Féminisme ! Ce mot triple-nasalisant est entré en Afrique, marmonnant la fin d'une résignation et gémissant d'endurance, dans le sillage de religions lourdes d'injustices. Des injustices qui incitent au combat, parce qu'elles aiguisent la soif de justice des victimes, mais aussi de tout humain digne de ce nom. Que les gougnafiers cessent de bomber ridiculement le torse ! Les orangs-outangs en font autant. Soyons sérieux ! Un pagne ou une jupe est nettement plus difficile à faire tenir qu'un pantalon, en outre, un tel habit vous expose aux fauves. Les larmes d'une femme, quand elles ne sourdent pas d'une belle émotion, déshonorent tout homme qui les cause, et vice versa. Mamie, Maman, sœurette, chérie ! Aucun monsieur n'est digne de respect quand les membres féminins de sa famille ne jouissent pas des mêmes droits que lui. Et que l'on arrête de nous infliger une casuistique par chapelle ! toutes étant d'accord à propos de la gent féminine : elles l'infériorisent pareillement. Trêve de relativisme culturel ! La dignité n'a ni couleur ni religion, encore moins de nationalité, elle est universelle. Autre porte ouverte que ce siècle doit pourtant enfoncer encore : la dignité ne tient pas moins bien dans un chignon que dans une barbe ; le port de tête n'est pas une affaire de genre, mais de colonne vertébrale. Alors, oui, féminisme, et pas contre les chromosomes Y – sans lesquels, les X resteraient d'insignifiantes inconnues –, mais bien un féminisme pour… Pour valider la voix de Coumba, de toutes ses sœurs, sous tous les hémisphères. Un féminisme pour progresser, avancer avec le sourire, sans se casser inutilement les dents à mordre les pachydermes, espèce en voie de disparition. Féminisme, parce qu'il concourt à la fraternité ! Au lieu de se confronter de manière stérile, il s'agit de se concerter pour construire, ensemble, une société meilleure. Eh oui, féminisme, même avec les sœurs boxeuses, qui agacent les boucs préhistoriques, mais aussi leurs sœurs pacifistes ! La société n'a qu'à leur faire une plus juste place, elles auront alors moins de raisons de râler, bousculer, cogner. Sur le point de mourir, les mules finissent par donner de violents coups de pattes. À qui la faute, si ce n'est à ceux qui les surchargent ? À Niodior, les Métamorphosés calibraient les fagots de bois pour le dos des veuves.

Pour la jeune Coumba, quel improbable attelage ficelaient les barbichettes blanches qui s'agitaient dans la pénombre de la chambre de Wassiâm ? Coumba faisait mine de ne pas s'en préoccuper. Quand sa mère abordait le sujet, elle la refrénait aussitôt. Hum-hum, en vertu de la DUDS ! Pourquoi perdrait-elle son souffle, s'il ne servait pas à parler de Bouba ? D'ailleurs, à moins d'avoir autre chose à révéler, Yaliâm n'avait pas besoin de bégayer, modaliser devant la mine fermée de sa fille. Coumba connaissait assez les usages du village pour saisir ce qui se tramait. Les Métamorphosés approuvaient le plan de Wassiâm, pire, ils en étaient les inspirateurs et disposaient déjà leur piège de trappeurs. Plus la fin du veuvage approchait, plus Coumba sentait qu'elle ne pourrait recouvrer sa liberté sans susciter des remous tout au long du bolong. Aux suffocantes journées sahéliennes sans arc-en-ciel qu'on lui préparait, elle aurait même préféré les interminables hivers d'une nonne sibérienne. Si son silence de veuve encourageait les comploteurs, sa détermination leur apprendrait à prendre les raies pour des soles. « Fadikiine, j'ignore où nous irons, toi et moi, mais tu ne grandiras pas dans cette maison », confiait-elle aux grands yeux neufs qui n'iraient le répéter à personne. À son âge, Fadikiine valait mère pour sa mère, elle lui insufflant la force d'enchaîner les pas, de croire en elle-même. « Chut, ne pleure pas, Maman est là », susurrait la jeune femme, réconfortant, surtout, elle-même, car cette assertion la redressait, redoublait sa motivation d'ange gardienne.

Coumba, sans son tendre Bouba ? Videz un sac de son grain, voyez comme il tient debout. Quel affaissement ! Pourtant, Coumba sans Bouba, mais avec le devenir de Fadikiine dans les bras ? Un menhir face à l'horizon ! Les manchots pouvaient plonger, grenouiller, patauger, ils ne parvenaient pas à lui brouiller la vue. Coumba, une mère-menhir, face à l'horizon ! Les méchants vents sifflaient, fouettaient, s'acharnaient, ils ne changeaient rien à son point de mire. Coumba, une mère-menhir, face à l'horizon ! Les ouragans de l'Atlantique hurlaient, grondaient, tourbillonnaient, ils ne faisaient que passer leur route. De Niodior à Dionewar, les tortues traînaient leur parapluie par tous les temps, supposant des nœuds difficiles à démêler aux dentelles qui ne les regardaient pas. Coumba, une mère-menhir, face à l'horizon ! Les manchots se dandinaient, tendaient l'oreille, pariaient sur de futures épousailles, ils gobaient n'importe quoi. Qu'ils aillent donc demander des ailes au diable, là-bas, à Adiaguediâkh, pensait la veuve, fidèle à son pélican qui veillait sur elle depuis Sangomar.

« Fadikiine, *timi*, ne pleure pas, Maman est là. » Pour mener sa fille vers la lumière, comme en rêvait son père, Coumba était prête à déplacer un baobab d'un coup d'épaule.

XV

La consolation ! L'enfant inquiet l'attend de ses parents. Les adultes, quant à eux, tourmentés, ils mordent à tout appât que l'espoir accroche au bout de sa ligne. Parfois, le téléphone se fait ligne de pêche entre les continents. Allô ? Parfois, c'est quelqu'un qui voudrait joindre le Seigneur. Hélas, Sa Majesté ne décroche pas et sa messagerie est pleine. Stig Dagerman avait compris que « notre besoin de consolation est impossible à rassasier », il en est mort ; il y a des vérités qu'il vaut mieux ignorer, afin de garder l'innocence de ces quêtes qui, même dérisoires, aident à vivre. Allô ? Parfois, en manque de consolation, on attrape le combiné avec une voracité de mérou. C'est que le blues creuse l'estomac à force de vous dévorer de l'intérieur ; or seuls les mots nourrissent quand les soucis remplacent l'appétit à table.

À Marseille, quelqu'un s'alimentait à peine mais grinçait des dents, et cela s'entendait jusqu'à Niodior. Parce que la sonnerie insistait et ne cessait d'enquiquiner, Coumba, bien que résolue à faire la sourde oreille par crainte des reproches de sa belle-mère, avait fini par attraper son portable.

– Allô ? risqua-t-elle.

– Allô, vous m'entendez ?

– Oui.

– Bien. Bonjour, madame ! Excusez-moi de vous déranger, je cherche… euh… Pardon. D'abord, je m'appelle Linda. Je suis la maman de…

– Coumba, voyons ! claironna Wassiâm. Mais, enfin ! Tous ces gens assis sont venus te rendre visite et toi, tu ne peux même pas te passer de cette machine par politesse. C'est incroyable, ça ! Allons, tu n'as qu'à téléphoner plus tard…

Sous le regard gêné de l'assistance, Coumba resta coite. Elle n'avait pas raccroché, mais lorsqu'elle reprit ses esprits et tendit à nouveau l'oreille, il n'y avait plus personne au bout du fil. Son long moment de silence avait sûrement intrigué, puis découragé son interlocutrice du bout du monde.

À Marseille, amer constat d'échec et beaucoup d'interrogations. La Bonne Mère brassait les nuages, sondait les mystères du Ciel, tandis que les énigmes terrestres lui filaient sous les pieds. Alléluia ! Comment supporter ces jours qui font des nerfs des lacets ? Cette question flottait dans les yeux de Linda et mouillait son nez, mais la vénérable Bonne Mère n'offre de mouchoir à personne. Djilali usa des plus douces nuances de sa voix pour réconforter son épouse, désappointée par cet échange interrompu. Pour une fois que la mère de Pauline avait quelqu'un au bout du fil, ce ne fut que pour un frustrant dialogue de quelques secondes. Linda et Djilali étaient tristes de ne pas obtenir plus d'informations à propos du voyage de Pauline et Sihalebe, mais, des deux, Linda était la plus en demande de détails relatifs aux derniers jours de leur fille au Sénégal. Si Djilali ne décourageait pas sa compagne, il considérait que de tels renseignements ne feraient que raviver leur peine. Cependant, compréhensif et protecteur, il relativisait chaque tentative infructueuse. Et Linda cessait de renifler. La consolation, c'est un médicament contre le rhume.

En Méditerranée comme au Saloum, la ligne de pêche porte l'attention du pêcheur hors de sa barque. Les Marseillais tanguaient quotidiennement dans leur douleur et perdaient parfois le nord, mais, lorsqu'ils avaient un moment d'accalmie, leur regard outrepassait leur propre situation. Ils ne souffraient pas seulement de la perte de leur fille, ils songeaient également à leur gendre et se désolaient pour les siens, là-bas, en Casamance. Gens de cœur, Linda et Djilali ne cessaient de se poser moult questions concernant la situation de leur famille par alliance. Sans Sihalebe, comment vivait-elle ? Comment se débrouillait-elle, là-bas ?

Là-bas, sous les tropiques, où les vaches sont, dit-on, si maigres que le lait arrive en poudre, quand il ne coule pas des mamelles de Nestlé, des vallées suisses aux confins du Sahel ! Là-bas, où le pain est si sec que le beurre vient de Normandie et l'horrible margarine boudée par les gauchos arrive du Brésil par tonnes ! Que penser de cette diplomatie graisseuse ? Suffira-t-elle pour huiler les rouages d'un système prétendu mondialisant, qui bloque toujours le bien-être à la gare du Nord ? Là-bas, au sud du Sud, pas de *farofa*, ils n'apprécient pas trop le manioc et dédaignent même leur bon niébé, mais les cailloux brisés avec le riz thaïlandais ou pakistanais complètent la ration et cassent les dents aux prolétaires ! Là-bas, à Adiaguediâkh, tout à fait au sud du Sud, si loin de Wall Street et de l'Euronext, mais exactement sous leur joug, comment subsisteraient les parents de Sihalebe ? Eux qui amélioraient l'ordinaire avec les petits mandats de leur dévoué fils, comment survivraient-ils à cette brutale interruption de leur perfusion ? Plus de Sihalebe, plus de Western Union ! Sevrés, les enfants hurlent la nuit et leur secourable mère trouve un substitut à son sein. Mais qui cajolent les adultes ? Le hibou dit que la dignité mord le coussin, quand plus personne n'est là pour vous murmurer : « Chut, ne pleure pas, Maman est là. » Parfois, on trimballe avec soi un silence aussi lourd qu'un mort. Et, parce que le besoin de consolation ne tient dans aucun mot, c'est le regard qui demande secours. Filmant un cimetière, on constate combien ce décor muet peut être bavard. D'un mort, on dit toujours pleurer la chaleureuse présence, l'éclat d'un sourire, le timbre d'une voix, la drôlerie de quelques anecdotes, puis, le manque mythifiant l'ordinaire, tous les souvenirs deviennent merveilleux. La larme à l'œil, les endeuillés n'ont que l'affection perdue en bouche, parce que la pudeur n'avoue jamais l'aspect pécuniaire du deuil. Imaginez une conscience de saprophyte qui oserait déclarer : « Untel, Unetelle, arraché(e) à notre affection, quelle misère pour notre bourse ! » Les mêmes convenances qui font passer les salauds pour des saints, dès leur enterrement, et les nains pour des géants, s'appliquent à garder sous silence les dommages financiers provoqués par un décès. Non, d'une mort, on dit rarement toutes les conséquences, c'est peut-être la raison pour laquelle on se contente de plaquer « l'immense douleur » sur la béance, comme on jette une bâche noire sur un toit fuyant.

À Marseille, sans équerre ni compas, des parents essayaient de circonscrire leur perte, mais, solidaires, ils subodoraient le gouffre auquel faisaient face d'autres parents, là-bas, au sud du Sénégal. Là-bas, en Casamance, la mort était la seconde absence de Sihalebe. Toujours parti, toujours à livrer une guerre économique pour la dignité des siens, Sihalebe ne partageait avec eux qu'une permanente nostalgie, quelques mandats et des projets tous interrompus. Sihalebe, Kôrmâma ! Qui console les parents des héros morts dans l'anonymat ? À Marseille, un vieux couple demandait à la Bonne Mère de soulager la famille de son gendre. Mais, si la vénérable n'allégeait déjà pas leur propre peine, bougerait-elle un fétu de paille, là-bas, sous les tropiques ? « Que la Bonne mère leur vienne en aide », soupirait Linda. Un pélican venu de Cap Skirring aurait pu la rassurer en lui expliquant que, là-bas, en Casamance, les Diolas déboulonnent les palmiers à mains nues, ils ne tremblent donc jamais pour soulever leur croix, c'est une force qu'ils tiennent de leurs braves mères.

Djilali et Linda évoquaient le dernier voyage de leur fille et de leur gendre, comme on relit un roman dont on peine à comprendre le dénouement. Cependant, malgré la répétition de leur récit, ils ne nommaient pratiquement jamais la faucheuse, comme s'ils redoutaient encore de provoquer son œuvre par le simple fait de la désigner. « Depuis le départ de notre fille et de notre gendre... Depuis que Pauline est partie... », disaient-ils, comme s'ils voulaient en rester à leurs étreintes à l'aéroport. D'ailleurs, comment décrire précisément leur situation ?

À Niodior, Coumba disait qu'elle était *veuve*. À Marseille, Maxime, le neveu de Linda et compagnon d'Amanda, l'infirmière, n'avait qu'à se servir de ce même mot, au masculin, pour indiquer l'échelle de sa perte ; pourtant ce n'était pas si simple. Linda et Djilali avaient pu le constater. Comme eux, Maxime avait fait le voyage à Dakar et il était rentré plus que désorienté. Amanda et Pauline étaient collègues mais aussi très proches amies depuis le lycée, c'était donc tout naturellement que Maxime rendait visite aux parents éplorés, qui, eux-mêmes, à leur retour de Dakar, avaient tenu à assister au dernier hommage rendu à son épouse. Maxime avait alors rédigé un discours, mais, trop ému devant l'assistance, il l'avait écourté, préférant garder quelques lignes pour les remerciements, expédiés par la suite.

Lors d'une de ses visites, sa tante Linda, croyant le consoler, parla en ces termes :

– Maxime, mon petit, tu te soucies tant de nous, mais, après ta longue journée de travail, il faut aussi te reposer un peu. Et puis, c'est nous qui devons te réconforter ; pauvre petit, être veuf, si jeune…

– Je ne suis pas veuf ! s'était exclamé Maxime, comme échappé de lui-même.

– Je… euh… Je suis désolée, bredouilla Linda, au moment où la main de Djilali se posait sur son épaule.

– Non, c'est moi, pardon, se ressaisit Maxime en voyant la mine effarée de Linda et Djilali. Excusez-moi, je voulais dire que ce mot *veuf* ne me va pas, il ne va à personne d'ailleurs. Je sais qu'il est désormais de mise que l'on parle ainsi de moi, les documents administratifs me désigneront bien de cette façon. Mais, en même temps que ma femme, j'ai perdu ma cousine et plus chère amie de ma femme, c'est même grâce à Pauline que j'ai rencontré Amanda. Et quel mot désigne à la fois la perte d'une épouse, d'une cousine et amie ? Alors, dans ma situation, *veuf* n'est pas adéquat et, surtout, c'est insuffisant…

Linda et Djilali l'écoutaient, n'osant l'interrompre, ils se tenaient silencieux, souffraient avec lui, en regardant l'expression douloureuse qui lui déformait le visage. Ils ne le comprenaient que trop. Comme lui, ils pensaient aux deux amies parties ensemble pour toujours, ainsi qu'à leur gendre. Comme lui, ils ne trouvaient pas de juste mot, un mot en mesure de contenir la somme de leurs pertes. Le vieux couple n'avait plus sa charmante fille, mais il n'existe aucun terme spécifique pour signifier le degré d'une telle tragédie. « Depuis l'absence de notre fille… », énonçaient-ils, pudiques, lorsqu'une conversation butait sur cette nouvelle réalité de leur existence, pour laquelle le lexique n'avait rien prévu. « Nous n'avons pas fait ceci, depuis l'absence de notre fille. Nous ne sommes plus allés là, depuis l'absence de notre fille… » De parents, ils avaient basculé dans un tout autre statut, qu'ils ne parvenaient pas à nommer. Alors, le mot *absence* était la bâche noire qui couvrait l'étendue du désastre. Ils y taillaient leur sac à peine, une besace lourde de la douleur qui manque au dictionnaire. Et, compte tenu des soupirs que ce vocable *absence* leur déclenchait, son poids devait sérieusement malmener la colonne vertébrale. Or, bien que courageux, ils avaient déjà largement dépassé l'âge des athlètes olympiques. Qu'en pensait le Maître de la balance ? Le soleil semblait fixé au sommet de l'aiguille du pèse-peine, et plus il penchait à l'ouest, plus le vieux couple se traînait, Linda et Djilali finissaient la journée tout essoufflés. Croissant avec la pénombre, leur tristesse atteignait son paroxysme au crépuscule. La solitude est félonne, c'est quand les volets sont clos qu'elle dévoile ses crocs. Linda et Djilali n'écrivaient pas comme Coumba, sinon la nuit ils auraient fait de leur plume une lance contre le monstre du malheur qui déboulait de l'ombre. Pauline ne passait plus embrasser ses parents, la Bonne Mère avait perdu ses bras et ceux de Djilali ne suffisaient plus pour consoler Linda quand elle se mettait en boule.

Absence ! Ce n'est pas que le vide logiquement induit par

une soustraction, mais aussi le vertige suscité par l'observation de celui-ci. Et quand le vide se fait insupportable, l'esprit se remplit de ceux qui manquent à l'appel. L'absence, ce n'est pas vivre sans (l'être perdu), mais vivre avec quelque chose en plus, puisqu'on transporte avec soi le volume émotionnel proportionnel à celui qui n'habite plus que le cœur. « Tu étais là, tu seras toujours là, parce que je pense à toi », répète la mémoire éplorée. En définitive, on n'enterre personne, ce qui fait les êtres demeure en ceux qui leur survivent. Malgré le cœur lourd, « il faut avancer », suggère l'entourage, qui ne fait que proclamer ce que l'instinct vital murmure déjà. L'élégance voudrait afficher bonne figure, afin que les généreuses consolations venues de toute part ne soient pas vaines. Hélas, Thanatos vient, revient à la charge, prêt à noyer de chagrin celui qui se débat pour ne pas boire la tasse du blues. « Comment peux-tu vivre comme si de rien n'était ? reproche-t-il, sournois. As-tu donc déjà oublié ? Quelle trahison ! » S'apaiser s'apparente dès lors à la dévalorisation de l'être perdu. Pas étonnant que la souffrance soit pour beaucoup la preuve de fidélité par excellence. Pour les endeuillés, avancer reste une tentative qui s'effectue, forcément, le pas lourd. On verse tant de larmes sur les morts, qui sont pourtant définitivement hors de peine ; on devrait se soucier davantage du sort de ceux qui paient leur tribut à l'absence. Vivre l'absence, c'est emprunter une longue route en quête de sens, endurer la torture de l'esprit, obligé de descendre la mémoire en rappel, à la recherche de l'objet d'affection perdu. L'absence, c'est un affaissement, une dépression dans le relief des jours, un trou noir dans lequel même les plus équilibrés perdent pied. L'absence, c'est une horrible menace, elle cause l'effroi, surtout chez qui ne croit pas à la métempsychose et ne peut solliciter des ancêtres tapis dans l'ombre, prêts à surgir au secours de leur descendance. L'absence fore une cavité en nous, y loge la vulnérabilité et l'impuissance d'un enfant battu. Sauf qu'en l'occurrence, c'est la vie elle-même qui distribue les claques à sa guise et reste spectatrice du vacillement provoqué par sa violence. Par trop de gratitude peut-être, sûrement par superstition, personne ne veut médire de la vie. Mais si la mort tue, c'est bien la vie qui lui offre des proies affaiblies. *Lutter* contient *tuer*, c'est ce que l'humain se fait, en luttant pour vivre. Vivre, c'est tuant et, même sans Néron, Agrippine aurait été réduite en poussière, à l'instar de Jules César, qui lui-même n'avait nul besoin de Brutus pour, un jour, passer l'arme à gauche. En définitive, les assassins ne sont que des idiots impatients, ils ne font que précipiter l'agenda du Maître de l'horloge. Cependant la conscience de l'inéluctable finitude ne la rend pas pour autant désirable, encore moins admissible. Toujours la faucheuse dérange ; visiteuse impromptue, elle interrompt toujours une conversation, bouscule un planning, interroge, encore et encore, car les humains ne peuvent s'empêcher de chercher une raison à sa venue, même s'ils la savent corollaire de la naissance.

À Marseille, sourde aux interrogatifs trémolos de Linda, la Bonne Mère mangeait les nuages comme des barbes à papa. Les oiseaux la survolaient, la sanctifiaient à leur façon, elle s'en moquait, la pluie la lavait de tout. À ses pieds, les aveugles n'avaient qu'à se débrouiller avec les dos-d'âne. Titubant sur la Canebière, quelques paumés devinaient le chemin du Vieux-Port à travers le brouillard de leurs visions éthyliques. À leurs trousses, la faucheuse se ramasserait peut-être un mur dans le zigzag de leurs pas. Comme les ivrognes,

Linda et Djilali trébuchaient sur les jours, cherchant une rampe de secours, seulement eux, c'est la douleur qui les saoulait sans répit. Ils se soutenaient mutuellement, bien que chacun peinât pour maintenir son propre équilibre. À part la Bonne Mère, à qui d'autre, à quoi pouvaient-ils s'accrocher ? Bien sûr, outre leur neveu Maxime, d'autres proches les entouraient comme devant, mais beaucoup arrivaient, souvent, les bras surchargés de questions. Des questions auxquelles le couple ne savait que répondre, ce qui ajoutait à sa détresse. Le bateau serait-il renfloué ? À quelle profondeur se trouvait-il ? Le gouvernement sénégalais, qu'avait-il décidé ? Et la France, qu'en pensait-elle ? Les familles pourraient-elles, un jour, récupérer les corps ? Et ce blabla renouvelait le son du glas, jusqu'à tympans trépanés. Et la politesse endurait le supplice. Pauvres Linda et Djilali !

À l'instar de Coumba, quoique pour des raisons différentes, Djilali et Linda souffraient de certaines assiduités qui les privaient du calme dont ils avaient besoin pour vivre leur deuil. Socrate, ranime tes vieux os et dis-nous, qu'appelle-t-on compassion ? Réconforter des parents en leur rappelant incessamment que leur enfant gît au fond de l'Océan, autant diluer le vinaigre avec du citron ! Ces loquaces venaient-ils les consoler ou s'informer pour une encyclopédie des horreurs ? Certes, il s'agissait de l'un des plus grands naufrages connus au monde ; mais la curiosité, même justifiée, excuse-t-elle l'indécence ? Et comment fermer le clapet à qui vous encombre de propos déplacés, au nom de la sacro-sainte compassion ? L'exaspération pourrait affirmer qu'un peu de silence ne casse de rotule à personne, mais la politesse, elle, se contente d'accuser le coup. Linda et Djilali supportaient comme ils pouvaient, mais parfois les convenances leur causaient des courbatures. Quand l'épouse baissait les paupières, veillant à la rectitude de son maintien, l'époux déglutissait son chagrin, puis essayait de redresser les épaules. Il fallait recevoir les condoléances, ils les recevaient, même les plus insupportables.

Une accolade, un échange de regards, une heure ensemble devant un café dont on se moque du goût, ces simples choses peuvent aider à recouvrer la force d'affronter les jours de deuil. Malheureusement, il faut toujours qu'un surplus de mots vienne polluer la pureté de la communion et ruiner le bénéfice escompté des moments de solidarité. Pourquoi certaines personnes se croient-elles obligées d'interroger, commenter, épiloguer, quand la mort intime le silence ? Est-ce la peur d'entendre leur propre souffle et de se rappeler qu'il ne perdurera pas indéfiniment ? Lorsqu'elle est maladroite, la compassion ne procure qu'un supplément de tristesse. Sous prétexte de vous soutenir, certains exigent des confidences et vous précipitent ainsi dans les abîmes de la mélancolie. Pris dans le malheur, imaginer un possible secours aide à tenir, certes, mais, si le pêcheur enlisé croit que c'est son triste sort qui mouille le museau des lamentins, l'épave de sa pirogue verra grandir des huîtres. Ô hisse ! À ta rame, marin ! Qu'importe la houle, dans la barque de l'infortune, ramer vaillamment sauve plus sûrement que des bras sur le rivage, là-bas, à Adiaguediâkh.

À Marseille, le vieux couple n'entendait pas rester dans une crique bruissant de lamentos. Même s'ils étaient reconnaissants pour l'attention qu'on leur témoignait, Linda et Djilali respiraient mieux quand la ruche des visiteurs se dispersait. Enfin seuls, ils mesuraient évidemment l'ampleur de leur malheur, mais dans l'intimité, ils trouvaient leur manière à eux de l'évoquer, sans se laisser choir dans le gouffre du désespoir. Ils apprenaient à domestiquer leur peine, comme les jumeaux apprennent à marcher ensemble. Ils se voyaient l'un dans le regard de l'autre et, conscients du fait que leurs réactions s'influençaient réciproquement, chacun essayait de tenir, de se retenir, afin de ne pas entraîner l'autre au tapis. Quand le silence devenait trop pesant, ils forçaient un semblant de conversation. Mais, en dépit de leurs efforts de diversion, tout sujet les rabattait immanquablement sur celui qui les torturait. Pour s'échapper, par intermittences, de leur cruelle réalité, leur seule astuce consistait à remonter très loin dans leurs souvenirs. Une marche arrière jusqu'à ces doux moments où rien ne semblait pouvoir atteindre le bonheur familial qu'ils construisaient. En père de famille habitué à jouer l'inébranlable pilier, mais, surtout, en mari attentionné, toujours prêt à s'arracher la barbichette pour trouver le moyen d'alléger le cœur de son épouse, Djilali était souvent à l'initiative des échanges. Comme ce soir-là, où lui vint une superstitieuse idée.

– Ce bateau, il a coulé de nuit, commença-t-il. Elle, je voulais l'appeler Leïla, qui signifie la nuit, en arabe ; te souviens-tu ? Et là, en guise de nuit, ma fille n'a pas traversé celle de la douceur, qui remplit les âmes de poésie et de sensualité, mais une terrible nuit sans fin. J'ai l'impression d'avoir associé son destin à la nuit de ce drame.

– Mais non, Djilali ! corrigea Linda. Sors-toi ça de la tête. Tu ne vas quand même pas te mettre à culpabiliser de la sorte. Ce qui est arrivé n'a rien à voir avec toi. Tu voulais aussi l'appeler Nour, qui signifie lumière, d'après tes explications. Tu hésitais vraiment entre les deux prénoms, et moi, je préférais Nour. Mais, tu t'en souviens sûrement, nous en avions beaucoup discuté à l'époque : je ne voulais pas lui faire courir le risque d'être un jour stigmatisée comme étrangère avec un prénom typique de chez toi… Je t'avais donc proposé Aurore, qui a presque le même sens que Nour, en français. Mais toi, avec ton drôle d'accent, tu le prononçais mal, le confondant sans cesse avec un mot si déplaisant, que je t'ai proposé Pauline, plus facile pour toi.

Djilali sourit, puis se caressa la barbichette. Linda s'éclipsa un moment dans la cuisine. Elle revint quelques minutes plus tard, chargée d'un plateau contenant une théière, un sucrier et quelques biscuits. Elle disposa deux tasses sur la table, servit minutieusement avant de se rasseoir, non face à son mari, mais légèrement de biais, de sorte qu'il n'y avait que l'angle de la table entre eux. Djilali ne manqua aucune seconde des gestes de son épouse ; il la couvait du regard et, malgré sa triste mine, il esquissa un sourire pour la remercier, avant de poursuivre :

– Oui, c'est vrai, admit-il ; Pauline, c'est joli et c'est plus facile. Mais j'ai quand même gagné, puisque, grâce à ta manie de donner des surnoms à tout le monde, nous l'appelons Léna, ce qui, d'après toi, signifie éclat du soleil ; finalement, ce n'est pas loin de Nour.

Djilali avait dit « nous l'appelons Léna », mais Linda s'était abstenue de rectifier, comme elle l'aurait fait en temps normal – c'est d'ailleurs ainsi qu'elle avait contribué à l'amélioration de son usage de la langue de Molière. Il est vrai qu'il lui restait encore quelques lacunes, surtout en conjugaison, mais cette fois, son épouse supposa qu'il s'agissait plutôt d'une impossibilité à parler de leur fille au passé, une résistance psychologique qu'elle-même partageait.

En effet, surpris par l'impensable, ils en étaient encore à cette période fertile en promesses, où les parents conjuguent au futur tant d'événements heureux qu'ils souhaitent à leurs enfants. Deux ans plus tôt, l'un de leurs vœux les plus chers avait été exaucé, Pauline s'était mariée, ce qui avait fait logiquement germer d'autres rêves. Et parce que, dans les contes de fées, c'est toujours « ils se marièrent et eurent beaucoup d'enfants », Linda et Djilali ne voyaient aucune raison qu'il n'en fût pas ainsi pour leur princesse. Et vu l'athlète que Léna avait choisi, ce n'était qu'une question de temps, précisément, de planning. Jeune couple, Pauline et Sihalebe vivaient à Marseille, certes, mais ils préféraient d'abord terminer la construction de leur maison à Oussouye, afin que, lors des fréquentes vacances qu'ils espéraient passer au Sénégal, leurs futurs petits soient au vert, loin des embouteillages et des turbulences dakaroises. « Quand Pauline et son mari auront fini d'aménager leur maison à Oussouye, conjecturaient les futurs grands-parents, nous irons découvrir la Casamance. Quand Pauline aura des enfants, nous jouerons les baby-sitters… » Quelle guigne avait contrecarré leurs beaux projets ? Quel diable jaloux en avait décidé autrement ? Car, non et non, disait Linda, cette catastrophe qui avait emporté Pauline et mis un terme à leur espérance, ce ne pouvait être l'œuvre de Dieu. Qu'en pensait la Bonne Mère ? La doyenne scrutait l'horizon et ne répondait pas. Pour rester si imperturbable, elle cherchait peut-être à situer le trône du Seigneur à travers les nuages. De toute façon, cette vénérable n'avait plus la souplesse de se pencher sur les pauvres humains qui chassaient des libellules à ses pieds. La vieille dame n'entendait peut-être plus rien ? Et puis, même sur les cordes d'un violon, les larmes tombent sans bruit. La sage Bonne Mère gardait le silence, c'était sans doute sa plus élégante réponse, car les mots ne consolent jamais une mère éplorée. De chair ou de marbre, partout, la Pietà est silencieuse. À Marseille aussi. Chez Linda et Djilali, combien de sanglots étouffait-on d'un thé à la menthe ?

– Chéri, un peu de sucre ?

– Oui, s'il te plaît.

Du sucre, il leur en fallait à volonté, pour adoucir leurs amères heures. Quand il n'y a qu'un goût de sel au fond de la gorge, la langue qui ne dit plus rien devrait se muer en canne à sucre. Au moins, il y aurait quelque plaisir à se sucer les joues.

– Chérie, encore un peu de thé ?

– Oui, s'il te plaît.

C'est fou comme les jours imbuvables assoiffent ! En silence, Linda et Djilali sirotaient, tasse après tasse, avec une mine d'orphelin. Ils avaient bu assez de thé pour désaltérer un régiment tokyoïte, mais ce qui les dévorait de l'intérieur réclamait autre chose : une consolation. Aucun ne touchait aux biscuits. C'est que mastiquer est fatigant, quand on broie du noir. Parfois, la langue trouve prétexte à s'agiter paresseusement, comme la taupe remonte lentement en quête d'air frais.

– Ces numéros sénégalais, susurra soudain Linda, hein, Djilali ?

– Oui, chérie.

– Ces numéros de téléphone, il faudrait quand même les réessayer, non ? Leurs propriétaires ont sans doute vu les enfants à Dakar. Si je me souviens bien, Sihalebe avait dit que son ami et son épouse étaient à Dakar. Te rappelles-tu ? D'ailleurs, un jour, Léna nous a dit au téléphone, qu'ils avaient été manger un kéb… euh… un thiékou… euh, enfin, tu vois quoi.

– Un thiéb, chérie, un thiéboudiène, c'est le plat national là-bas.

– Oui, bon, Léna a dit qu'ils avaient été invités chez des amis, avec lesquels ils prévoyaient d'autres sorties, ce devait être ce couple-là. Nous devons les rappeler, ils auront sûrement des choses à nous dire. Hein, Djilali, ce serait bien de réessayer, non ?

– Oui, si tu veux, concéda-t-il.

S'il n'osait pas décourager l'élan de son épouse, Djilali redoutait secrètement les effets néfastes d'une telle démarche sur Linda, surtout si, par malchance, l'appel se soldait encore par un échec. Confrontée au vide créé par l'absence de leur fille, Linda ramassait des brindilles pour combler le trou dans sa vie. Lorsque le manque la tenaillait, elle se rendait dans l'appartement de Pauline et Sihalebe, entraînant avec elle Djilali, qui lui répétait que ce n'était pas une si bonne idée mais la suivait quand même. À leur domicile, sur une table bien en vue au salon, Linda avait disposé des photos de leur fille, pleine de vie : Pauline posant seule, avec son compagnon, avec Amanda et Maxime ou encadrée de ses parents, et toujours ravissante. Que reste-il des étreintes, quand les êtres enlacés sur les photos cèdent leur place aux ombres ? Non seulement les deux numéros de téléphone sénégalais faisaient partie des reliques que Linda gardait précieusement, mais, en outre, ils exerçaient sur elle une irrésistible attraction. Les marabouts pullulaient à Marseille, se vantant de mille miracles, aucun n'aurait pu la désenvoûter. Maintenant qu'il était évident que rien de ce que le vieux couple projetait avec sa fille n'aurait jamais lieu, Linda se comportait en louve blessée, flairant la trace de son petit. Et puisque la trace de Pauline se perdait au Sénégal, parler aux dernières personnes à l'avoir vue là-bas était devenu l'irrépressible désir de sa mère. Djilali savait que son épouse ne lâcherait pas, tant qu'elle imaginerait la possibilité d'entendre, un jour, quelqu'un à l'autre bout du fil. En attendant la consolation escomptée de cette éventuelle communication, Linda endurait la morsure lancinante que l'espoir inflige à ceux qui patientent. Un, deux, trois... Les appels infructueux se succédaient, autant de coups de bâton au moral. À l'énième tentative, la résignation commanda de lâcher prise, mais cette mère refusa de l'écouter, elle défiait Sisyphe. Bien que chaque échec la laminât, un regain d'espoir la poussait à retenter. Un jour, peut-être..., se disait-elle. Un jour, peut-être qu'une fleur d'orchidée sortirait du basalte de l'île aux serpents, là-bas, au Sénégal. Un jour, peut-être... Un jour, peut-être qu'un appétissant dîner sortirait de la marmite de pierres de Linda. Certains rêves sont trop durs à cuire, ils consument quantité de bois et font des doigts des tisonniers. Mais, un jour, peut-être... Comment Linda parvenait-elle à tenir ? Pardi ! mère, n'est-ce pas l'autre nom de fakir ?

XVI

La veillée ! Outre ce moment, encadré par deux rainures sur le curseur du Seigneur, que désigne la veillée pour ceux qui surplombent encore leur ombre ? La veillée ! Ce n'est pas seulement quand on peut crier vé-yé-hé-hé ! sans réveiller personne. La veillée ! Ce n'est pas qu'une affaire de paupières, ouvertes ou closes. La veillée ! En topographie, c'est un champ dans l'âme, parfois, un vaste champ d'orchidées, que l'on arrose d'eau douce, fleurissant toute nuit où l'éveil vaut mieux que le sommeil. Hélas, la veillée ! Parfois, un champ de ruines, qu'un zombie arrose d'eau de mer ou bien d'un autre liquide, mais, souvent, d'un liquide qui empêche tout éveil. Combien dorment dardant le ciel, interrogeant les limbes, mais anesthésiés de douleur ? La veillée ! Bien qu'elle dise l'absence d'endormissement, disons un état hors sommeil, la veillée n'est pas toujours signe d'éveil. Veille n'est pas éveil, parfois, c'est même tout le contraire ! Mais qu'est-ce qui gâche le sommeil du veilleur, tout en le privant de la lucidité de l'éveil ?

Tous les veilleurs ne lisent pas l'avenir dans les étoiles, certains sombrent dans la froide mare de la mélancolie. La saveur du vin ne console pas plus que celle du thé, pourtant le-veuf-qui-n'était-pas-que-veuf ne comptait plus les litres de rouge qu'il vidait chaque soir, seul, sur son canapé, sans parvenir à noyer sa douleur. Amoureux nostalgique et cousin éploré, Maxime se souvenait de sa femme et de sa complice cousine, elles lui manquaient au point d'occuper chacune de ses nuits. « Vivre sans ces deux-là, comment ? songeait-il, un verre à la main. Après le lycée, ces amies devenues sœurs ne se quittaient plus, leur lien est devenu le nôtre à tous, fort, irremplaçable ; alors, vivre sans elles ? » Un verre ! « Ensemble, elles ont grandi, ainsi elles ont trouvé l'amour sous le même ciel étoilé d'Afrique. » Un verre ! « Ensemble, elles travaillaient, rêvaient, s'engageaient, voyageaient, jusqu'à Adiaguediâkh, où elles sont restées. Ensemble, pour toujours ! » Encore un verre ! « Mais, sans sépulture, où se les imaginer ? Bon sang, où sont-elles ?! » tonnait-il, refusant d'envisager la cale du *Joola*, puis il se levait, faisait le tour du canapé, ouvrait une nouvelle bouteille et se réinstallait. « Je ne suis pas ivre, c'est mon cœur qui flotte ailleurs », disait son regard qui s'attardait sur l'écran de la télévision sans rien y voir. À votre santé ! clament ceux qui trinquent joyeusement ensemble, le buveur solitaire trinque souvent, narguant la mort qui tarde à le soulager. Sans trêve, Maxime se souvenait, pestait, buvait, répétait : Amanda et Pauline !

Amanda et Pauline ! Idéalistes et dynamiques, amies depuis l'âge de l'acné, elles exerçaient le même métier ou, plutôt, le même sacerdoce, car prendre soin des autres dans le cadre de leur travail ne leur suffisait pas, elles y ajoutaient l'engagement social et les causes humanitaires. D'association en association, elles s'organisaient souvent pour partir ensemble, jusqu'à Adiaguediâkh. C'est ainsi que Pauline avait rencontré Sihalebe, lors d'une mission au Sénégal. Un regard, une toute petite causerie dans un car rapide, entre Dakar et Diamniadio, et leur destin prit un virage, direction la lune, la lune de miel. Car, après leurs séjours respectifs dans d'autres régions, lorsqu'ils se retrouvèrent à Dakar, ils parlaient déjà de demain et de lendemains. Elle, sous le coup de foudre, lui, rêvant d'émigrer, mais vraiment sous le charme de sa fée ; pourquoi auraient-ils dit non au Maître de la boussole ? Amen ! Cap Europe, à la vitesse de l'Amour ! Mais ils comptèrent quelques saisons, avant de convaincre les tamis des frontières que leur mariage ne serait ni gris ni gras, ils n'étaient riches que d'amour. À force d'aimer et de lutter pour, Pauline avait réussi à faire venir son homme à la cité phocéenne. C'est également en Afrique que son cousin Maxime avait vraiment prêté attention à la gazelle Amanda. Celle-ci le surnommait son prince d'Afrique, leur longue amitié à travers Pauline ayant évolué en histoire d'amour là-bas, alors qu'ils s'y étaient rendus ensemble dans le cadre d'une mission pour le compte de la même ONG. Ainsi, l'Afrique était, pour les deux amies comme pour Maxime, le lieu magique qui avait vu naître leurs plus belles amours. L'Afrique fournissait donc d'inépuisables sujets de conversation auxquels s'accrochait Djilali, lorsqu'il ne savait plus que dire pour détendre l'atmosphère, quand Maxime passait les voir, affichant la même mine abattue.

Un jour, alors qu'ils feuilletaient ensemble l'album photo consacré à Pauline, où s'étalait la complicité des deux infirmières, Djilali souffla :

– Elles aimaient tellement l'Afrique, ces deux-là.

– Ah, ça, oui ! C'était toute une aventure, notre jolie aventure commune, rebondit Maxime, comme saisissant un ballon d'oxygène. Moi aussi, j'ai rassemblé toutes nos photos, tous les carnets de voyage retraçant ces années d'engagement, de découvertes et de complicité. Il faut que l'on se souvienne d'elles, telles qu'elles étaient vraiment.

– Oh oui ! valida Djilali. En plus du bonheur qu'elles nous apportaient, souvenons-nous de leur caractère volontaire.

– Exactement ! s'exalta Maxime, puis, remarquant le visage triste de Linda, il poursuivit : Ne retenez pas d'elles une nuit dans le *Joola*, surtout pas ! Elles étaient beaucoup trop vivantes, trop joyeuses, pour ne laisser qu'une catastrophe en mémoire. Un soir, au Sénégal, chez des amis de Pauline et Sihalebe, j'ai entendu parler de morts qui, paraît-il, veilleraient sur les vivants et vice versa. Je n'ai jamais cru à ces choses-là, mais là… Parfois, au milieu de la nuit, j'ai l'impression d'entendre la voix d'Amanda. Mon esprit me joue sans doute des tours. Mais, qui sait ? Disons que je ne suis pas que « le veuf », je suis celui qui reste, celui qui veille, devenu insomniaque à force de me souvenir de tout, dans les moindres détails. Alors, j'ignore encore comment je m'y prendrai, une association portant leur nom ou je ne sais quoi d'autre, mais je veillerai à ce que ces deux merveilleuses personnes ne soient jamais oubliées.

– Aucun risque, Maxime, le réconforta Djilali, je suis sûr que même très loin de Marseille, là-bas, au Sénégal, ceux qui les ont connues ne sont pas près de les oublier.

– Eh bien, j'espère qu'un jour nous pourrons au moins parler avec l'un ou l'autre de ceux-là, ajouta Linda.

– Oui, c'est possible, rassura Maxime. Il est fort probable que nous ayons des nouvelles de Coumba, vous savez, la veuve de l'ami de Sihalebe. Comme vous, j'ai essayé de la joindre, en vain, quand nous étions au Sénégal et plusieurs fois depuis notre retour. Compte tenu des événements, elle est sûrement repartie dans son village pour un bon moment. Peut-être qu'un jour…

Si Sangomar ordonnait aux pélicans d'aller raconter ce qu'ils savent aux Marseillais, que révéleraient-il exactement des deux infirmières ?

Pauline et Amanda ! Comme les autochtones, leurs semblables de peau les prenaient souvent pour des touristes. Pourtant, même si elles savaient où trouver du beurre de karité pour soulager les coups de soleil, elles n'aimaient pas que les plages ensoleillées de la Petite-Côte, les eaux turquoises de Gorée et les flamants roses de l'Île aux oiseaux. Non, tout cela, sans leurs amis sénégalais, ne leur dirait rien du tout. Avant d'aller jeter des bananes aux singes du parc du Niokolo-Koba, elles épluchaient d'abord des ordonnances, soignaient les enfants d'Ève, rassuraient des parturientes, aidaient au planning familial, veillaient au bien-être de leurs sœurs sahéliennes.

Pauline et Amanda, blanches colombes, chez elles au Sénégal ! Toute élégie restera mineure pour ces honorables sœurs, tout hommage passant pour loukoum, dès que l'on y met du cœur. Mais comment ne pas courir ce risque pour elles ? Elles qui encourageaient même des mortels pour sauver d'autres vies, et si loin de leurs pénates. Alors, LOUKOUM, même en lettres capitales, quand Pauline et Amanda méritaient encore plus de gâteaux ! Au Saloum, la reconnaissance court, elle coule de source et court tout au long du bolong, la marée n'y change rien, les saisons non plus. Sans vouloir offusquer la cartésienne mémoire des infirmières, là-bas, au Saloum, la brise marine dit que ces deux-là avaient été envoyées par Mâmayiin pour veiller sur ceux qui marchent sous les cocotiers. Vaillantes, elles guerroyaient contre malaria, diabète, dysenterie et bien d'autres tourments du Seigneur. Elles ne souhaitaient de mal à personne, même pas aux demi-cerveaux racistes qui les exaspéraient sous tous les hémisphères. Militantes, filles de militants humanistes, elles avaient reçu de leurs parents tous les visas du cœur et se gardaient même de maudire tous les baudets du monde qui prennent la couleur de leur pelage gris pour l'aune de l'humain. En Europe, un pélican migrateur est témoin, le mot *Négresse* leur rougissait les joues, leur retournait l'estomac, mais elles ne se démontaient jamais : au front, fissa, elles dressaient leur dignité en bouclier pour tout humain. De telles grandes âmes, qui n'aurait pas voulu d'elles dans sa tribu ? Pauline et Amanda, braves sœurs d'Europe ! Tewmâma ! Ces deux-là se tenaient debout, jamais à genoux ! Alors, *Toubab* ? là-bas, sous les tropiques ! Elles tenaient tête aussi, mais elles n'allaient quand même pas laver la bouche aux hyènes ; ailleurs, même un moustique intimide. Dokhandème, l'étranger, le sait, se trouver en minorité est une épreuve du Seigneur. Rahman Ya Rahim, Alléluia, qui console l'étranger ? Parfois, à Dakar, au marché Soumbedjoune, les deux infirmières cherchaient l'archange Gabriel des yeux, toujours en vain. Jamais présent, celui-là, quand on a besoin de lui ! Mais, pourquoi un si long congé ? On sait pour qui il travaille, mais quand travaille-t-il ? Nul ne le sait. Alors, les deux amies se débrouillaient seules, face à leurs assaillants. Comme ce jour-là, au marché Sandaga :

– Hey, Toubab ! Toubabi, *Nangadèf* ? Hey, Toubab, viens acheter ! s'était déchaînée la meute.

– Non, merci, répondit poliment Pauline.

– Toubab, regarde ! C'est bon artisanat, allez, tiens, mais regarde ! insista un type en sueur, bloquant le passage et leur agitant ses babioles au nez, à tour de rôle. Mais tiens ! C'est pour le plaisir des yeux ! Art, c'est art, ça ! Allez, donne-moi 20 000 CFA ou 30 euros.

Sont-ils tous détenteurs d'un diplôme de mathématiques ? Étrange, comme les analphabètes sont bons en chiffres, imbattables pour convertir toute devise au calcul mental. Combien d'ingénieurs l'Afrique perd-elle ainsi sur les marchés de la débrouille ?

– Toubab, regarde, c'est beau hein ? Allez, dis-moi ton prix ?

– Non, merci, essaya de se dégager Amanda.

– Bon, tiens, je te vends pas cher…

– Non, pas moi, mais, enfin passons, sourit Amanda. Aujourd'hui, nous nous promenons seulement, ajouta-t-elle d'un ton diplomatique, se retenant de rire du français-fittargnikou du vendeur.

– Eh ben, ma Manda, si tu es à vendre, j'achète ! plaisanta Pauline.

– Allez, Toubab, viens, je te fais un prix, donne 15 000 ! s'enhardit le gars, se rapprochant encore plus et suant à grosses gouttes.

– Non, merci ! le freina Pauline.

– Bon, combien tu paies ? Toubab *bou naye*, radin, va ! Touriste qui n'achète pas, c'est pas bon ! Sors l'argent waye !

– Non, *dédède* ! *Bayima*, laisse-moi ! *Boulma lal*, ne me touche pas ! Enfin, j'ai dit *dédède* ! s'impatienta Pauline.

Amanda afficha une mine inquiète, mais son amie la rassura aussitôt. Pauline s'était montrée plus courageuse, car briefée par son mari. Sihalebe l'avait aussi armée de quelques mots wolofs qui faisaient toujours effet. Effet que Pauline savourait a posteriori, en commentant la scène avec son époux :

– Siha, imagine la tête du gars, une tempête de neige à Dakar ne l'aurait pas choqué autant ! Partout des souches prennent leur langue pour un code supérieur, inaccessible aux autres.

– Chérie, en toutes les langues, non c'est non, sauf pour un pot de colle qui prend une tache de rousseur pour un filon d'or. À cette enclume, tu aurais dû dire : « Range ta camelote et bas les pattes ! Ces toubabs-là préfèrent s'occuper de ta santé ! » Ce qui m'attriste dans tout ça, c'est que des personnes comme Amanda et toi viennent par amour pour l'Afrique, mais comment gagnerons-nous le respect des autres si certains de nos frères se comportent en racketteurs ou en mendiants ? Je ne supporte plus ce harcèlement des Blancs dans nos marchés, ça me fait tellement honte. En Afrique, certains vendeurs sont pires que la mouche tsé-tsé !

Voyant Sihalebe déjà si accablé, Pauline gardait le reste pour elle-même. Les vendeurs se passaient souvent du vouvoiement, mais *madame* comme *monsieur* ne coûte pas plus de souffle que *toubab*. Avant ou après *nangadef*, le vendeur aurait pu les appeler *mesdames*. Dames, elles l'étaient assurément, et même des grandes. Elles qui convoyaient du bien-être pour les autres auraient même soigné cet insolent, s'il avait souffert d'autre chose que son éducation. Toubab ou Négresse ? Jetés à la figure, ces mots donnent pareillement de l'urticaire. Il y a parfois de quoi déloger les taupes pour profiter du silence de leur terrier. Seigneur, partout ces bouches qui méritent bouchon, elles nommant si mal l'humain ! À battre et rebattre des ignominies sur l'épiderme, elles dénient cœur et paix aux voyageurs.

Amanda et Pauline ne s'attardaient pas sur les marchés touristiques dakarois. Les citadins avaient moins besoin de leurs services. Sans regret, elles leur laissaient la pollution, les embouteillages et les pickpockets. Elles étaient plus africaines que certains Bantous, addicts à l'air conditionné, qui ne mettent plus le pied au village qu'en cas de force majeure. Respectueuses de la culture locale, elles n'avaient pas le cœur sur pilotis, c'est tout entières qu'elles plongeaient dans le bain. Au Mali, elles savaient que les journées à Bamako sont amicales et généreuses à vous offrir tous les bogolans, mais elles n'égaleront jamais la poésie d'un crépuscule à Ségou, au son de la kora. Au Sénégal, elles savaient que le thiéboudiène est meilleur à Mbour qu'à Saint-Louis, quoi que dise la vénérable Penda Mbaye de sa recette. Thiéboudiène de Mbour, *Saftédoye* : cernés de légumes sur leur trône de riz, Thiofs et Sumpattes farcis viennent à bout de toute faim ! Mais ailleurs, là-bas, à Sakanal, Thiéboudiène *Saftédang* : la Driyanké a beau vanter sa recette, elle ne vaut rien, si les invités se régalent au détriment des enfants.

Toujours à l'intérieur des terres, l'œil pèlerin, les infirmières scrutaient, remarquaient, analysaient tout, noyant canicule et poussière dans le jus de bissap. Leur étonnement restait discret, comme l'est toujours celui des gens bien élevés. Les infirmières ne perdaient pas leur temps en discussions stériles avec les prétentieuses s'occidentalisant à pas forcés qui, créant leur propre maladie, puent l'hydroquinone de leur xessal autant que le complexe de la peau blanche et se dépigmentent au point de ressembler aux taxis jaune-noir dakarois. Amanda et Pauline n'allaient pas au Sénégal pour voir des visages de kabuki ! Elles préféraient la proximité des saines peaux d'ébène, auxquelles elles pouvaient venir en aide sans avoir l'impression de se pencher sur des caméléons. Après la verdure des champs ou les embruns de leur pêche aux coquillages, ces vraies beautés africaines fleurent bon le thiouraye et l'honneur de leurs aïeuls. À leurs côtés, les infirmières appréciaient les trois services du attaya, le café Touba, les tisanes de kinkéliba, les mangues de Diamniadio, le thiakry de Bambougar sans raisins secs, le ngalakh de Joal-Fadiouth qui n'est pas que pour le Saint-Esprit, les cacahouètes de Ndangane-Sokone, le couscous au poisson des îles du Saloum, les huîtres des palétuviers de Niodior et les longues salutations en sérère. *Na fiyo ?* leur disait-on. *Mikhémène !* répondaient-elles, toujours souriantes, comme leurs sœurs du Saloum.

Pauline et Amanda ! En voiture, en pirogue, elles multipliaient les destinations, toujours en zone rurale. Avec ou sans charrette, elles traversaient les villages, débusquaient, traitaient des malades, rassuraient leurs proches. Tewmâma ! ainsi les félicitaient les vieilles dames sérères, qui les avaient surnommées Mossâne et Dialwâne, saluant ainsi en elles beauté et sourire ! Quand leur peau d'Europe payait le prix de l'amour au soleil d'Afrique, les doyennes les prenaient en pitié. Émues par tant de motivation et d'endurance, elles leur offraient jus de coco, papayes et corossols de leur jardin. Et, quand elles dégustaient, remerciant, elles-mêmes surprises par tant de générosité, leurs mamies locales, les couvaient des yeux, les remerciaient elles aussi, au nom de toute la communauté, puis les encourageaient, les cajolaient : Ndiokondial, Tewmâma ! Mass, Tewmâma ! Pauline et

Amanda étaient chez elles, au Sénégal. Partout, on trouve les siens, disait le vieux pêcheur, il suffit de montrer la couleur de son cœur.

Mossâne et Dialwâne ! Quelle élégie pour les sœurs Beauté et Sourire ? Leur cœur n'était ni noir ni blanc, il était humain, parfaitement humain ! On fait tant d'honneur aux hideux diviseurs, à leur dédier tant et tant de pages lourdes du malheur qu'ils inspirent ! À vouloir glisser, à coups de plume, l'âme de Luther King en tout raciste et celle de Mandela en tout tyran, les pélicans perdent des parts de vie dans l'amertume. Prises dans la gadoue, les ailes mènent peut-être quelque part, mais sûrement pas dans l'immense azur de la poésie. Mossâne et Dialwâne vivaient pour répondre à l'appel de l'horizon. Quelle élégie s'élèverait assez pour suivre le sillage de ces lumineuses filles adoptives de Sangomar ? Un seul mot, propulsé au firmament par la fusée du cœur : Linguères ! Roulement de djoundjoungs pour ces Françaises qui ont gagné leur rang de Linguère, chez elles, au Sénégal ! Certes, à Marseille, Linda, la Bonne Mère, Djilali et Maxime ne pouvaient pas ne pas s'inquiéter, mais pour les rassurer, le pélican aurait dit que leurs braves chéries sont restées chez elles. Aux côtés du vieux pêcheur, qui les a accueillies autour de son feu de bois à Sangomar, nul ne regrette ni père ni mère.

– Bienvenue, mes filles, parmi les veilleurs, leur dit-il. Venez vous réchauffer. Ne regrettez rien, vous êtes toujours parmi les vivants…

– Parmi les vivants ? s'étonna Amanda. Tu l'entends, Pauline ? Mais il rêve ou quoi ? Je suis quand même infirmière, même au fond de l'Atlantique, je sais reconnaître un électrocardiogramme plat ! Nous sommes mortes ! Pas enterrées, certes, mais bien mortes ! Il délire, le vieux ! Peut-être qu'il est mort d'Alzheimer ?

– Attends, Amanda, ne t'énerve pas comme ça, tempéra Pauline. Laisse-le au moins terminer.

Durant son séjour terrestre, sans être convaincue, Pauline était devenue plus curieuse à propos de l'animisme, grâce à ses conversations avec Sihalebe et Coumba.

– Bonsoir, monsieur, reprit Pauline. C'est étrange ce que vous nous dites, mais d'abord, qui êtes-vous ? Je veux dire, qui étiez-vous de votre vivant.

– Bonsoir, ma fille. Ma femme, qui est ici avec moi, dit que je suis toujours le même. C'est vrai qu'elle ne m'a pas vu vieillir, son amour me trouvant beau et fort, jusqu'à quatre-vingt-seize ans. Bon, à votre mine, vous pensez déjà que je me vante, mais non, sourit-il. En réalité, elle me rendait le compliment et cela faisait beaucoup rire notre petite-fille, mon petit matelot…

– D'accord, monsieur, mais bon, vous ne répondez pas à ma question…

– Excusez-moi, trop de souvenirs, je suis un peu vieux…

– Un peu vieux ? Quatre-vingt-seize balais, la vache ! Comme j'aimerais pouvoir en dire autant ! À nous deux, nous avons à peine la moitié !

– Allez, Amanda ! S'il te plaît, laisse-le répondre. Qui étiez-vous, monsieur, de votre vivant ? Et d'où êtes-vous ?

– Je suis qui j'étais avant de voir le jour, celui que vous voyez là, et celui qui sera demain : un enfant lavé dans les eaux de Sangomar, un vieux pêcheur de Niodior, veillant à Sangomar. Ma mère m'a accueilli ici, parmi les veilleurs, comme elle le fit de l'autre côté, là-bas, sous les cocotiers.

Voyez, je venais déjà pêcher ici, quand je foulais le sable chaud.

– Mais vous sembliez nous attendre. Comment saviez-vous ? Nous connaissez-vous ? firent Pauline et Amanda, se marchant presque sur la langue.

– Souffles, nous savons tout de ce qui se passe chez les nôtres, là-bas, de l'autre côté. D'autre part, ma petite-fille me donne régulièrement des nouvelles ; d'ailleurs, elle a été la première à me parler de vous, Pauline et Amanda de Marseille, Mossâne et Dialwâne, je m'appelle Mâma, comme tout le monde ici. Plus tard, on vous appellera ainsi ; il n'y a que les nouveaux venus que l'on distingue encore par leur nom, car les leurs les appellent encore sans cesse. Sachez que depuis toujours, Sangomar prévient Mâmayiin, quand les nôtres nous réclament, de l'autre côté. Il convoque également tout habitant de son royaume, lorsque de nouveaux veilleurs arrivent parmi nous. Si vous voulez accéder à ceux qui vous sont chers, ne manquez nul appel et rassurez toujours les nouveaux venus. Ici, l'accueil n'est pas une faveur, c'est l'évidence pour tous, nous resterons ensemble pour l'éternité, il vaut mieux s'entendre ; mettez-y du vôtre, car les Pangôls aussi ont leurs humeurs.

– Mais, pourquoi vous occupez-vous de nous ? s'étonna Amanda.

– Vous aidiez les miens, là-bas, sur le sable chaud, alors, à mon tour, je voudrais simplement en faire autant à votre égard, ici. Mais, même sans cela, j'aurais quand même agi ainsi ; connaissiez-vous ceux que vous veniez aider en Afrique ? Venez autour du feu de bois, réchauffez-vous. Pour vous nourrir, nous partagerons les libations et les offrandes que les miens déposent pour moi.

– Merci. Mais, pardon, monsieur, pourquoi dites-vous que nous sommes toujours parmi les vivants, alors qu'il faut bien mourir pour venir ici ? reprit Amanda, toujours anxieuse.

– Tout dépend de ce que vous entendez par *mourir*. À part ça, une partie de la réponse est dans votre question, si vous oubliez un peu le stéthoscope. Vous avez dit *bien* mourir, tout est dans ce mot, *bien*. Par contre, même si la nuance est ténue, il ne s'agit pas de *bien mourir*, mais plutôt de *mourir bien*. Ceux qui finissent ainsi leur chemin terrestre cherchent la lumière tout au long de leur marche et, pour eux, Sangomar éclaire son immense royaume, car il donne la vue qui traverse la nuit à qui la mérite. Si vous souhaitez en bénéficier ici, ne touchez pas aux branches du baobab sacré, vous dérangeriez les enfants du djinn et les plus anciens parmi Mâmayiin. Ne vous montrez pas sur le sable de l'île tant qu'il est chaud, comme vous êtes devenues des Pangôls, vous feriez peur aux personnes qui marchent dessus pendant la journée. Les règles sont peu nombreuses ici, mais strictes, respectez-les. Ne vous inquiétez pas, mes filles. La nuit n'est qu'une escale, elle repose les rameurs et relance le voyage. Vous êtes donc toujours en route, c'est-à-dire parmi les vivants.

– Mais alors, pourquoi nous, ici, parmi les veilleurs ? s'étonnèrent les infirmières.

– Comme ceux qui nourrissent ou désaltèrent, ceux qui soignent vivent dans le souffle qu'ils rallongent. Il en est donc tant, des souffles, qui vous portent en eux et qui, par leur propre œuvre, demeureront ensuite en d'autres, et puis, ainsi de suite. C'est de cette façon que voyagent les souffles, d'escale en escale, dans l'univers infini de Roog Sène. Voyez,

Tewmâma, comme pour tous les veilleurs, votre souffle reste éternel : immortels, les aimés ! Cela, je le disais toujours à ma petite-fille, mon petit matelot. Elle sait maintenant que c'est vrai, elle me rend visite chaque nuit, et nous vivons, revivons nos veillées à Sangomar. Et ce sera toujours ainsi, tant que Sangomar portera et rapportera sa douce brise, d'île en île, de barque en barque. Sachez que la navigation continue dans l'univers de Roog Sène, que l'amour vogue et trouve toujours son objet.

– Ça va mieux, Amanda ? s'enquit Pauline.

– Hum, j'ignore quoi penser de tout ça. Il est vrai qu'après des années en blouse médicale, j'ai du mal à suivre sa science à lui. On dirait un conte.

– Ce n'est pas un conte, Amanda, je t'assure. Je n'ai pas encore tout compris, mais j'ai quand même pu voir Coumba, et Sihalebe aussi lui a parlé. Et Bouba arrive à parler à sa femme. Si tu acceptes d'apprendre, si nous suivons les conseils de ce monsieur, peut-être qu'un jour, nous pourrons comme lui renouer le contact avec nos familles et tous ceux qui nous manquent ? Qu'en dis tu, veux-tu seulement essayer, juste prendre le temps de voir ? Si nous nous comportons bien, peut-être que Sangomar nous accordera la vue qui traverse la nuit, pour voir au-delà de son royaume.

– Eh ben, pourquoi pas ? J'avoue que ça me comblerait de joie de revoir mon prince d'Afrique, il doit se morfondre ; et mes parents aussi, mes amies, bref, tout le monde quoi. De toute façon, entre ton hypothèse et la certitude de ne jamais revoir mon Maxime, je choisis l'hypothèse, au moins, elle nous gardera en veille. Et puis, ce vieux pêcheur semble bien connaître l'endroit et ses codes. Surtout, il a l'air très serein et bienveillant, alors, restons avec lui, nous verrons bien.

Pauline et Amanda, accueillies par le vieux pêcheur qui avait le courage d'aller planter ses cabanes à Sangomar pour de longues campagnes de pêche, lorsqu'il marchait sur le sable chaud. Que leurs proches se rassurent ! Rien, absolument rien, ne troublera leur veillée, même pas le djinn de Sangomar, qui fait des révérences au vieux pêcheur pour tout le poisson qu'il donnait, distribuait sous les cocotiers. Une vie à nourrir et protéger les autres, Kôrmâma ! Lui, il sait ce que signifie mourir bien, car c'est vivre pour le bien. C'est-à-dire garder le pied marin, marcher droit, du berceau au royaume des ombres. Et c'est ainsi qu'il a vécu : nourrissant, désaltérant, soignant, répandant douceur autour de lui, réclamant justice pour tous, allégeant tout cœur trop chargé par la vie, afin qu'aucun rameur ne renonce à tracer son sillage. Kôrmâma, immortel, l'aimé ! Avec un tel hôte, à Sangomar ou ailleurs, nul ne meurt de froid ni de chaud, car son sourire réchauffe et sa voix coupe tous les feux. Accueillie par lui, toute âme perdue trouve sa place, nul ne tremble à son port ; du bolong ou du ciel, toutes les eaux de Roog Sène vous lavent les pieds sans vous mouiller les joues. Pauline et Amanda en escale, sous l'aile du vieux pêcheur, que les leurs dorment à poings fermés, Sangomar ne sera pour elles qu'un havre de paix. Elles, là-bas, parmi Mâmayiin, toujours le Saloum charriera offrandes et libations pour elles et tous leurs compagnons du *Joola*. Connu même du baobab sacré, leur nom retentira toujours au son des djoundjoungs, de Sangomar à Marseille. Linguère Pauline, diokandial ! Linguère Amanda, diokandial ! Merci, inoubliables sœurs d'Europe ! Là-bas, au Saloum, il y a assez de bois de palétuvier pour maintenir le feu des veillées, auprès du vieux pêcheur. Là-bas, au Saloum, les voix survivent au sable chaud comme aux traîtres flots, car la brise de Sangomar rallonge les souffles et quand les veilleurs veillent, même le hibou chante, tchoukour-kouroum : immortels, les aimés !

XVII

Marcher ! La nature de la marche dit la valeur du souffle. Marcher, mais à quelle allure ? La foulée, on la préfère fluide et assurée, mais, boitant, claudicant ou titubant, il s'agit d'avancer. Marcher ? Tant que l'on surplombe les pissenlits et les champignons – ces chapeaux de morts –, on ne fait qu'obéir à l'injonction de l'invisible commandant posté là-bas, à l'horizon. Nuit et jour, ses ordres soulèvent les tibias. En avant, marche ! hurle le désir de vivre. N'est-ce pas ce que répète le pouls, inlassablement ? Qui ne veut l'entendre ferme les yeux, car c'est aussi ce que l'on lit sur le ciel de chaque aube.

Marcher ! Fadikiine essayait, à quatre pattes ; le hibou se gardait de lui dire qu'elle passerait sa vie entière à tenter de se tenir debout. Observant sa fille se traîner sur les fesses, s'affairer, se démener, s'arc-bouter, haletante, et se cramponner à tout ce qu'elle pouvait, Coumba souriait, méditative. Elle était évidemment ravie par le spectacle – à moins de neuf mois, la petite se montrait déjà si entreprenante –, mais ce qu'elle en pensait l'amusait, l'interrogeait. Pourquoi la petite se pressait-elle ainsi ? Ses bras comme ses jambes tremblaient sous le poids de sa volonté. Quelle urgence activait ses muscles, la relevait après chaque chute ? Pourquoi s'acharnait-elle à endosser cette corvée, quand il est si reposant d'être porté ? Elle ignorait que, parfois, les adultes donneraient leurs dents de sagesse pour retrouver l'âge de rester sur les genoux de leur mère, à l'abri de toute chute. Mais cela aussi, le hibou le cachait à l'impatiente Fadikiine. Tchoukour-kouroum : debout, en avant, marche, ça te fera humaine ! hululait-il, quand la petite dormait. Il y a toujours quelqu'un pour vous encourager à descendre dans l'arène, sans prendre les coups à votre place ; comme ce filou de hibou. Tchoukour-kouroum !

Flux et reflux, au Saloum ! Où va l'eau, quand elle se retire des berges de l'île, avec les pensées qui flottent sur la crête des vagues ? Si le hibou n'en disait rien, un jour, sûrement, les pélicans l'apprendraient à Fadikiine. Saloum, flux et reflux ! Depuis des siècles, les marées rythment la vie des insulaires, mais, bien qu'elles retardent parfois les pêcheurs et les récolteuses de fruits de mer, elles ne ralentissent jamais l'horloge du Maître des flots. Les mois filaient dans les bras de mer, remorqués par les feuilles de palétuviers. Flux et reflux ! Fluide, le temps du Saloum ! Il s'étale, s'étire, gazéifié par le soleil. Les journées du Saloum ! Les mirages dansent entre les baobabs qui rêvent de pluie, en regardant le soleil tarir les lacs. Imperturbables baobabs, des centaines d'années qu'ils tendent les bras au ciel, accueillent les balbuzards, les regardent repartir sans jamais les suivre dans leurs pérégrinations ; qu'attendent-ils du Seigneur ? Il est des incendies que rien n'éteint, comme cet atroce harmattan qui dessèche la savane, brûle bouche comme narines et patine le tronc aux rôniers encore vivants. Ici, l'eau du Seigneur est vraiment bénite ; seuls les paludiers se réjouissent de la canicule, en calculant le prix de leur or couleur coton. Patience ! disent les journées du Saloum, qui courent, s'écroulent, s'enlisent dans le bolong. Reflux, même les vasières guettent le flux !

Certains jours avaient la consistance des coquillages sous les pieds de Coumba. Marcher, avancer comme elle l'entendait, cela lui demandait parfois un courage d'apnéiste. Flux et reflux ! Au Saloum, il n'y a pas que l'Atlantique qui nargue les insulaires. Flux et reflux, même sous les chaumières ! Quand la vie cogne au plexus, le souffle aussi s'amuse à faire des vagues, dont on guette le retour, sans quoi plus de marche du tout. En avant, marche ! pulse le pouls. Flux sous les pieds, ça aiderait à glisser sur les jours ! Mais les mignons pieds de la veuve n'étaient pas des pagaies. Coumba abordait le dernier virage de sa viduité. Elle rêvait d'un horizon dégagé, surtout pour Fadikiine, mais c'était lorsqu'elle s'y attendait le moins que des événements venaient contrarier sa foulée. Bienfaiteur, le djinn de Sangomar veillait sur Niodior, lui convoyait les bancs de poissons, déviait les mauvaises vagues, ramenait les pirogues à quai, mais il ne soutenait pas les marcheurs qui chancelaient sous les cocotiers. Déjà qu'il offre aux veilleurs une vue perçant la nuit, devrait-il aussi fournir des béquilles à ceux qui affrontent le sable chaud ? En avant, marche ! Ces bipèdes n'ont qu'à bien regarder où ils mettent les pieds ! Sangomar commande les vagues de l'Atlantique et le destin des habitants de son royaume, pas les nids-de-poule ! Certes, avec ses trois têtes et ses six bras, Sangomar est capable de mille miracles, mais les humains lui en demandent trop.

Marcher sans Bouba ? Coumba l'apprenait. Elle se voulait inébranlable pour accompagner les pas de Fadikiine, mais, pour le moment, elle titubait autant que la petite. À qui, à quoi pouvait-elle se raccrocher ? Même sa mère, la si douce Yaliâm, la faisait vaciller en croyant lui tenir la main. En effet, pendant que Wassiâm s'agitait, ébruitant intentionnellement ses quatre volontés, Yaliâm laissait dire alors qu'elle non plus ne manquait pas d'idées quant à l'avenir de sa fille. Ayant perçu les réticences de Coumba concernant le plan de sa belle-mère, elle pensait avoir sous le coude un meilleur parti à lui proposer. À l'approche de la fin de viduité, appelée familièrement « cérémonie du dévoilement », elle jugea le moment venu d'abattre ses cartes.

Un matin, à l'heure du laitier, elle se rendit chez sa fille. Bien que la porte de Coumba fût déjà ouverte, Yaliâm frappa discrètement en s'annonçant d'une voix mesurée, comme elle en avait l'habitude :

– Toc-toc ! Coumba ? C'est moi. Bonjour.

– Maman ?

– Oui, c'est moi. Êtes-vous réveillées en paix ? Comment va la petite ?

– Elle s'est rendormie. Bonjour, Maman. Eh bien, entre !

– C'est que je ne suis pas seule. Je pense qu'il vaut mieux que nous passions par la véranda et que nous t'attendions au salon.

– Et, qui t'accompagne ?

– Ils sont deux. Nous t'attendons au salon.

– D'accord, concéda Coumba du bout des lèvres.

Elle se réjouissait de voir sa mère ; mais pour quelle raison lui imposait-elle des intrus au saut du lit ? Que lui voulait-on encore ? Qui pouvait accompagner Yaliâm de si bon matin ? Coumba aurait dû s'en douter, lorsque sa mère venait la voir aux aurores, devançant les oreilles des visiteurs, c'était généralement pour l'entretenir d'un sujet délicat. Mais de quoi s'agirait-il, cette fois ? Vu le contexte, Coumba se rassura en imaginant un thème approchant l'organisation de la future cérémonie. Titillée par la curiosité, elle se hâta d'enfiler un grand boubou blanc par-dessus son T-shirt, jeta un châle sur sa tête et gagna le salon. Elle fut à la fois surprise et déçue, lorsqu'elle reconnut les visages qui se profilaient dans la pénombre : Diégâne, le neveu de Yaliâm, et Biram-Taniass, l'un de ses amis. Dès l'entrée de Coumba, ils l'assaillirent d'interminables salutations, une épreuve pour elle qui était trop pressée de savoir ce qu'ils lui voulaient, au point de débarquer avant le petit déjeuner. Au ton froidement poli de sa fille, Yaliâm entreprit de réchauffer l'atmosphère :

– Coumba, tu peux remercier ton cousin. Diégâne t'avait promis qu'il reviendrait avant ta cérémonie de dévoilement, eh bien, le voici. On entend souvent dire que la parole d'honneur n'existe plus de nos jours. Mais mon cher neveu est bien la preuve que si.

– C'est vrai, admit Coumba, sans plus de commentaire.

– Diégâne est arrivé hier après-midi. Il m'a rendu visite le soir même et comme il est passé me saluer ce matin au moment où je m'apprêtais à venir chez toi, nous avons finalement fait le chemin ensemble.

– C'est exactement comme l'a dit ma tante, confirma Diégâne. D'après ma tante, tu serais plutôt matinale, nous avons donc pensé qu'il valait mieux venir avec elle, afin de… euh. Afin de ne pas te déranger pendant… pendant…

– Pendant les nombreuses visites de la journée, rallongea Yaliâm. Effectivement, Coumba a toujours beaucoup de visiteurs. Mais c'est très rassurant ; rendons grâce à Dieu ! Cela montre combien elle est aimée au village. Depuis le début, les gens l'entourent et continuent de…

– Mma, ils font pareil pour tout le monde.

– Certes, mais tu bénéficies d'une attention toute particulière. Ce n'est quand même pas tout le monde qui reçoit tant de visites tout au long de son veuvage, persista Yaliâm.

– Mma !

– Ta mère a raison, fortifia Diégâne. Si tant de gens se déplacent pour toi, cela prouve qu'ils t'apprécient vraiment.

– C'est vrai, Coumba, et s'il en est ainsi, c'est bien parce que tu le mérites ! Si la foule s'amasse au pied du caïlcédrat, c'est du fait de son ombre drue ! N'est-ce pas ce que l'on a coutume de dire ? flagorna Biram-Taniass, l'ami de Diégâne, qui ne voulait pas rentrer avec son grain de sel.

– Tout à fait ! C'est un bien sage constat des anciens, opina doctoralement Yaliâm, sachant son avis légitimé par sa position de doyenne.

– Coumba, reprit Biram-Taniass, ce sont tes propres qualités qui t'ont valu tant de soutiens. Diégâne, lui aussi, comme nous tous, il lui tenait à cœur d'être à tes côtés, sa présence aujourd'hui en est encore une belle preuve. Et pour la suite, chère Coumba, tu mérites ce qu'il y a de mieux dans ce village.

– Nous adressons bien sûr notre gratitude à tous ; mais, vous en conviendrez avec moi, il y a des soutiens qui se distinguent parmi les soutiens, souligna Yaliâm. Diégâne est de ceux-là ! N'est-ce pas, Coumba ? Trois fois déjà que ton cousin vient te voir, malgré le long périple depuis Dakar ! Il mérite nos très chaleureux remerciements.

– C'est normal, ma tante, rien de plus normal, je n'ai fait que mon devoir. J'avais dit à Coumba qu'elle pouvait compter sur moi. Alors, je risque de me répéter, mais je n'ai qu'une parole.

– Coumba, as-tu entendu Diégâne ? fit Biram-Taniass d'un ton solennel. Sa parole est une vraie parole d'homme, elle demeure inchangée.

L'interpellée tourna le nez du côté opposé au moulin à vent ; au fond d'elle, un tourbillon venait de se déclencher. Et une parole de femme, s'échappe-t-elle de la bouche en robe de caméléon ?! Alors, pourvu que la métamorphose des certitudes les rende mauves de nuance ! Une vraie parole d'homme ? Ça fait des roulades arrière à la place du bonhomme et lui gagne le troisième dan de la ceinture noire de karaté dans un fauteuil, malgré l'article L 212-5 du code du sport. À part ça, tout le reste, les femmes le font aussi, y compris les tonnes de bobards. Les reines de la méthode Coué ne souffrent-elles pas de maux de tête ou de ventre qui ne méritent jamais une miette d'antalgique, et toujours à l'heure du câlin ? Allez, Marie-Françoise, Amina, Esther, faites donc un effort, avant de chercher des poux à Jean-Charles, Abdel et Jacob, alors qu'il vous pousse le nez de Pinocchio !

Mais tout de même, une vraie parole d'homme ? Parfois, ça vous hisse un céphalopode des fonds de Sangomar aux cimes du Kilimandjaro ! Et cet orateur de circonstance la tenait pour invariable. Soit ! Mais, pour beaucoup, une telle parole se résume trop souvent au guttural murmure puant la testostérone, qui, certes, vous mène au Nirvana, mais avec des promesses qui ne vont pas plus loin que la fin de l'étreinte. Quel malheur ! Pteuh-pteuh, rien que toupet ! C'est à croire que Cupidon perd la mémoire en prenant sa douche ! Il faudrait qu'il arrête de promettre des étoiles plus durables que son euphorie. Balbuzard, gare aux filets ! Une vie de prédateur n'est pas sans risque, même dans les dentelles, les requins laissent parfois les dents. Si les gens oubliaient un peu ce qu'ils ont dans le froc, ils utiliseraient plus ce qu'ils ont derrière le front. Et certains comprendraient enfin qu'une parole humaine vaut toujours plus qu'une parole d'homme ou de femme, elle contenant plus que les soutiens-gorge ou les slips kangourous. Les minutes filaient. Au salon, les regards se filaient.

– Coumba, as-tu bien entendu Diégâne ? harponna encore Biram-Taniass, avec son mental d'airain. Crois-moi, ce ne sont pas des paroles en l'air, Diégâne est un homme qui…

Vraiment un homme ? Alors, pourquoi broutait-il des herbes salées, à la lisière des tannes ? D'un battement de cils, l'esprit de Coumba passa par la fenêtre. Dans cette direction, au loin, là-bas, au cimetière de Babâk, sous mille racines, la grand-mère de l'arrière-grand-mère de Diégâne avait peut-être assez d'énergie pour répondre à ceux qui louaient si lourdement son descendant. Mentalement, Coumba lança un SOS : « Ô Sangomar, roi des ombres ! Moi, l'enfant lavée dans tes eaux, je reviens humblement vers toi. Ô roi des ombres, aide-moi ! Ton index déchire la nuit, qu'il scelle ces bouches qui crachent de la boue au ciel de l'aube ! Ô Sangomar, éloigne-moi des appâts ; accorde-moi le pas. Le ferme pas qui porte les marcheurs au-delà des obstacles ! Ô Sangomar, roi des ombres, la route est sombre sans les pas de Bouba ! Ô roi des ombres, ouvre à mon aimé le chemin qui mène à mon chemin ! » Peine perdue ! C'est dans les ténèbres et le silence de la nuit que brillent les étoiles de Râ. Sangomar n'aime pas l'indiscrétion, trop de lumière ou de monde ajourne son sortilège. Coumba le savait, mais qui d'autre pouvait-elle solliciter, quand sa propre mère jouait dans l'équipe adverse ? Un léger vent soufflait, il venait sûrement de Sangomar. C'était un présent, un modeste renfort avant suffocation. Dehors, les poules caquetaient, se répondaient gaiement. Dire que l'on médit de la vie des bêtes, alors qu'elles ne s'empoisonnent pas mutuellement la vie, comme ceux qui les regardent de haut, en volant si bas ! Les poules poursuivaient leur concert, soudain, un âne ahana. Ce fut, aurait-on dit, le fraternel signe qu'attendait l'ami dévoué pour ruer, revenir à la charge :

– Chère Coumba, notre pas d'aujourd'hui n'est que pas de paix. Qu'il nous porte bonheur à tous ! As-tu bien entendu les mots de Diégâne ?

Ses mots à lui ricochaient sur le plafond. Trop motivé et plaçant mal sa voix, on l'entendait jusqu'à Kampala. Mais pourquoi se tordait-il tant le cou avant de parler, tenait-il du python ? Existe-t-il un répulsif anti-reptiles ou faut-il toujours en arriver aux coups de bâton ? Jusqu'où peut aller l'esprit, pour fuir l'emprise des geckos ? Jusqu'à Adiaguediâkh, là-bas, en face de Louxor, à des milliers de kilomètres de ce salon, où Diégâne et son haut-parleur espéraient un miracle, les momies de la nécropole thébaine partageaient leur silence avec Coumba. Ne sachant plus que faire de ses mains, après avoir ajusté trois fois son foulard, Yaliâm se racla la gorge, puis hasarda une relance :

– Coumba, as-tu bien entendu ton cousin ?

– Mma ! gémit Coumba, le regard affichant la DUDS : Déclaration unilatérale du droit au silence.

Allons ! N'est-il pas illégal de tambouriner ainsi les tempes d'une créature du Seigneur ? Quel paradoxe, que celui d'être obligé de parler pour réclamer motus ! Dire qu'ils s'obstinaient ! Oiseaux du matin, ils répétaient encore et encore. Hélas, des yeux en amande tirant au lance-pierre ne les décourageaient pas. Puisqu'ils ignoraient les règles du dialogue, que n'allaient-ils demander le sens de l'harmonie ? Coumba n'était pas d'humeur à danser le leumbeul qu'ils imposaient à son cerveau. Pour marteler la même question de la sorte, doutaient-ils de l'acoustique du salon ou de leur diction, rendue sableuse par un réveil précoce, à pas de loup sur les dunes ? Motus ! Comme pour la musique, l'audibilité d'un discours n'est pas qu'affaire de décibels.

Au Saloum comme ailleurs, on croise parfois une mamie sourde comme une palourde ou bien un papy qu'un roulement de djoundjoung ne pourrait réveiller de son hamac, mais, généralement, de telles antiquités marchent à trois pieds et disent leur âge seulement au carbone 14. Coumba n'avait ni leurs mâchoires édentées ni leur incurable arthrose et pas un poil de leurs cheveux blancs. Vautrée dans son fauteuil, elle ne bougeait pas, ne bronchait plus, mais gardait l'ouïe fine et la vélocité d'une gazelle. Si elle restait inerte et si peu diserte, c'est que le bon sens dément parfois l'oreille, au point d'immobiliser la langue et tous les membres. En plus de la DUDS, que lisait-on dans son regard ? « Ne me touchez pas, non, surtout, ne me secouez pas ! Si mon corps venait à recouvrer un peu de liberté, mes bras pourraient se mettre à distribuer des gifles, malgré mon ardent désir de paix. Non, ne me touchez pas ! Pour votre paix et la mienne, laissez-moi faire l'ombre parmi les ombres, au moins, ainsi, je suis plus proche de Bouba. Parlez au mur, autant que votre salive le permet, mais ne me touchez pas ou Sangomar pourrait faire un malheur à travers moi ! Non, ne me touchez pas, surtout, ne me secouez pas ! » Hélas, la blancheur d'une colombe ne détourne pas les faucons. Obnubilés par le motif de leur matinal assaut, les causeurs n'avaient plus assez de lucidité pour déchiffrer le regard de Coumba. Si les bavards écoutaient mieux le mutisme de leurs interlocuteurs, ils parleraient beaucoup moins et cela réduirait significativement les conflits. Puisque ni Dieu ni diable n'exauçait ce vœu, Coumba scrutait ses ongles, coupés très courts par égard pour la soyeuse peau de Fadikiine. De toute façon, elle n'avait pas l'intention de s'en servir pour lacérer ces exaspérantes joues, qu'elle savait pleines d'illusions. Pourtant, elle n'était résignée à rien. Bien que son attitude pût leurrer ceux confondant exclamation et détermination, elle couvait une ferme décision. Ceinturée, Tewmâma ! Coumba attendait, ceinturée d'une cotonnade tiwâne ! La solidité du pagne d'une Sérère se découvre le jour du combat.

Au Saloum, c'est dans le calme plat du bolong que la raie affûte patiemment son dard. Dans les eaux chaudes de Niodior, pountoum, pountoum, pataugent les tapageurs en incursion, tentant le diable des vasières, de Diandoufo à Nianiandé. Euphoriques oublieux ou candides visiteurs, ils feraient mieux de se renseigner d'abord, même les palétuviers savent ce qu'il en coûte de piétiner les silencieux. De notoriété publique, Coumba avait le cœur sur la main, mais son blues taiseux ne la rendait pas docile pour autant, elle avait aussi la nuque raide. Brassée, tempérée par les vents de l'Atlantique, sa colère arrivait froide à destination. Le fer qui transperçait l'ennemi n'était-il pas froid, au bout des lances de ses ancêtres ? Froid, le fer ; froid, le dard de la raie ! songeait Coumba. Fille des flots de Sangomar, elle n'avait nul besoin d'étincelles pour forger sa résolution et la faire valoir le moment venu. Tewmâma ! Comme ses frères lutteurs dans l'arène, elle se ceinturait d'une cotonnade tiwâne.

Ennuyée, Coumba se pinçait les lèvres, pourtant, même fermée comme une huître, elle n'en pensait pas moins. Une seule phrase aurait suffi pour virer les encombrants, elle se l'épargna. C'est que la dispute ne convient à personne, encore moins avant le petit déjeuner. À quoi le djinn de Sangomar occupait-il ses six mains, ce matin-là, quand son secours faisait défaut à Coumba ? La puissance marine murmurait, rouspétait, grondait inutilement, là-bas, derrière Koko, au lieu d'envoyer des esprits frappeurs débarrasser Coumba de ces envahisseurs. Faute de miracle, celle-ci n'avait que son front à leur opposer, heureusement, il était en caïlcédrat.

À Niodior, le soleil se levait, poussait le rideau qui se balançait, laissant passer des lames de lumière qui sculptaient, précisaient les traits des visages conspirateurs, en face de Coumba. Interrogeant à tour de rôle, Yaliâm et Biram-Taniass, l'ami de Diégâne, réclamaient une réponse, tels des chiens de chasse leur curée. Ils s'appliquaient à feindre le calme, mais leur ton révélait une anxiété qui posait une autre question à leur observatrice. Où migre la raison, quand l'obsession squatte la tête et gouverne le verbe ? Ils n'avaient pourtant pas besoin de tympaniser la statue du Seigneur. À l'instar des poules qui caquetaient devant la véranda, leurs décibels n'infléchiraient pas la volonté de la mère-menhir de Fadikiine. Coumba avait parfaitement entendu, seulement, il ne fallait pas la prendre pour une carpe grise, gobant la mangrove à marée basse.

En dépit de leurs injonctions, elle refusa d'acquiescer. Rien n'était clairement formulé, néanmoins, Coumba se doutait bien que le *oui* qu'ils essayaient de lui extorquer l'engagerait dans une nasse.

Et puis, ces pêcheurs matinaux étaient si maladroits qu'ils feraient fuir un banc de mérous. Bountoum, bountoum ! s'embourbaient-ils à grandes enjambées, se soutenant mutuellement, mais s'enfonçant de plus belle. Leur flot de paroles ne faisait pas qu'entrer dans l'oreille de Coumba, il ressortait aussitôt par l'autre, parce qu'elle ne supportait pas leurs sous-entendus. En dépit des contorsions verbales, leur plaidoirie ne méritait pas l'effort de contredire, Coumba savait à quoi s'en tenir. Cette visite n'avait rien de spontané, elle avait été minutieusement ourdie de longue date, puis exécutée telle une partition. En revanche, le trio de comédiens ne s'étant pas suffisamment exercé ensemble, chacun avait magistralement loupé son rôle. Yaliâm mentait mal ; et son neveu n'était guère plus doué. À se justifier avec insistance, tante et neveu n'avaient fait que grossir la blanche ficelle de leur combine. Quant à l'ami sentencieux, les grelots des charrettes de contrebande sonnaient plus discrètement que ses boniments. Bla-bla, bâillait-il, et lorsqu'il reprenait son souffle, faisant plus de blast, un morceau d'élégance s'écroulait. Biram-Taniass semblait vouloir éviter à tous le poids de quelques minutes de silence, alors que ce sont ses mots qui étaient assommants. Parfois, on supporte les manières d'un invité avec la même indulgence qui laisse passer les bévues d'un enfant turbulent. En effet, bien intentionné mais mal inspiré, l'homme se voulait spirituel, tandis que ses phrases rasaient les pâquerettes. Existe-il une symétrie de caractères dans l'amitié ? Fallait-il juger Diégâne à l'image de son pote ? Seul un mauvais stratège pouvait tabler sur les bons offices d'un tel copain, ses gros sabots ébruitant d'emblée les secrètes ambitions de celui qu'il servait. Le succès d'une cour dépend souvent de la finesse du prétendant, mais l'impact de ses messagers n'est pas négligeable. Or, très flatté d'être la seconde bouche du soupirant, Biram-Taniass n'avait pu s'empêcher de surjouer chacune de ses interventions. Et boum-boum, badaboum ! bousculait-il Coumba. Il est vrai qu'abattre carrément le cocotier est une manière de rendre ses noix accessibles ; mais peut-on procéder ainsi s'agissant du cœur d'une femme ? Confirmant, rajoutant, interpellant, l'ami de Diégâne passait la pommade à grandes louchées. Même pour protéger la délicate peau de la convoitée de l'impitoyable soleil d'Afrique, c'était trop gras. Cet homme semblait ignorer que, trop appuyés, les compliments annulent leur effet, mettant leur destinataire mal à l'aise ils risquent même de l'exaspérer. La gratitude ou la politesse remercie, mais, après trois fois merci, on se sent idiot, or nul n'aime une telle image de lui-même. Face aux lourdauds, la bonne éducation préfère hausser les sourcils, plutôt que le ton. C'est d'ailleurs l'attitude qu'adopta Coumba, afin de ne pas faire perdre la face à sa mère, dont l'inhabituelle volubilité trahissait la gêne. Étant donné que Coumba restait silencieuse, le complice de Diégâne lui parlait comme le meunier bourre un sac de farine. Mais, vu les regards furtifs que le trio échangeait, tous semblaient avoir compris que l'écoute de la jeune femme ne valait pas du tout consentement ; leurs paroles glissaient sur elle comme du gombo. Coumba ne fit rien pour cacher sa mauvaise humeur, le joli timbre de sa voix, elle le gardait pour un meilleur usage : raconter les progrès de Fadikiine à son père, qui veillait sur elles deux, depuis Sangomar.

Au village, les maux de tête ne résultaient pas tous de la

malaria, les tracas imprévus prouvaient à Coumba que la moustiquaire ne protège pas de tout. Mais, contre certains indésirables, le silence est aussi efficace qu'un balai. Au bout d'un moment à écouter les mouches voler, les deux messieurs avaient pris congé. Ils s'en allèrent, penauds. Il y a des teignes qui font douter Hercule de ses biceps ! Quant à la chaperonne, elle accueillit le réveil de sa petite-fille comme une aubaine. Mais au fond d'elle, elle savait qu'elle pouvait s'occuper de Fadikiine, s'éterniser en soins et papouilles, puis partir avec elle pour une interminable promenade, toutes ces esquives ne feraient que différer le face-à-face avec Coumba. D'ailleurs celle-ci restait coite et ne se montrait pas pressée de formuler ce mécontentement que sa mère lisait sur son visage. L'air absent, Coumba ressassait l'entretien, et plus elle y pensait, plus elle éprouvait une amertume mêlée de honte. En mère marieuse, Yaliâm s'était comportée comme un éleveur vantant sa génisse au foirail de Diamaguène. Le plus agaçant avait été sa façon d'encenser son neveu, comme si l'intérêt du jeune homme pour Coumba représentait un inégalable privilège qu'il lui accordait. Quelle mouche avait piqué la timide Yaliâm ? aurait sans doute demandé un témoin moins averti que Coumba. En effet, la jeune femme avait assisté aux dithyrambiques tirades de sa mère avec la consternation d'un procureur devant un cambrioleur récidiviste. Car oui, il s'agissait bien d'une nouvelle contribution de Yaliâm à la tentative de Diégâne de s'emparer du cœur de sa fille. Piètre chasseur que ce garçon ! À mobiliser tante et ami dans sa cour, lui fallait-il donc une meute de rabatteurs pour toucher une gazelle ? S'il espérait susciter des pâmoisons à Coumba de cette façon, c'est qu'il prenait les pélicans pour des jars.

Déjà, avant le mariage de Coumba, croyant pouvoir

influer sur le choix de son gendre, Yaliâm avait manifesté sa préférence pour ce cousin pas trop éloigné. À l'époque, le garçon multipliait les pseudo-visites de courtoisie à sa tante, en réalité, il lorgnait Coumba d'une manière qui n'échappait qu'aux aveugles. Mais, au moment où l'université était devenue le pôle d'attraction des jeunes, dont la grande majorité rêvait d'une vie de col blanc, son analphabétisme le rendait timide face à la lycéenne, tandis que celle-ci le trouvait gauche et bien terne, comparé à Bouba. Si Coumba restait polie, elle avait ses astuces pour se dérober, fuyant autant que possible les tête-à-tête avec ce soupirant auquel elle n'avait rien à dire. Bien qu'elle ne fût pas dupe du jeu de cache-cache qu'entretenait sa fille, Yaliâm, en mère entremetteuse, ne manquait pas de prétextes pour imposer à toute sa maisonnée la présence de ce neveu, dont la politesse trop affectée incommodait Coumba. Diégâne courtisait à l'ancienne : au lieu d'essayer de séduire la demoiselle, il s'échinait à plaire aux parents de celle-ci, comptant sur leur autorité pour obtenir gain de cause. On peut se faire aimer d'un chien, à force de fréquenter ses maîtres, mais draguer une femme ainsi, n'est-ce pas manquer de flair ? Quand le romantique Bouba invitait Coumba pour des balades au bord de mer et de joyeuses soirées entre amis du même âge, l'ennuyeux Diégâne, lui, apportait du poisson et des brassées de noix de cola pour ceux qu'il imaginait ses futurs beaux-parents. À la croisée des bras de mer du Saloum, deux hommes, deux stratégies diamétralement opposées, deux siècles se disputaient le cœur de Coumba. Fidèle à la tradition, Yaliâm voyait l'alliance avec quelqu'un de la parentèle comme une garantie de solidité pour le futur couple de sa fille. Les dessous chics changent d'un siècle à l'autre, les choix conjugaux aussi. Coumba voulait aimer, sa mère, sécuriser. « Bien élevée, une fille écoute l'avis de ses parents, quant au choix de son époux », répétait Yaliâm. Et, quand Coumba lui parlait d'amour, elle lui assénait des « Voyons, sois raisonnable », comme si se revendiquer amoureuse confinait à la stupidité. Mais alors, elle, comment s'était-elle mariée ? se demandait sa fille, sans oser poser ouvertement la question. De toute façon, Coumba se doutait de la réponse. Depuis que l'Atlantique berce l'île, les mêmes lignages se croisent, s'entrecroisent, s'épousent et maillent les indéfectibles liens entre les foyers du village. Par chance, le choix préconisé par les parents pouvait coïncider avec une histoire d'amour, mais il était rarement dicté par celle-ci.

Mais avant, c'était avant ! Avant Coumba et Bouba, il y avait des dinosaures et des mammouths, il n'y en a plus ! Il y avait des façons de lire le monde et de faire couple, il y en a d'autres. Même les orangs-outangs ne cessent de s'adapter à l'évolution de la forêt, qu'ils disputent aux Pygmées ! Si faune et flore changent, pourquoi pas les mœurs des mortels bipèdes ? À l'orée des années 2000, Coumba choisit donc son mari, le brave Bouba. Kôrmâma ! Celui-là, il ne soudoyait pas des parents, à défaut d'électriser une altière demoiselle, il n'avait pas besoin qu'une tante lui gardât sa fille en otage. Le père de Coumba fut son meilleur allié pour convaincre Yaliâm. En effet, l'homme entretenait d'excellents rapports avec le père de Bouba, un ancien collègue de chalutier, qu'il connaissait déjà au village et tenait en haute estime. « Si le fils tient de son valeureux père, nous n'avons rien à craindre », assura-t-il à son épouse, autant de fois que nécessaire. Obligée de céder devant son époux, Yaliâm avait fini par admettre que le neveu qu'elle adoubait ne faisait pas frémir une narine à Coumba. Tout le village savait que la belle n'avait d'yeux que pour Bouba, et vice versa. Même le malheureux soupirant se rendit à l'évidence et, le moment venu, lui aussi félicita les mariés. Ensuite, le fair play ayant ses limites, il se fit rare. À l'arène de lutte comme devant les yeux des biches, le mâle vaincu bat en retraite. La défaite plonge les fiers dans la discrétion. Même à ceux qui perdent la face, il reste malgré tout un peu d'orgueil. Et certains rêvent d'une revanche.

Diégâne avait déjà concouru et perdu, mais quand la crinière du lion est invisible, les chats se prennent pour des fauves. Alors, en avant, marche ! On distingue les félins à leur démarche. Qu'importe la distance, il s'agit de porter sa tête droite sur les épaules. En avant, marche ! Comment garder l'allure ? Car, le plus important dans la marche, c'est bien l'allure. Pas à pas, elle dit la qualité du souffle et la classe du marcheur. En avant, marche ! Les chats miaulaient, se dandinaient de litière en salon, se pourléchant les babines. Coumba, elle, scrutait l'horizon en se souvenant de son lion, Kôrmâma ! Son allure à lui, elle ne le confondait à nulle autre. Maintenant que son veuvage tirait à sa fin, Coumba demandait à Sangomar ainsi qu'à son tendre veilleur d'éclairer sa route. La liberté en ligne de mire, elle voulait accompagner Fadikiine, d'un pas ferme, malgré les bourrasques.

XVIII

Un matin de janvier 2003, au Saloum, un silence bleu profond comme un océan qui ajuste les plis de son drap ; ce que la bouche ne proférait, les yeux le jetaient sur l'horizon. Qui se tait écoute ! La mer murmurait, les oiseaux chantaient. C'était à Niodior, la plus belle île du monde, gardée par Mâmayiin et le djinn de Sangomar. Qui trouve un meilleur matin ailleurs y finisse donc sa vie, les Niodiorois restent fidèles à leur sable blanc !

Ce matin-là de janvier 2003, de profondes empreintes de pas longeaient la plage de Fandiongue, le Seigneur y faisait sûrement paître ses brebis à l'écume marine. C'était un matin de janvier, la nouvelle année ouvrait sa malle à surprises. Ailleurs, on tremblait, grelottait. Au Saloum, Coumba et Yaliâm marchaient côte à côte, silencieusement. Mais que taisaient-elles ? Le gardaient-elles uniquement pour l'ouïe divine ? D'ailleurs, qu'auraient-elles pu se dire ? Meuh ! meuglaient des vaches alentour. Il est vrai que, sur leur plancher, les humains marmonnent quasi pareillement. Mma ! Maman ! Et, toujours, ce mugissement s'adresse, prioritairement, à Roog Sène, mère et père suprême de l'univers. Ce calme matin, au Saloum, alors que le ciel hésitait pour la couleur de sa robe, Roog Sène regardait les deux femmes qui marchaient, l'une habillée en blanc, l'autre en bleu. Aucune n'avait donc eu l'idée de choisir une tenue mauve, quelle pitié ! Elles allaient pourtant laver, dans le bleu de l'Atlantique, leurs yeux rougis d'insomnie. Un regard qui voit la rouge détresse du monde, puis s'obstine à sonder et touiller le ciel de chaque matin, un tel regard finit forcément mauve. Sandales à la main, boubous légèrement retroussés, Coumba et Yaliâm foulaient le sable blanc encore imbibé de la fraîcheur nocturne. À pareille heure, cette plage de l'île est souvent déserte, c'est pour cette discrétion qu'elles s'y trouvaient. Nonchalamment, elles se promenaient, les pas presque synchronisés. De temps en temps, elles se frôlaient, comme si elles éprouvaient le besoin de se confirmer leur présence par ce furtif contact. Pourquoi ne se parlaient-elles pas ? Les Nakwé leur en avaient-ils ôté la possibilité, au cours de la nuit précédente ? D'ailleurs, la langue de bœuf n'étant même pas une spécialité locale, que feraient les Nakwé de celle d'une veuve, plus amère qu'une semelle de paludière au Lac Rose ? Et Yaliâm, elle, qu'avait-elle fait de la sienne ? L'aurait-elle cédée en offrande au varan totem de ses aïeux ? Que Roog Sène donne la langue des lecteurs curieux aux requins de Sangomar, ça leur apprendra à lire n'importe quoi !

Mais tout de même, ce silence ! Si total qu'il réclamait une seule voix : La Callas ou Yandé Codou Sène ! Le silence gonflait les boubous, se répandait sur la plage, se traînait, s'étalait sur le dos des vagues et courait de Fandiongue à Banjul ! Les Niominkas étant réputés ne rien faire à moitié, lorsqu'ils décident de se taire, à défaut de leur chatouiller la glotte, vous avez le temps d'aller pêcher dix lottes. Et si leur silence vous pèse, souvenez-vous que les pies s'envolent, légères, des branches où elles jasent, parce que leur voix ne pèse rien.

Seules, sur cette plage, là-bas, à Adiaguediâkh, hors de portée des curieux, mère et fille marchaient, aussi mutiques que les mouettes qu'elles observaient. Elles scrutaient tout autour d'elles avec l'air triste d'un pêcheur niominka qui se serait réveillé au désert du Tatklamakan. Pourtant, sous leurs yeux, l'eau de Fandiongue mangeait le sable, berçait les carangues, blanchissait les sumpattes, rallongeait les barracudas, baignait même une sirène qui jouait à la guitare avec une raie. Mais Sangomar, qui permettait tout cela, ne poussait aucune échelle vers le ciel. Menteurs de poissons-lunes ! Où se cachaient-ils ? Au lieu de décoller avec les vœux des promeneuses, ces incapables rasaient les algues, gobaient des alevins, disputaient calamars et crustacés aux Niodiorois ! Menteurs de poissons-lunes ! Le seul astre qu'ils sont capables d'atteindre, c'est leur large ombre de lourdauds au fond des abysses. N'ayant rien à dire pour leur défense, ils nageaient au loin, chassaient, se gavaient de méduses. Ah, ces créatures du Seigneur ! Toujours une pour se repaître de la vie de l'autre ! Ainsi le veut le Maître du Cycle. Meuh ! ne sauve même pas les veaux ; alors, Mma, Maman ?

Meuh ! Motus aussi, cette grasse vache qui se dandinait, allongeait du jarret, balançait de la croupe, exhibant son vaste derrière à son veau. Si cette mère à quatre pattes usait du verbe, sûr qu'elle n'aurait pas osé telle impudeur. Toute habillée, le cœur plein de mots, Yaliâm fuyait le regard de Coumba. La vraie liberté serait-elle un privilège des bêtes ? Parfois, de contrainte en contorsion, on en arrive presque à leur envier le pelage ! Sous le joug de *Sapiens*, on manque parfois de souffle pour répéter aux harpies, aux gougnafiers et autres despotes, que la liberté n'est pas une herbe exotique, mais bien le foin indispensable aux âmes, au quotidien ! Hélas, il y a toujours un âne pour mettre les purs-sangs à l'étroit dans l'étable du Seigneur. Mais, si l'écurie les réunit, au trot de l'existence, la distance les départira. Han ! Han ? Tais-toi, avance, au lieu de ventiler le diable avec tes oreilles de bourricot !

Meuh ! Voilà cette sans-gêne qui repassait, déposant délicatement sa bouse fumante devant les promeneuses ! Allez, ouste ! Il y a quand même des limites à la cohabitation, même sur une plage animiste. Allez, ouste ! Une main résolue lança un bout de bois. Des yeux agacés discouraient : « Va brouter ailleurs, au lieu de faire ta Miss Plage ! Tu te crois à New Delhi ou quoi ? Ici, c'est Niodior, tu peux agiter du gigot face à la mer et te prendre pour Gao Mata, sache qu'un jour, nous dégusterons tes entrecôtes ! Meuh ? Dégage ! Allez, ouste ! » Meuh s'éloigna, suivie de son petit, qui avait compris la leçon. Ouste, c'est ouste ! C'est-à-dire, tu peux aller où tu veux, mais n'importe où ailleurs. À deux comme à quatre pattes, ouste n'attend pas les crevettes ni les langoustes, à Niodior, il dégage avant le foin ! Pourtant, la distraction fut bienvenue, puisqu'elle allégea un peu l'atmosphère.

Les silencieuses cheminaient à nouveau, silençant ! Ainsi hermétiques, tentaient-elles de relever un défi contre les huîtres qui pullulent dans le bolong ? Pourtant, leurs coups d'œil semblaient poursuivre un dialogue prolixe. De quel poids le Seigneur leste-t-il les mâchoires, lorsqu'il confisque la musique de son verbe ? Takam ? Takam-takam ! Mais que mâchaient-elles ? Cacahouètes au sel de Djior, chewing-gum gommant Hollywood de leurs rêves ou, peut-être, curaient-elles les dents à la patience qui les dévorait de l'intérieur ? Qu'importe ! Takam ! Takam-takam ! Une langue qui fait un tel bruit, claquant des tapes à l'ennui, sans le moindre mot, est-elle encore humaine ? Meuh ! Parfois, écrasé par ce que la tête engrange sans le distiller en paroles, le cœur stocke une part de sa charge sous le palais. Elles marchaient, la mer ondulait.

À l'ouest, le bleu océanique à perte de vue. À l'est, une verdure luxuriante. Il existe des endroits plus propices à la morosité, mais la beauté du décor ne change aucune note de blues, si ce n'est en l'amplifiant. Silencieux décor au Saloum, impassible théâtre existentiel, les actrices qui cheminaient n'avaient pas choisi leur rôle. De loin, deux femmes flânaient, humant tranquillement les embruns d'une plage paradisiaque, mais le pélican qui les survola avait vu l'air préoccupé qui ombrageait leur visage. Un léger vent soufflait, s'engouffrait dans les boubous. Quand l'une ralentissait le pas pour rajuster sa tenue, l'autre l'imitait, puis elles reprenaient leur petite foulée. Soudain, la plus jeune, vêtue de blanc de pied en cap, se dirigea vers un tronc d'arbre couché en travers de leur chemin ; elle y posa un bout d'étoffe qu'elle avait ôté de sa tête et s'assit dessus, mains croisées autour des genoux. L'aînée, ayant suivi le mouvement, s'immobilisa en face d'elle, piétina un instant tout en tapotant les fesses de l'enfant qu'elle portait sur le dos. Comme l'autre ne semblait pas pressée de repartir, elle s'installa à côté d'elle et lâcha ses premiers mots depuis leur départ du village :

– Coumba, tu devrais te recouvrir la tête.

– Mma ! Tu ne vas pas t'y mettre, toi aussi !

– Non, mais, imagine si quelqu'un te voit ainsi…

– Enfin, Mman ! J'ai au moins le droit de m'aérer la tête. Et puis, qui veux-tu imaginer nous observant sur cette plage reculée, surtout à cette heure-ci ?

– Ma fille, le vent qui nous a dirigées jusqu'ici peut tout à fait y transporter d'autres. En bonne fille de marin, souviens-toi : la vague qui porte les dauphins porte aussi les requins. Alors, même lorsque tu te crois éloignée des indiscrets, tu peux seulement affirmer que tu n'as vu personne, mais ne sois jamais certaine d'être passée inaperçue. Et, tu sais, les gens…

– Les gens, oui, je sais ! Ils pourrissent la vie des gens ! Surtout dans ce village, où certains s'accommodent de leurs punaises tout en épépinant la vie des autres ! Toi aussi, souviens-toi : c'est justement afin de ne pas les flairer que je te demande de m'accompagner jusqu'ici. Alors, s'il te plaît, si tu pouvais les oublier un peu…

– Coumba, ne t'emporte pas, voyons, tu vas réveiller la petite, supplia Yaliâm.

Combien de fois l'innocence des enfants compense-t-elle le courage qui manque aux adultes ? Il n'y avait pas que le sommeil de la petite à préserver. Si les chiens aident parfois les humains à nouer des contacts, la petite Fadikiine, elle, servait souvent de bouclier à sa grand-mère. Silence ! Un ange passa sur le rivage, sans rien changer à l'ordre des choses. Plouf ! Un oiseau plongea, enfoncé par les regards de plomb qui convergèrent sur lui. Il émergea, s'envola, enserrant un cœur palpitant. Laquelle des deux observatrices avait la poitrine vide ? Seule la bise marine le savait, elle qui soulevait le plexus, s'infiltrait par toutes les cavités, desserrait les nœuds à l'estomac et réparait la voix brisée d'émotion. Cette amère mer qui toujours dévore, c'est, aussi, la douce mère qui toujours revigore. L'île ne manquait pas de peaux indatables, et, bien que ravinées par le coulissement des jours, elles ignoraient la retraite et vaquaient à leurs occupations, rivalisant de longévité avec les baobabs. Même les rares grabataires soutenaient que le souffle des ondes de Sangomar prolongeait le leur. Se frottant les narines face à l'Atlantique, Coumba et sa mère ne contrediraient certainement pas.

– Coumba, il serait peut-être temps de rentrer, non ?

– Attends encore un peu, juste un peu.

Fadikiine tapie sur sa colonne vertébrale, Yaliâm attendait Coumba, qui elle-même attendait nul ne savait quoi, à Fandiongue. Yaliâm yalait, berçait, cajolait sa descendance. Les mères du Saloum ont le cœur hamac et des jambes qui défient les fromagers ; elles peuvent avoir en même temps sur le dos leur fille et l'enfant de celle-ci. Elles ne font pas moins pour les fils, qui ne jurent que par leur mère. Trois générations sur les mêmes rotules de Yaliâm, plus que du courage, c'était du dévouement. Yaliâm yalait, Tewmâma ! Ici, quand on a le sourire d'une grand-mère tatouée au menton, qui porte un pagne de tiwâne et sent bon le gonga, on n'est orphelin(e) de personne ! Pour Fadikiine, bien sûr, Coumba regretterait toujours Bouba ; les amoureuses esseulées prétextant souvent la tristesse de leur enfant réclamant son père pour continuer à pleurer leur irremplaçable chéri. Pourtant, Coumba savait bien que sans la présence et l'action qui leur donnent sens, *papa* et *maman* ne sont que de simples mots dans le dictionnaire, que le quotidien finit par passer à la trappe. Avec deux sentinelles, de quoi manquerait Fadikiine ? Sûrement pas d'attention ! Et plus tard, si le riz, le couscous et le poisson de l'île lui conviennent, elle ne saura rien du rachitisme. Ici grandissent des tibias de footballeurs, des biceps de lutteurs, des jambes de naïades et des cœurs de centenaires. Fadikiine *hana fad o kiine* : Fadikiine atteindra taille humaine ! Avec deux sentinelles dévouées, de quoi manquerait-elle ? Elle n'aura pas soif, les sources de Niodior sont cristallines, il y a des potagers, des vergers, on cultive même le savoir dans une multitude d'écoles. Qui mêle de la boue à sa cervelle s'est porté volontaire et ne mérite pas ses ancêtres, lesquels débarrassent même les coquillages de leur vase, tout au long des siècles du bolong. Selon le vœu de son père, Fadikiine marcherait dans les pas de sa mère. Pour le moment, elle découvrait son village par les pas de celles qui la portaient, telle une princesse guelware sur son destrier. Ici, l'horizon d'un bébé commence à la nuque de sa mère, qui porte les bassines d'eau, comme volcan son cratère, son chérubin à califourchon sur ses solides reins. N'est-ce pas le rôle des matriarches sérères que de garder la lignée sur leurs épaules, comment n'auraient-elles pas la résistance des caïlcédrats ?

Ce matin-là, au Saloum, la plage de Fandiongue s'étirant à perte de vue, Neptune couvait les morts, respectait la paix des enfants et rendait la vie aux promeneuses essoufflées par l'existence. D'un trou dans le sable, près des pieds de Coumba, de l'eau jaillissait, faisant poul, poul-poul, comme au rythme de ses veines. Toujours, ce pouls qui pulse, convulse, réclamant son carburant au cœur ! On marche, puis lambine. Requinqué, on s'y remet. S'il n'y a plus de courage, l'orgueil vaut volonté, on appelle ça dignité. Un roi du Portugal ne se traînait-il pas en tenue d'apparat pour cacher ses pustules et difformités qui révulsaient une jeune princesse anglaise ? Comme elles chassent les faux amis, nos faiblesses nous habillent d'orgueil. Il faut bien survivre !

Qu'importe l'état du crâne, une tiare est toujours plus attirante qu'un pansement. On est si beau, quand on se présente tel que l'on se voudrait. Les intègres savent qu'incarner son idéal arrache souvent la peau des fesses, avec le reste de vanité. Mais pleurer ne fait peur qu'aux trouillards, qui n'atteignent jamais leurs limites. Les âmes ardentes savent que pleurer, c'est aussi humain que rigoler, mais pleurer avec détermination. Posologie ? Avec une bonne crise de sanglots, s'installer confortablement, prendre un rouleau de sopalin, à défaut de mouchoirs, plus un bon litre d'eau fraîche ; après, on passe une bonne nuit, en escale de rêve, et l'on se réveille avec un nouveau cap en tête. En avant, marche ! C'est tout aussi héroïque d'admettre ses défaites que de célébrer ses victoires, les unes comme les autres étant généralement éphémères et, parfois, si dérisoires à l'échelle d'une vie humaine.

Enlisée à Fandiongue, Coumba songeait, sa mère s'ankylosait. Ceux qui tombent ne sont pas moins dignes, c'est le sol qui les attire. Non, ceux qui tombent ne sont pas indignes et ne devraient pas faire ricaner les hyènes. C'est qu'ils sont fatigués, or la fatigue étant un état qui fait partie des innombrables compétences de la nature humaine, nul ne peut s'en prémunir. Éreintante, cette lutte pour se tenir debout ! On se cramponne, s'arc-boute, se redresse, arc tendu d'intentions. Des intentions parfois trop lourdes pour les bras. Est-ce la marche qui tue ? Ou bien les monstres qui surgissent de nulle part, surprennent, harcèlent, trucident ceux qui lambinent et font litière de leur rêve de lune ? Parfois, des vieillards mourants accusent le col du fémur d'avoir finalement lâché prise, mais, souvent, des jeunes meurent de trop de fêlures qui n'accusent même pas la durée. Est-ce la marche qui tue ou la volonté de rester debout ? Et ce pouls qui pulse, permanente injonction ! Qu'importe la modestie des impulsions, il s'agit d'avancer, tout arrêt est mortel. Alors, la lenteur, si elle n'est pas la retenue des sages, elle est souvent la lassitude des brebis du Seigneur.

La mer était calme, les vagues déferlaient, pleines de douceur, et se retiraient avec le poids des soupirs. Un tel roulis de soie, les marins en rêvent, mais ils n'ont jamais dit que cela empêche le mal de mer. Or, à tribord comme à bâbord, le poids des épaules joue toujours sur l'équilibre. Tangage ! Pied marin ou pas, par quel bout tenir la vie quand on tangue dans sa barque ? Coumba et sa mère essayaient de se tenir l'une à côté de l'autre. Naviguer ensemble, braver l'océan de la vie, quelle que soit la houle, c'était sûrement le sens qu'elles donnaient au mot *famille*. Assises sur leur tronc de palmier, les yeux sondant l'horizon, les deux insulaires semblaient craindre le Pot au Noir. Coumba cultivait ses propres idées, sa mère en défendait d'autres, leur relation était devenue un navire ingouvernable. Anticyclone des Açores pour l'une, anticyclone de Sainte-Hélène pour l'autre, leurs trajectoires respectives les vouaient à l'affrontement. Pourtant, braves filles de marin, elles ramaient ensemble, persuadées qu'avec un peu de jugeote, elles échapperaient aux cumulonimbus. Fadikiine s'était rendormie. Bercée par la lente marche, puis, saoulée d'air marin, elle profitait de la paix du lieu. Tirée de sa couche à l'heure où le loup rôdait encore avec les Nakwé, la petite partageait la promenade de sa mère, encotonnée dans le dos de sa grand-mère, comme à l'accoutumée.

– Coumba, nous devrions rentrer maintenant. Sinon, nous risquons d'arriver au village au moment où les rues grouillent de monde.

– Oui, et alors ? Ceux que nous croiserons ignorent-ils que les autres ont la même liberté qu'eux de circuler ?

– Non, mais ta cérémonie de dévoilement n'aura lieu que la semaine prochaine, peut-être qu'ils s'étonneront de voir une veuve traverser le village à l'heure du marché.

– Eh bien, qu'ils s'étonnent, ils ne seront pas les seuls ! Voilà quatre mois et trois jours exactement que je vis recluse, ne sortant qu'en catimini, seulement pour aller au puits, quand il fait nuit, ou venir ici avec toi, quasiment à l'aube ! Moi aussi, je m'étonne de ce code comportemental que l'on m'impose et que tous se chargent de me rappeler ! Couvre-toi la tête – Fais ta prière – Une veuve ne traverse pas la foule –, j'en passe et des meilleures ! On dirait que vous vous êtes passé le mot pour me casser les pieds. Franchement, Bouba, au nom duquel on m'inflige un tel régime, il aurait trouvé toutes ces astreintes excessives. Lui, si libre, si laïque…

– Coumba, ressaisis-toi. Partons, des gens pourraient passer chez toi en ton absence. Je sais bien que la période que tu traverses n'est pas facile, mais, au lieu de t'agacer inutilement, essaie de t'y faire, c'est presque fini.

– M'y faire ? Mais me faire à quoi, justement ? À la perte de mon mari ou au harcèlement qui s'ensuit ? Car il faut bien distinguer les deux !

– Coumba, tu ne peux pas séparer les choses ainsi, les gens viennent te voir par compassion.

– Ah oui ? C'est aussi par compassion qu'ils complotent et désignent déjà qui jeter dans mon lit ? Et toi, avec ce Diégâne ! C'est ta fixation ou la sienne ? Tout ça, parce que ce compassé, qui ose à peine me regarder dans les yeux, te couvre de salamalecs et de cadeaux. Je te préviens, arrête de l'emmener chez moi ! Surtout avec son perroquet, qui veut forcer des couples alors qu'il n'a toujours pas su convaincre une femme pour lui-même. D'ailleurs, leurs visites étant toutes intéressées, de quel soutien les remerciais-tu si abondamment ? S'ils regrettent vraiment Bouba, pourquoi sont-ils si prompts à lui imaginer un remplaçant ?

– Ce sujet est peut-être prématuré pour toi, désolée. Mais j'ai cru comprendre que l'idée de Wassiâm ne t'enchantait pas tant que ça. Alors, j'ai pensé qu'il valait mieux que… Que tu… Euh… Enfin, Coumba, dans ton cas, tu sais bien comment les choses se passent généralement ici…

– Oui, généralement, ponctua Coumba d'un ton las.

Toujours assise, elle se tourna de nouveau, complètement, vers la mer. La terre l'intéressait-elle encore ? Offrant sa nuque à la verdure, Coumba scrutait la mer, sa mère l'observait, se demandant ce qui pourrait redonner le goût de vivre à sa fille. Un pélican les survola, le bec dilaté, lourd de sa pêche. Lui, au moins, il savait comment boire la mer sans y laisser des plumes. Ce matin-là, les humains qui suivaient son sillage des yeux ne lui enviaient pas sa prise, mais bien sa légèreté. En mer comme à terre, qui relâche l'effort coule à pic. Le tronc d'arbre sur lequel les deux femmes croyaient se reposer avait surtout brisé leur élan, les arrimant au sol. Partir, ce n'est pas qu'un désir, c'est aussi une volonté, Coumba ne l'avait plus. Le soleil lui en fit bientôt l'obligation. Au Sahel, parfois, quand la jument galope, c'est que le soleil file des coups de cravache au cocher. Athia ! Heuy, athia waye !

– Coumba, il commence vraiment à faire chaud, surtout pour la petite. Allons-y.

Depuis la pointe sud-ouest de l'île, elles devaient traverser des champs de mil, vers le nord, passer une vaste prairie sur laquelle mordaient les premières maisons, en réalité les plus récentes constructions ; ensuite, elles fouleraient la dune de Diongola, puis couperaient le village en deux jusqu'à la maison de Coumba. Même après une cure d'oxygène, un tel périple coûte au moral autant qu'aux jambes, surtout avant le petit déjeuner. Pagnes remontés jusqu'en haut des mollets, mère et fille se succédaient. Elles avançaient, évitant les lianes. L'aînée n'avait pas manqué de rappeler que, d'après la superstition locale, la veuve ne devait pas se mettre en queue de peloton, par peur que l'esprit de son défunt époux ne lui apparaisse et l'invite à partir avec lui. Mais Coumba tenait à marcher derrière sa mère, afin de garder un œil sur son enfant qui voyageait sur le dos de la doyenne. En effet, dans la broussaille, elle éloignait toute branche qui menaçait d'égratigner Fadikiine. On vante bien l'intelligence, mais la beauté n'est-elle pas aussi un atout que toute mère souhaite à sa fille ? Coumba prêtait une grande attention au visage de sa fille. Elle savait qu'un jour des menteurs patentés lui diraient ne s'intéresser qu'à la beauté intérieure, alors que la perfection d'une poupée gonflable les attire plus qu'une disgrâce sur le front de Minerve. La brousse s'était réveillée, les oiseaux chantaient de plus belle, mais les marcheuses n'étaient pas d'humeur à causer aux youyous. Des singes verts jouaient à cache-cache ; épiant les humains, ils criaient des moqueries : « Akh ! Vous, là-bas, akh, akha ! Quelle mine de chien battu, akh, akha ! » Idiots de singes, songea Coumba, toujours à gratter du poil comme à l'âge de pierre ! Que ne s'épouillent-ils en silence ? La rosée du matin s'était déjà évaporée. Et le sable de l'île n'épargne pas aux pieds le feu qu'il reçoit du soleil. Il fallait accélérer le pas. Tcheuh, athia ! Heuy, athia waye !

Le temps de situer la voix, une charrette déboula sur leur chemin, elle était peut-être commandée par la sollicitude du pélican, désolé du poids qui écrase les humains.

– Bonjour, mesdames ! D'où venez-vous ? Vous êtes en route pour le village ?

– Bonjour, Simèl. Oui, nous rentrons de, euh… nous rentrons. Vous rentrez aussi ? Eh bien, vous aussi, vous êtes venu tôt…

– Oui, j'étais à Diakarwète, voir les bergers, mais, en rentrant, j'ai longé la plage, espérant croiser des amis qui viennent souvent le matin pêcher par ici…

Simèl était parti à l'aube jeter un regard sur son troupeau. Les animaux ne manquaient pas de pâtures avec leurs nombreux petits, son année s'annonçait faste. Il n'y avait plus qu'à bien surveiller les bovins, surtout, les garder loin des champs jusqu'à la fin des récoltes. Disposant de son propre cheval, il effectuait régulièrement de brèves virées pour s'assurer de leur position. Mais c'était aussi son goût de la nature qui l'envoyait dans cette brousse, dont il appréciait le calme par la fraîcheur matinale. Au lieu de monter en selle, il préférait atteler sa charrette, car il rapportait parfois du bois de chauffe. Comme, ce jour-là, il n'était pas chargé, il déroula complètement sa natte sur les planches, pour le confort de ses chanceuses passagères.

– Venez. Tante, montez. Coumba, attrape ma main ; ça va ? Installe-toi bien ; attention à la petite, les arbustes sont encore hauts. Allons-y. Heuy, tcheuh, athia !

– Merci, mon fils. Dieu vous bénisse ! Quel service vous nous rendez là ! Merci beaucoup. Que le Seigneur vous récompense de votre bon cœur, qu'Il vous préserve de…

Qui médirait de la providence ? Mais tout de même !

Compte tenu de l'âge du bonhomme, le même que Bouba, et de la thématique devenue récurrente au village, cette rencontre était-elle tout à fait fortuite ? Derrière son voile, Coumba n'en était pas si sûre. Pendant que Yaliâm se répandait en prières, remerciant, simant Simèl, le trop aimable bienfaiteur, la jeune veuve se réfugia opportunément dans son rôle de mère. Tapotant, cajolant, elle n'avait ni d'yeux ni d'oreilles que pour Fadikiine, qui – malheureusement ou fort heureusement – commençait à s'agiter sur le dos de sa grand-mère. « Fadikiine timi, ne pleure pas, Maman est là, chut. » Le soleil faisait déjà perler la sueur sur le front de la petite, et si les adultes n'échappaient pas au chalumeau du Seigneur, eux non plus, leurs tempes brûlaient d'un tout autre feu. Heuy, tcheuh ! Athia ! Puis, silence. Docile, le cheval avançait calmement vers le village, mais d'indomptables pensées le devançaient, qui se cabraient, cabriolaient, cavalaient jusqu'à Adiaguediâkh. Combien de fois les humains voyagent-ils ainsi, derrière eux-mêmes ? Là-bas, à Adiaguediâkh, où l'on pèse l'orgueil des hommes et les mystères de leur âme, les pélicans ont vu des chevaux morts sous le poids de leur cocher.

– Heuy, tcheuh ! Athia waye !

Hey, silence, Simèl, silence waye ! pensait Coumba, silence, puisque ton cheval connaît bien son chemin. Mais, toi ? Cherchant tes pêcheurs imaginaires, attrapant la main d'une veuve, es-tu sûr d'avoir vraiment pris le tien ? Les bêtes trouvent facilement leur chemin ; pourquoi pas les humains ?

XIX

Demain ! Ce mot désigne l'adresse de la lune. Destination, la lune ! Comment accède-t-on à cette calebasse pleine à souhait ? Même le facteur n'y va jamais. Qui livre l'abondant courrier des anges gardiens ? Demain, que ferons-nous demain ? Où irons-nous, toi et moi ? Que deviendrons-nous, sans ton papa ? s'interrogeait Coumba en dorlotant Fadikiine. Plus qu'à sa propre vie, elle songeait au moyen d'accompagner sa fille vers le bonheur, là-bas, à Adiaguediâkh.

Fixant le cap, les marins discutent de leurs futures escales en démêlant voiles et filets, surtout, ils n'oublient pas cartes et boussole. Les meilleurs emportent même équerre et compas ; il faut de quoi jauger l'océan et séquencer l'horizon. Sur le point d'embarquer pour sa nouvelle vie, comment Coumba s'outillait-elle ? Elle disposait d'assez de papier et ne manquait pas de crayons pour écrire mille rêves, mais elle se passait d'équerre, son quotidien refusant les lignes droites. Insupportable, cette manie du Maître des flots, de toujours forcer tout esquif à virer de bord ! Terrible tangage ! Les humains sont pris dans un voyage au long cours, et ça tangue tout le temps. Qu'importe la saison, tout sillage en partance de Sangomar bifurque ou se brise avant Gibraltar, et inversement. Est-ce une question de lune ? Ça tangue tellement ! Avec toutes les vagues scélérates, chaque jour menace de précipiter le courage par-dessus bord. Le mal de mer n'épargne personne, même pas les cocotiers. Les turbulences sont parfois pires à terre. Ça tangue, encore et encore ! Sur l'océan de la vie, ça tangue à vous réduire l'estomac en centrifugeuse. Avec le goût de sel des jours de tournis, les sadiques vous proposent une tranche de citron contre la nausée, alors qu'il faudrait plutôt une bassine de chocolat chaud, à défaut d'un bain de miel. À vos gilets de sauvetage, si vous en avez ! Sinon, faites un pari sur votre vie, à la fin du courage, l'instinct de survie pourrait vous le gagner ! Bon vent !

Avec ses rondes joues pleines de vie et ses petites mains qui rendaient leur force aux bras fatigués, Fadikiine évitait la noyade à sa mère. Il faut dire que son sourire hypnotisait le diable qui soulève les vagues et ses yeux scintillaient assez pour chasser tous les monstres tapis dans le noir. Qui pouvait redouter de cheminer, escorté par un tel ange gardien ? Avec Fadikiine, Coumba avait tous les courages, y compris celui de choisir son itinéraire. Par-ci ou par-là ? Ce n'est pas la famille ni la tradition qui en déciderait pour elle. Ce ne sont pas que ses convenances personnelles qui dictaient sa conduite, l'avenir de Fadikiine l'orientait calmement, mais fermement. Regardant sa fille dormir ou s'agripper à tout ce qui frôlait ses mains, Coumba se projetait jusqu'à Adiaguediâkh. Là-bas, au-delà des jours de combat, les assoiffés se désaltèrent, les affamés se rassasient, c'est la destination rêvée des inassouvis, tels qu'une amoureuse éplorée et sa fille orpheline. Là-bas, demain, Coumba ferait fleurir ce qu'elle avait semé avec Bouba. Lorsqu'elle imaginait son luxuriant champ de fleurs, une petite musique battait en sourdine dans sa poitrine. Bon vent ou attention ?

Que murmurait son cœur, après chaque vœu ? Musique ! Devait-elle chanter un gospel ou bien imiter les derviches tourneurs ? Coumba méditait, souhaitait, suppliait le Seigneur. Musique ! Kora et violoncelle concertant le désarroi ? Ou tabala et tambourin tamtamant à la porte du Ciel ? Il n'y a pas de culte sans musique, ne serait-ce que la mélodie des prières, même silencieuses. Quand la vie tangue, seules les cordes des instruments de musique restent rectilignes, sûrement afin de porter directement la supplique des hommes aux oreilles du Seigneur. Lèvres serrées, regard fixe, la mère de Fadikiine expédiait son courrier, là-bas, sur la Lune. Gospel ou fado ?

Coumba aurait voulu finir sa réclusion dans une méditation constructive. Mais, si la nuit se faisait complice, la journée ruinait sa tranquillité. Tangage ! Et rien n'y faisait, c'est le village lui-même que l'Atlantique ballottait ! Coumba ne pouvait se soustraire aux diverses perturbations, des vagues d'émotions la surprenaient sans cesse. Maintenant qu'elle entamait sa dernière semaine de veuvage, la famille et les proches préparaient la cérémonie de dévoilement, les prétendants trépignaient au cirque du Seigneur. À travers le village, les conciliabules allaient bon train. Les jacasseuses qui, au début de sa viduité, la jugeaient au bord de la folie, la trouvaient maintenant assez normale pour lui supputer un futur mari. Les messagers passaient, moins discrètement, chacun plaidant ardemment pour son poulain et médisant sans réserve sur ses rivaux. Avec les siens, Wassiâm défendait toujours le lévirat, elle y tenait mordicus. Non contente de battre en brèche toute opinion contraire, elle menait campagne.

Elle cherchait, recrutait le plus d'alliés possible, afin de contraindre la jeune veuve à devenir la troisième épouse de son beau-frère, or les belles-sœurs de Coumba montraient les dents, déjà amères comme des rivales. Certains reprochaient à ces dames leur attitude, mais elles avaient de solides arguments : vivant d'un modeste champ de céréales et d'une aléatoire pêche, leur mari n'était ni Crésus ni même son lointain cousin, leur double kyrielle de bambins n'avaient nul besoin d'autres frères et sœurs, or Coumba était encore jeune. D'ailleurs, que pensait leur époux de l'attelage que proposait sa mère ?

Fils aîné de Wassiâm, l'hypothétique mari de Coumba restait sourd aux piques de ses deux épouses. Bien qu'au centre des débats, il gardait son parapluie contre tous les postillons. D'une part, il évitait de s'opposer à sa mère, par peur de l'esclandre ; d'autre part, il ne voulait pas donner à ses épouses l'impression de céder face à leur courroux, encore moins passer pour un faible aux yeux de ses pairs. Mais, surtout, il n'osait faire aucune proposition à la première concernée. Trop fier pour risquer un revers, il attendait d'être servi, avant d'avouer son appétit. Se la jouant bon fils, ce godillot laissait sa mère et les siens échafauder les plans de son propre avenir. Et on ose dire que ce sont les hommes qui portent le pantalon sous les tropiques, alors que certains demeurent les poupées de chiffon de leur harpie de mère ! Féminisme ou pas, la polygamie perdure parce que les mères possessives préfèrent voir leur fils en chef de harem, intraitable chef de meute, plutôt qu'heureux, avec une seule princesse régnant dans son cœur, loin des griffes de Maman. Wassiâm était insidieusement passée de mère salvatrice à castratrice. Mais, qui oserait inventer une balance pour l'amour d'une mère ?

En général, plus vous le soupesez, plus vous éloignez votre chéri(e).

Conseillers matrimoniaux auto-désignés, les Métamorphosés défilaient de demeure en demeure, métamorphosant la parole divine en assommoir pour briser la nuque aux récalcitrants. Coumba devait entendre raison, déclaraient-ils, péremptoires. Squattant la vie d'autrui, pérorant sans trêve, ils justifiaient le projet cher à Wassiâm. Leurs arguments ? Ils ne valaient pas mieux qu'un manche à balai entre les mâchoires ! Même les ânes qui ahanaient dans la cocoteraie voisine avaient assez de perspicacité pour les réduire en miettes. Aussi, Coumba leur déléguait-elle sa parole. Han, han ! Cela vaut bien Hum-hum. Sinon, DUDS ! Mais, que voulait Coumba ? lui demandait parfois Wassiâm, qui n'appréciait pas qu'elle affichât un air bougon devant ceux assez généreux pour venir, non seulement la soutenir, mais aussi préparer son avenir. Sachant que sa réponse déplairait encore davantage à son interrogatrice, Coumba ne bronchait pas, au mieux, elle lui adressait un battement de cils qui signifiait « Arrête de m'inspecter l'œil ! » Après tout, de quel bois doit-on être fait pour reprocher à une veuve sa sombre mine ? Dans l'après-midi, lorsque les prêcheurs se levaient comme un seul homme et se rendaient à la mosquée, Coumba restait immobile. Enfin seule, elle respirait profondément et laissait libre cours à ses pensées. Le menton au creux de la main, son regard patient détaillait le décor. Tout lui semblait à la fois familier, et pourtant si étrange. Que faire de cet encombrant intérêt que ses jupons suscitaient, malgré elle ? Surtout, que faire face à l'érosion des libertés ? réfléchissait-elle. Et si la voix de Wassiâm ne venait couper le fil de sa pensée, elle aurait sûrement tissé des cotonnades jusqu'au crépuscule :

– Coumba, as-tu fait ta prière ?

– Hum-hum.

– Tu sais pourtant qu'il est l'heure ! Même ceux qui étaient à la mosquée sont déjà de retour. Ben, alors, qu'attends-tu ?

Coumba attendait peut-être que la terre lui soit plus légère que l'impérieuse volonté des autres. Eh bien, non ; même harassée, le repos dont elle rêvait ne pouvait être celui-là, car elle ne se reconnaissait pas le droit de fausser compagnie à Fadikiine ; déjà que son père lui manquerait dans ce monde où certains mâles veulent tout dominer au nom de Dieu, qui les recevra sûrement à coups de poing. Coumba tenait bon pour Fadikiine. Alors, quand sa belle-mère se faisait muezzine, elle se levait, trottinait jusqu'à sa bouilloire d'ablutions, puis, debout sur sa natte, elle voyait son désespoir s'étaler devant elle. Résignée à satisfaire Wassiâm, ainsi que toute la belle-famille, en accomplissant ce que Bouba n'aurait jamais exigé d'elle, Coumba s'en voulait de conforter ainsi l'emprise croissante des Métamorphosés. Complice, pourtant malgré elle, Coumba se le reprochait. Seule, elle se désolait, réfléchissait. Comment freiner ces nouveaux zélés ? Face aux ténèbres qui s'abattaient, s'étalaient, quelle pouvait être l'issue de secours ?

Le Sénégal a inscrit dans sa Constitution la sagesse de la laïcité, qu'il alphabétise donc tous les bénéficiaires. En cette République – héritée d'une fusion de royaumes sous la houlette d'un Orphée noir, l'enfant de Joal –, il serait bien que tous les successeurs du Poète président maintiennent son esprit conciliant. Utopiste, bâtisseur d'une liberté fraternelle, ce Léopold-là n'a fait aucun mal au Congo ! Ce

Léopold-là n'a fait aucun mal à l'humain, qu'il rêvait grand, c'est-à-dire éclairé et fraternel. Chrétien, mais humain d'abord, Senghor visitait églises et mosquées, respectait toutes les croyances, sans jamais renier le bois sacré qui avait fait de lui un Sérère, une créature de Roog Sène, dont l'humanité englobait l'arc-en-ciel. Senghor, mondialiste avant la mode ; à l'humanisme qu'il tenait déjà de son sage oncle, Tokô Wally, il ajouta les indéniables vertus de la symbiose reçues de Pierre Teilhard de Chardin. Pélican, Senghor ne craignait pas l'horizon, il étudiait, respectait, aimait, additionnait les terres et leurs savoirs, n'excluant jamais personne. Quand d'autres causaient craniométrie, il propageait l'humanisme. Conscient des tragédies de l'histoire, il prônait le dialogue et tenait le ressentiment pour une défaite de la fraternité. Plus grand que l'Afrique et l'Europe, son cœur hébergeait l'universalité. Cet Africain-là savait que, solidement ancré, le caïlcédrat ne craint pas d'ouvrir ses bras aux quatre vents ! Sédar, Kôrmâma, djoundjoung ndjinaname ! Flux et reflux ? Qu'importent les bourrasques et les marées de boue, son rêve ne se perdra pas ! À Sangomar, à Nantes, en Alabama comme à Yokohama, la lumière ne coule pas, ne s'enterre pas, même si les Métamorphosés de tous poils la chassent à coups de sabots. Qui, qu'ont-ils enfoui à Bel-Air, au Sénégal, en décembre 2001 ? Sûrement pas le feu de bois des veilleurs ! Sa flamme montera toujours vers Sirius !

Veillant, Coumba s'éclairait et pas qu'à la lampe tempête. Au village, la laïcité étant gobée par un gros silure au fond du bolong, Wassiâm n'était pas seule à se conformer docilement aux desiderata des Métamorphosés. Presque toutes les maisons les accueillaient, comme les rizières s'aplatissent sous une coulée de boue. Aussi prosélytes qu'intrusifs, ils quadrillaient le village, chevauchaient les dunes du matin au soir, tirant leur chapelet jusque dans le boudoir des autres. Patient, As-Sabur, très patient, le Seigneur ne les précipitait pas dans un puits ! Sa clémence n'allait pas gâcher l'eau aux gosiers innocents qui se desséchaient à force d'avaler des injustices. Alors, comme Coumba ne voulait pas se laisser mourir de soif, elle se rendait fréquemment aux sources. Pour elle-même, certes, mais surtout pour Fadikiine, sa nuque devait supporter le ciel bleu qui flottait dans sa bassine. Les pieds secs, la bouche rouge de cola, les Métamorphosés parcouraient l'île, allumaient plusieurs feux à la fois, fumaient leur poisson pourri dans toutes les cours, enfumant les ouailles du Seigneur, et ce sans répit. Ce n'est pas une lampe-tempête qu'il fallait pour éclairer la route de Coumba, mais l'étoile du Berger et toutes les pléiades. Elle devait absolument parler à Bouba, mais, pendant ces jours de chambardement, Sangomar avait laissé ses nuits désespérément ordinaires, malgré ses longues invocations. Elle commençait même à se poser des questions sur l'efficacité de son sortilège. Mais une Sérère descendante de Ceddos, une fille de Râ, peut-elle douter longtemps de la permanence de Sirius ? Un soir, à l'heure où le sable de l'île oublie l'ardeur du soleil, Coumba invoqua ses ancêtres et le djinn protecteur de Niodior avec une ferveur redoublée :

– Sangomar, moi, Coumba, l'enfant lavée dans tes eaux, je reviens vers toi. Ce matin, j'ai versé secrètement du mil et du lait caillé pour toi et Mâmayiin. Sangomar, ô roi des ombres, Bouba est dans ton royaume ! Humblement, je te demande sa voix pour trouver ma voie. Sangomar, au nom du pacte qui te lie à Mâmayiin, je te demande la vue qui traverse la nuit. Sangomar, je t'en supplie, rends-moi mon mari, ne serait-ce qu'un soir…

Sortilège ! Immortels, les aimés ! Ils illuminent la nuit de leur présence ! Dans la nuit du Saloum, une luciole signala le passage d'une belle âme. À l'heure où le hibou prête sa voix aux Nakwé, Sangomar prêta la sienne à Bouba, au grand bonheur de Coumba. Mais, dès la fin des salutations, elle se lança dans un long compte rendu. Son manque de Bouba, évidemment, les incroyables progrès de Fadikiine, puis les derniers événements, l'effervescence au village au sujet de son avenir de femme, mais surtout, les manigances de Wassiâm et les commentaires des Métamorphosés, qui laisseraient Bouddha perclus de culpabilité…

– Bouba, je te passe les détails ! Mais tu sais que c'est bientôt la fin de ma réclusion, et comme je n'accepte pas qu'ils diligentent ma vie, ils me reprochent maintenant de ne pas respecter nos valeurs. Kôrmâma, dis-moi, que dois-je faire, dans tout cet embrouillamini ? s'interrompit-elle soudain, émue.

– Coumba, ma douce, calme-toi. Il n'y a pas de quoi s'inquiéter. Tu le sais, je ne voulais que ton bonheur, rien que notre bonheur. Tu dois continuer à le défendre, pour toi et notre fille. Oublie ma mère et les Métamorphosés, qui ont achevé de l'enténébrer. Ces gens ignorent presque tout de Cheikh Anta Diop ; et de Senghor, ils ont seulement retenu qu'il est sérère et notre premier Président, or le poète qu'il était surpasse largement l'homme de pouvoir qu'ils gardent en mémoire. Alors, de quoi se souviennent-ils d'eux-mêmes ? Ce n'est pas toi, ma douce, qui trahis nos valeurs, ce sont eux qui, malheureusement, passent par-dessus et ne savent même plus où ils vont ; c'est ce que m'a dit le vieux pêcheur quand j'en ai parlé avec lui, j'espère d'ailleurs qu'il viendra ce soir. Trace ta route comme tu l'entends.

– Tout serait tellement plus simple si ta mère pensait comme toi. Je me souviens que tu me parlais souvent de propos de Senghor ; son idée c'était : pas de développement ni d'avenir sans l'éducation, sans la culture…

– Eh oui ! Ma douce Coumba, en voilà un antidote à la bêtise ambiante sur le sable chaud : chaque fois que les Métamorphosés essaieront de t'imposer leurs œillères, il te suffira de penser à Senghor pour t'élancer vers l'immense horizon qui t'invite.

– Oui, c'est vrai, Bouba ! Qui n'admire pas la puissance d'un tel homme n'a qu'à prouver la sienne en déboulonnant les palmiers avec ses dents ! Senghor y parvenait, rien qu'avec son esprit. Dire qu'il se trouve aujourd'hui des ingrats pour lui chercher des grains, autres que de beauté !

– Eh oui, ma douce ! Les ânes ont tout juste assez d'intelligence pour mordre le mors et obéir à la cravache. Qui leur en veut de manquer d'égards pour la main qui leur ôte la selle s'abaisse à leur niveau. Avec les ailes de son esprit, le pélican de Joal-Fadiouth les libéra, non pour leur reconnaissance, aussi courte que leur pelage est ras, mais au nom de l'altitude humaine qu'il visait pour tous.

– Ah, mon Bouba ! Djoundjoung pour Sédar, Kôrmâma ! Sédar, diokandial, merci, Kôrmâma ! Par ici, les musiciens ! Koras, djoundjoung et pélinguères, j'imiterai sa diva, Yandé Codou Sène ! En sérère, en français et même en diola, je n'ai que dithyrambes pour Sédar Senghor, tout comme pour Aline Sitoé Diatta ! Et Sangomar hantera qui mal y pense ! Dans la nuit du Sine-Saloum, parfois, une luciole scintille et ça vaut roulement de djoundjoung : elle indique un sillage de lumière, partant ou revenant de Sirius, c'est Sédar, Kôr-Colette-Muse-de-Normandie. Léopold-Gnilane reliant ses deux mondes. Djoundjoung, Sédar Sédè, Kôrmâma ! Nguirofo, djoundjoung ndjinaname !

– Eh ben ! Ma douce Coumba, dois-je être jaloux ? Ainsi, mieux que moi, Senghor te met en joie, au point que tu chantes ses louanges, comme déclamant un *Bâkeu* pour galvaniser un lutteur sérère ! Tu n'as plus qu'à danser *I Wongla* ! Sais-tu que parfois je croise Senghor, par ici ? Il écrit toujours et continue d'espérer que la poésie change le monde, c'est à croire qu'il prend les poètes pour des saltigués ou des magiciens. D'ailleurs, il ne reste pas en place, comme le roi Sihalebe, c'est un vrai courant d'air. Il court le monde, souffle aux oreilles des vivants, puis revient. Je pourrai donc lui transmettre ta déclaration d'amour, si tu veux me rendre jaloux.

– Tu peux même l'embrasser pour moi, Kôrmâma ! Mais aucune raison d'être jaloux ; n'est-ce pas ton idole devenue mienne, grâce à tes discours ? C'est le génie des poètes, disais-tu, que de nous relier par le cœur et l'esprit.

– Bonsoir mes enfants ! C'est moi qui vous rendrai jaloux tous les deux…

– Coumba, regarde qui est là ! lança Bouba. Comme je l'espérais, le vieux pêcheur est venu. Bonsoir Mâma.

– Bonsoir Mâma ! sourit Coumba. Ça fait plaisir de vous voir, depuis que vous avez quitté le sable chaud, c'est la première fois…

– C'est vrai Coumba, comment allez-vous ? Content de vous voir aussi. Bouba m'a dit que vous avez un enfant, une fille, veillez bien sur elle. Elle apprend déjà à marcher, c'est bien. Debout, elle est déjà *o kiine*, une personne ; il vous reste à veiller à son accomplissement, jusqu'à Fadokiine. La route est longue, ne vous habituez pas trop à venir ici. Apprenez à suivre votre chemin sur le sable chaud, avec la petite. Enfin, ce n'est pas le sujet de ce soir, me semble-t-il. Alors, les amoureux, je ne vous gâcherai pas votre tête-à-tête, je ne faisais que passer. Bouba, quand tu auras fini, Sihalebe, Pauline et Amanda te cherchent sur l'autre façade de l'île. Ils t'attendent là-bas, autour du feu de bois.

– Mais, où allez-vous ? osa timidement Bouba.

– Eh bien, les enfants, je vous disais tantôt que c'est moi qui vous rendrai jaloux l'un et l'autre. Figurez-vous que j'ai rendez-vous avec Senghor, j'y vais de ce pas. Il part souvent chercher des poètes sur le sable chaud pour transmettre ses pensées, mais ici, il écrit quelque chose qu'il appelle, je crois « Les Veilleurs de Sangomar ou Nocturnes confidences sangomariennes avec Mâmayiin », enfin quelque chose dans ce ton, vous le connaissez, avec son inimitable expression et ses versets longs à vous bloquer les bateaux entre Sangomar et Gibraltar. Quand il est fatigué d'écrire, nous nous promenons au bord de mer ou visitons la parentèle. Vous savez, non seulement nous avons le même âge, mais nous sommes arrivés ici la même année. Hier, nous étions chez ma mère, ce soir, nous rendons visite à son oncle adoré, Tokô Wally. Il n'arrête pas d'interroger ce pauvre homme sur la tradition sérère. Il se comporte toujours en étudiant, c'est sûrement ce qui lui vaut sa sagesse. Voyez, les enfants, se disputant l'enveloppe et pas la missive, les politiciens croyaient le garder à Dakar, à Bel-Air, loin des siens, eh bien, c'est peine perdue ; les Pangôls de Mâmayiin ne l'entendaient pas ainsi ! Sédar Senghor a bien rejoint ses ancêtres au royaume des ombres, ici, à Sangomar. Au fait Coumba, je lui transmettrai vos salutations, et pour la déclaration d'amour, je laisse Bouba en décider quand ils se verront. Bon, j'y vais, les enfants, Coumba, partez à temps, la route est longue, dit-il en s'éclipsant.

– Senghor, murmura Coumba. Tu sais, Bouba, penser à lui me rapproche de toi, me réconforte. Et du réconfort, j'en ai eu souvent besoin, ces derniers mois. Kôrmâma, me retrouver sans toi, c'était déjà terrible, mais ne pouvoir disposer de mon espace intime pour digérer mon chagrin, à cause des Métamorphosés, c'était une douleur supplémentaire. Alors, je me taisais et pensais à mon géant. Je me disais, si seulement Bouba revenait…

– Et si j'étais revenu, ma douce, j'aurais réglé leur compte, non seulement aux Métamorphosés, mais aussi aux enquiquineurs de ma parentèle qui se sont permis de priver ma chérie d'oxygène.

– Je te reconnais bien là ! Kôrmâma ! Comme tu le disais souvent, pour un Sénégal en paix, il faut des héritiers dignes du bel esprit de Senghor.

– C'est vrai, ma douce, assez de ténèbres ! Certains importent des dieux comme du riz thaïlandais, malheureusement, c'est moins digeste, surtout pour les analphabètes. Or l'esprit est plus difficile à soigner que l'estomac. Imagine l'Afrique noire sans ces religions qu'on lui plaque, telles des bandes adhésives sur d'incurables plaies ! Imagine nos îles du Saloum sans bataille de clochers ni compétition de prêcheurs, mais avec l'harmonie du culte de nos ancêtres ! Une telle Afrique, ma chère Coumba, je ne dis pas que ce serait un havre de paix, mais ses enfants occuperaient leur place au monde avec plus de dignité. Parce que mieux ancrés dans leur culture, ils seraient sûrement plus fiers d'eux-mêmes.

– Bouba, tu ne crois pas si bien dire ! Imagine seulement, je suis obligée de me cacher pour invoquer Sangomar et les mânes de nos ancêtres ! Comme si nous devions avoir honte d'assumer notre culture négro-africaine, tout en imitant, sanctifiant, encensant celle des autres, que certains des nôtres ne maîtriseront même pas dix mille ans après l'Hégire ! On affuble maintenant l'animisme de nos ancêtres de toutes les tares, mais c'était une religion pacifiste et écologiste qui ne hiérarchisait pas les humains. Ce n'était donc pas si mal !

– Oui, en effet ! Je ne dirai pas, comme les ankylosés du cortex, que c'était mieux avant, certains changements étant parfaitement bienvenus, mais disons, et sans le moindre complexe, que l'animisme c'était Nous, vraiment Nous, avec notre âme africaine, le noyau de notre être. Ôte la graine des arachides, les coquilles vides ne nourrissent même pas les ânes, comment pourraient-elles vitaliser l'avenir de l'Afrique ? Ma chère Coumba, chacun se rassure en se reconnaissant dans son miroir ! Et si l'Afrique noire se souvenait d'elle-même au lieu de suivre le chant de toutes les sirènes, elle se porterait peut-être mieux ; sa mémoire ne manque pas de modèles pour inspirer sa jeunesse.

– Kôrmâma, il faudrait peut-être que les djoundjoungs réveillent cette mémoire ! Alors, djoundjoungs pour Soundjata Keïta, Chaka Zoulou ! Djoundjoungs pour Maad Saloum, de Mbégan Ndour à Fodé Ngouye Diouf ! Djoundjoungs pour Maad a Sinig, Coumba Ndoffène Famak Diouf reste debout dans les mémoires, comme Lat-Dior et Sihalebe Diatta ! Pour inspirer leur peuple, lui garder son port de tête, ceux-là étaient restés eux-mêmes, tout comme Louis XIV. Kôrmâma c'est aussi ce même vœu que je ne cesse de formuler secrètement, surtout pour l'avenir de Fadikiine. Dans quelle société vivra-t-elle, adulte ? Quel sera son état d'esprit, sa vision du monde, sa manière de vivre son identité ? Car de cela dépendra son rapport aux autres, c'est-à-dire sa manière de s'affirmer humaine, digne ou pas, parmi ses semblables.

– Je ne m'inquiète pas, ma douce, j'ai entière confiance en toi pour la guider. Nous parlions souvent de Justice et de Liberté ! Si tu restes fidèle à ces valeurs cardinales, la petite aura ta jolie tête de mule et ta curiosité. Elle refusera la soumission, n'aura pas peur de l'horizon, et la rencontre des autres la révélera à elle-même. Ce qui menace l'Afrique, ce n'est pas la rencontre d'autres peuples, mais l'amnésie. Un jour, j'ai demandé conseil au vieux pêcheur, concernant l'avenir de notre fille, il m'a simplement dit : « Pour fixer un cap, il faut bien situer son port de départ, sinon, on tourne en rond. » S'enrichir des autres, additionner les cultures ne dénature personne, c'est l'oubli de soi qui dissout les êtres. Ma douce, si tu gardes le pas ferme, demain, Fadikiine sera humaine accomplie, à l'aise avec tous et partout.

– Le pas ferme ? Kôrmâma, dans l'arène où je me trouve, il me faut ton soutien, dare-dare ! Ta mère et les Métamorphosés rêvent de m'entraver avec leur histoire de lévirat. Ces jours-ci, ils ne parlent que de ça, ralliant même des anciens de ma famille à leur cause. Franchement, m'imagines-tu épousant ton grand frère ? Entre nous, Bouba, avec tout le respect que je lui dois, tu le vois réciter pour Fadikiine « Nuit du Sine » de Senghor ou « Liberté » d'Éluard ? Moi-même, je ne me souviens pas l'avoir vu lire autre chose que son ombre, il vit dans un autre monde ! Je trouve même vexant que ses épouses se montrent déjà jalouses à mon égard. Toi et moi, nous avions opté pour la monogamie. Alors, moi, troisième épouse, moi, complément circonstanciel de lieu et de temps d'un bouc itinérant d'un lit à l'autre ? Bouba, je t'assure que s'ils me prennent pour une chèvre, je braverai la lame du boucher ! Un couple quadricéphale, l'Océan m'attire plus que de telles noces ! Sangomar a trois têtes, mais c'est un djinn ! La polygamie, ce n'est pas l'exemple que nous voulions pour Fadikiine !

– Non, ma douce ! Et outre ton bonheur, c'est une autre bonne raison de tenir tête ! La petite te fera grandir, elle aussi. Parce que tu ne voudrais pas qu'elle subisse ce que tu refuses aujourd'hui, elle te donnera le courage de garder le pas ferme, vers ta liberté qui sera aussi la sienne. Pars avec elle à Dakar, reprends notre petite boutique et fais de ton mieux pour ton autonomie financière, le reste suivra. Qui tient ton économie tient ton destin. Alors, libère-toi. Aucune goutte de sueur ne se perd inutilement, tu verras, la tienne fera pousser tes rêves. C'est ainsi, et seulement ainsi, que les enfants d'Afrique fleuriront leur terre, au lieu d'aller se faire mépriser ailleurs. Sous ton impulsion, Fadikiine grandira, debout et fière d'elle-même ; elle fraternisera, mais ne se contentera pas des restes d'autrui, parce qu'elle gagnera son pain et défendra celui de ses enfants, elle est la mère Afrique ! Ma douce Coumba, sache que même si je ne suis plus physiquement là, je marche à vos côtés, tant que Sangomar demeure, porte et rapporte la brise. Maintenant, vous devez continuer votre route toutes les deux, avancer sans vous retourner, comme l'a dit le vieux pêcheur…

– Bouba, que dois-je comprendre ? Est-ce à dire que je ne pourrai plus accéder à toi ? Sans nos lumineux rendez-vous nocturnes, dont l'attente me sauve du mortel ennui et des ténèbres diurnes, Bouba, comment tiendrai-je, qui éclairera ma route ? Non, Kôrmâma, dis-moi que je me trompe !

– Coumba, ma belle complice, je suis désolé, mais tu as bien compris. Brave fille du Saloum, tu sais bien que ceux qui font escale finissent par larguer les amarres. Moi aussi, avec les veilleurs de Sangomar, je dois poursuivre ma route, comme Mâmayiin.

– Mais, Kôrmâma, comment ferai-je sans toi ? Comment tiendrai-je la route quand le manque de toi me fera vaciller ? Et que dirai-je à la petite, quand elle demandera son père ?

–Tu feras comme moi ici, tu te souviendras de nous, puis tu lui raconteras. Ensuite, tu lui diras : immortels, les aimés ! N'est-ce pas ce que tu as écrit dans ton carnet ? Et si un jour, tu doutes de toi, souviens-toi, *An Najm* : « Le cœur n'a pas menti en ce qu'il a vu. » Ma chérie, ta mémoire me garde en vie, m'emporte partout avec toi. Alors, je t'en prie, reste ma complice, la proximité n'est pas affaire de distance, sinon Sirius ne partagerait pas nos veillées sous le nez de cette jalouse Vénus. Combien de cœurs s'ignorent dans le même lit ? Quand la petite demandera son papa, dis-lui d'accélérer le pas, que vous marchez ensemble sur une piste vers la lune, que j'en ai emprunté une autre, parallèle, mais que je vous accompagnerai jusqu'à Sirius. Et si elle ne le croit pas, parce que les enfants doutent et interrogent tout le temps, alors, dis-lui que vous naviguez de Sangomar vers demain, que je suis dans un autre bateau, qui s'appelle le *Joola*, et qu'un jour, nous partagerons une autre escale dans l'univers infini de Roog Sène. En attendant, comme les esprits de Mâmayiin, je vous visiterai, certes plus rarement, mais je passerai de temps à autre. Alors, prépare offrandes et libations, ne donne pas tout à ces gourmands de Sihalebe et Senghor ! Mais généreuse comme je te connais, je sais déjà que je ne manquerai de rien. Élance-toi, ma douce, courage et, surtout, bon vent avec Fadikiine ! Soyez libres et heureuses, jusqu'à nos retrouvailles ! Mais, s'il te plaît, libère-moi, toi aussi.

– Bouba, Kôrmâma, transmets mes salutations à Sihalebe, Pauline, Amanda, le vieux pêcheur, Senghor et tous les autres veilleurs de Sangomar. Dis à Pauline que, dès que j'irai à Dakar, j'appellerai ses parents et leur enverrai les affaires qu'elle avait laissées chez nous. Et si un jour j'en ai la possibilité, j'irai leur rendre visite. Bouba, Kôrmâma, merci de toi, merci de nos saisons d'amour passées et futures, merci de Fadikiine, qui me gardera toujours tournée vers demain. Et toi, voyage libre et léger, je te souhaite bon vent ! À Sangomar ou ailleurs, où que tu sois, mon doux capitaine, surtout, ne nous quitte pas des yeux ! Kôrmâma, va en paix, jusqu'à nos retrouvailles !

XX

Courage ! Combien de fois faut-il proférer ce mot pour soulager une rage de dents, calmer une colique néphrétique, guérir une jambe cassée, rendre son père à une petite orpheline ou sécher les généreuses larmes d'une jeune veuve toujours amoureuse ? Courage ! Ce mot qui serre à la gorge, combien de fois doit-on l'entendre pour affronter le spleen sans manquer d'air, braver le jour sans reculer ou larguer les amarres sans redouter la houle ni le mal de mer ? Allez, en avant, cap Espoir ! Non, cap, certes, mais pas de Bonne-Espérance, même si Mandela manque à l'humanité. Cap ! Pour Coumba, il s'agissait bien du Cap Espoir, vers Adiaguediâkh. Là-bas, sur la lune, absolument rien de rance, tous les rêves y restent au frais, réclamant l'engrais du courage pour éclore. Hélas, ceux qui poussent la poupe de la pirogue et la lestent de courage, ils ont les pieds secs, quand le marin brave les tempêtes. Alors, en avant, Cap Espoir ! Pourvu que les vents soient favorables !

Toute la journée de la cérémonie de dévoilement, comme aux premiers jours de son veuvage, Coumba remercia, à chaque livraison d'une tonne de courage :

– Ma chère cousine, Coumba, reprends-toi, courage, c'est la vie…

– Coumba, ma chère nièce, tu verras, tout passe, la vie continue, malgré tout, courage…

– Chère Coumba, c'est dur, mais tu es encore jeune, tu as tout l'avenir devant toi. La vie continue, malgré tout, courage…

Exaspérante, cette ritournelle de lapalissades ! À part les morts, qui peut avoir l'avenir derrière lui ? Toujours cette volonté de dénicher une perle au fond d'un coquillage, les jours où la vie se passe de parure ; elle affichant sa gueule de sorcière sans le moindre fard ! Puisque Coumba savait la raison pour laquelle on s'amassait autour d'elle ce jour-là, les salutations ne demandaient nul complément, la présence dispensait de discours. Est-ce la peine ou la gêne qui fabriquait ces phrases, qui ne faisaient qu'ajouter du poids aux épaules ? Tous ces gens pataugeaient dans le fleuve Saloum en croyant faire les sourciers ! Ils n'allaient pourtant pas inventer l'eau chaude ; au Saloum, le soleil s'en charge à merveille. Fallait-il une noyade pour qu'ils comprennent qu'il y avait beaucoup trop de salive inutile autour de Coumba ? Dans certaines circonstances, malgré les bonnes intentions des braves gens, la pauvreté du langage ajoute à la douleur. Bien sûr que la vie continuait, malgré tout ! Leur seule présence en témoignait assez. Bouba n'était plus là, et pourtant, la maison grouillait de monde. Quand la flamme s'éteint, il reste toujours les noires parois pour rappeler l'âtre. Suffit ces « courage », qui n'éclaireraient nulle nuit ! Suffit, sinon, Coumba courait la rage.

Courage, ce mot imbibait ses yeux, mais ses narines palpitaient, excédées, et son murmure de remerciement commençait à se faire moins audible. Sachant que l'économie de son souffle préparait parfois l'explosion, sa mère eut la sagesse d'entraîner la foule qui se pressait dans la chambre de la veuve vers le salon. Cherchant un peu de fraîcheur, quelques personnes installèrent chaises et nattes sous les cocotiers, dans le jardin attenant à la cuisine, où de jeunes femmes s'affairaient entre bassines et calebasses, pendant que des hommes lisaient le Coran, de l'autre côté, dans la grande cour de la concession. Lorsque Yaliâm revint, elle perçut de la gratitude dans le regard de sa fille, ce qui la soulagea elle aussi. Soucieuse de canaliser les prochaines vagues de visiteurs de la même manière ou contente de partager ce moment d'accalmie, elle trouva une bonne excuse afin de rester avec Coumba.

– Eh bien, Fadikiine, sourit-elle, petite gourmande, à ta façon de gigoter et de ronchonner dans mon dos, je sais que tu as faim. Maintenant que ta maman a un peu de tranquillité, profites-en pour téter.

Coumba prit délicatement sa fille dans les bras et s'exécuta. Pendant qu'elle allaitait, caressant les courts cheveux de la petite, sa mère l'observait, comme d'habitude. Mais, lorsqu'elle redressait la tête, Yaliâm, visiblement toujours émue par la situation, évitait son regard en taquinant Fadikiine.

Dans un monde où la logique ne perdrait pas son duel contre le destin, aucune mère ne devrait avoir à accompagner le veuvage de sa fille. Mais le Maître de l'horloge ordonne à sa guise, et les humains se débrouillent comme ils le peuvent avec leur désordre. Tous les désastres posent les mêmes questions. Que faire ? Renoncer ou reconstruire ? Baisser les bras ou ramer encore ? Est-ce le courage qui fait cap ou le cap qui appelle le courage ? À moins que ce ne soit l'espoir qui s'obstine et, refusant de mourir, brille à l'horizon, attire les tenaces voyageurs, obligés de partager l'esquif du courage, sans quoi ils resteraient en rade. En avant, contre vents et marées ! Mais qui ramasse les débris après les ravages de Neptune ? Toutes ces épaves éparses navigueront-elles encore ? Que reste-t-il de nous, après chaque naufrage ? se demandait Coumba. Elle n'avait qu'à regarder sa mère, elle était la réponse.

Durant toute cette triste période, et malgré les longs silences de Coumba, Yaliâm fut toujours égale à elle-même. Combative dame marine, elle avait gardé le courage d'un lutteur niominka. Tewmâma ! Djoundjoung ! Au Saloum, chaque ombre abrite une arène potentielle ; ici, la lutte n'est pas qu'un sport, c'est un mode de vie ! Et, si les fromagers et caïlcédrats ne reculaient pas, Yaliâm, elle, n'allait pas céder d'un pouce. Cela, sa fille l'avait compris, c'est même la raison pour laquelle elle osait parfois la bousculer, sachant très bien qu'elle ne s'écroulerait pas. Même sans trop de mots, sa seule présence valait, pour Coumba, plus que le soutien du village entier.

Debout ! Yaliâm yalait, consolait, cajolait sans jamais s'impatienter. Tewmâma ! Tenant compte de la douleur de sa fille et cherchant tout moyen de l'alléger, elle prenait sur elle pour rassurer comme pour désamorcer les crises. Debout ! Yaliâm yalait, amadouait, tempérait, au point de s'excuser même lorsqu'elle avait raison. Il est des peines si cruelles qu'elles donnent tous les droits, disait-elle, pardonnant à Coumba ses silences comme ses sautes d'humeur. Hum-hum, rien ne détournait Yaliâm de sa fille adorée, même pas hum-hum, dont elle déduisait tout un discours en sérère ; discours qu'elle aurait sûrement traduit en sanskrit si le bien-être de son enfant l'avait exigé. Debout ! Yaliâm yalait, comprenait, chouchoutait tellement que le soleil et la lune en témoigneront devant le Maître des astres. Tewmâma ! Debout ! Yaliâm yalait, apaisait, dorlotait, comme si l'ange Gabriel lui ordonnait de combattre toute détresse. Elle s'épuisait, soupirait à part elle, certes, mais contente de respirer encore, assez pour veiller sur les siens. Yaliâm, une mère debout, yalant, jusqu'au bout ! Mais elle, qui veillait sur elle ? Elle marchait sous le même impitoyable soleil, buvait la même eau de source que toute l'île, distinguait le sel du sucre, comme tous ceux qui testent le goût des jours, et, si sa coiffure imitait parfois le feuillage des cocotiers, elle n'était pas faite de leur bois. Alors, quand elle aussi était sujette au vertige, quel troisième pied la soutenait ?

Debout ! Yaliâm partageait la galère de sa fille, debout. Et, bien sûr, le tangage à tribord n'est jamais sans effet sur l'équilibre à bâbord. Par-ci, par-là ? Qu'importe la direction des bourrasques, on vacille pareillement. Par-ci, par-là ? Quand ça fuit à bord, il faut écoper ; les marins du Saloum se partagent la pirogue comme toutes les frayeurs à bord. Mma, Maman ! Au village, nul marin ne se vante de son courage, la pudeur l'interdit, mais la mémoire l'inscrit sur le tronc des baobabs, à l'adresse des siècles. Les légendes de la mer ne restent pas dans l'œil des pélicans, elles déferlent avec les vagues de Sangomar et font d'inoubliables héros à terre. Et quand le Saloum encense ses braves, même les cormorans s'exclament Kôrmâma ! autant que Tewmâma ! Ici, le pagne solidement attaché dans le dos, les dames, elles aussi, tiennent la barre et tutoient l'Atlantique. Par-ci, par-là ? En mer, s'il ne s'agit pas d'une direction de prière, c'est, forcément, un regard entendu. Quand Coumba avait le mal de mer, c'est l'estomac de sa mère qui se retournait. Mais, debout, Yaliâm se mordait les lèvres, mangeait sa tranche de citron sans la moindre grimace. Tewmâma ! Djoundjoung !

Courage, courage ! lui disait-on, à elle aussi. Courage ? Puisque ce n'est pas le nom d'une pirogue de Niodior ni celui d'un cheval ou d'un chien du village, qu'appelle-t-on donc ainsi ? Courage, c'est peut-être une entité juchée sur les épaules du combattant ? Au passage, tout le monde l'appelle, le salue, alors que son porteur ignore souvent sa présence, trop absorbé par le devoir. Quoi qu'il en soit, courage court à sa perte, s'il porte de la rage, c'est même ainsi qu'il tue les téméraires. L'ardeur du cœur, que l'on entend par courage, ne racle pas le palais, ne claque pas la langue et ne porte nulle rage, mais une ferme détermination qui serre les dents et la ceinture. Yaliâm, placide et toujours debout ! Inspirée par les Linguères du Saloum, elle ne pouvait déclarer forfait. Aucun de ses parents ne respirait plus sous les verts cocotiers, elle était trop âgée pour jouir encore de ce privilège. Mais, lorsqu'elle criait Mma, Maman ! par inadvertance, un esprit secourable apparaissait-il ? Son vieux mari étant trop pudique pour écouter des complaintes, que faisait-elle de cette tristesse qui perlait sur son front matin et soir, quand elle portait, promenait Fadikiine ? Yaliâm luttait, ravalant ses larmes, mais qui sursautait de son hoquet, tressaillait à la vue de sa mine affligée ? Qui bataillait pour cuisiner de quoi lui rendre l'appétit, quand le blues la gardait à jeun ? Pendant qu'elle veillait, surveillait Coumba et Fadikiine, qui s'occupait de ses états d'âme à elle ? Au débarcadère de Niodior, une mère ne quitte la pirogue qu'après avoir déposé son enfant au sec sur le wharf. Ainsi de la pirogue, ainsi de toute menace, Yaliâm ne penserait à elle-même que lorsque Coumba serait tirée d'affaire. Pendant que Yaliâm yalait, réconfortait, elle-même restait yalâne, l'inconsolée. Mais, debout en Linguère-Niominka, son élégance ne se plaignait de rien. Tewmâma ! Djoundjoung ! Nul doute que le nom de cette grand-mère-menhir battrait djoundjoung dans la mémoire de Fadikiine.

Regardant sa mère, Coumba ignorait peut-être encore qu'entendre exactement par « courage », mais elle s'imaginait une pirogue, proue en l'air, au confluent de deux bras de mer : Endurance et Sacrifice. Avec Yaliâm en ligne de mire, Coumba tenait son cap. Un jour, elle aussi atteindrait la mère-menhir qu'elle espérait incarner pour Fadikiine. Au Saloum, on décline le nom de sa lignée maternelle, avant le nom de son père. Ainsi, de mère en fille, de grand-mère en petite-fille, la famille se dessine, affirmant le caractère qui la définit. Une telle carte d'identité, vous présentant avec les vôtres de siècle en siècle, n'est-elle pas plus complète et plus déterminante que toute autre ? « Petite demoiselle, qui es-tu ? – Je suis Fadikiine. – Petite demoiselle, mais quelle Fadikiine ? *Limi dâne* : récite ton arbre généalogique ! *An thiyka o ndiangôdie ?* À qui vais-je donner mon petit crabe ? À moi, Fadikiine-Coumba, Coumba-Yaliâm, Yaliâm-Routyâm, Routyâm-etc. » Ainsi va le fil de pêche sérère-niominka, une descente sous-marine jusqu'à la plus lointaine aïcule, elle-même ranimant, comptant, reliant ses ancêtres, là-bas, au royaume des ombres. Plus tard, Coumba entraînerait sa fille à mémoriser sa lignée : *limi*, *limi*, Fadikiine *limi dâne* !

Yaliâm avait fait faire des boucles d'oreilles, des bracelets et des chevillères en argent pour Fadikiine, comme la tradition veut que l'on en arbore dans sa tribu, dès la plus tendre enfance. Ce métal signifiant que l'honneur des Guelwars peut s'oxyder, qu'il exige l'effort de chaque génération pour en maintenir le lustre, mais qu'il ne rouille jamais. De tels bijoux rappellent donc à leur porteur son lignage, mais, surtout, son devoir d'exemplarité pour le mériter. Évidemment, Yaliâm espérait que sa petite-fille garderait les siens éclatants, en pensant à elle. Vu le rôle qu'elle jouait auprès de Coumba, un jour, Fadikiine se souviendrait et dirait ce que son cap doit à celui de sa brave grand-mère. Sortilège de Sangomar ou pas, Fadikiine verrait Yaliâm debout, altière, se dégageant de toute ombre. On n'oublie que les aïeux sans mérite ! Pour les autres, la gratitude sauve la mémoire de toute ruine. Immortels, les aimés ! Or, plus que de l'amour, de la gratitude, la petite orpheline en aurait pour sa mamie, car, même si, par malheur, Yaliâm gagnait trop tôt le royaume des flots, il resterait à Fadikiine le carnet que sa mère lui destinait. Et ce carnet ne serait pas son seul viatique, ses bijoux en argent luiraient dans toute nuit. Si le Maître de l'horloge lui prêtait longue vie, Fadikiine ferait toujours cap, la mémoire roulant djoundjoung pour sa babysitter, sa deuxième mère, mais première capitaine, sa brave grand-mère. Au Saloum, les pirogues affrontent les humeurs de l'Atlantique, elles chaloupent, tanguent, parfois elles prennent même l'eau à vous noyer l'espoir, mais, toujours, elles se redressent, négocient âprement leur retour avec Sangomar et traversent ensuite les années, racontant de port en port la force des caïlcédrats. Partout, on accoste avec sa mémoire, son inaltérable trésor.

Pendant que Fadikiine tétait, sa grand-mère lui saisit les pieds, les caressa un instant, ajusta les chevillères, puis lui embrassa la plante des pieds, au moment où la petite chatouilleuse les retira. Coumba esquissa un sourire. À quoi pensait Yaliâm, accomplissant ce geste ? Était-ce seulement de la tendresse ou voulait-elle d'avance soulager ces pieds neufs des prochaines distances, les grandes distances qu'ils devraient parcourir pour mener Fadikiine à sa pleine humanité ? La petite ferait son chemin, mais à quelle allure ? Dans quelle direction ? Ce qui renseigne les pélicans orienterait Fadikiine vers sa propre destinée. En combien d'étapes, en combien de temps fait-on la route qui mène à l'accomplissement de soi ? Question de courage ou de hasard des vents ? Sans doute les deux à la fois. Alors, la ceinture solidement nouée, pourvu que le pas soit ferme et les courants favorables !

Berçant sa fille sous le regard protecteur de sa propre mère, Coumba resta songeuse un long moment. Certes, elle était plus apaisée grâce aux entrevues avec son homme, mais sans lui, tout semblait si étrange. Continuer sa route, sans son capitaine ? Elle, vraiment, elle, assise là, dans cette chambre, en fin de veuvage ? C'était le dénouement du film d'un très mauvais scénariste ! « La vie continue, malgré tout ! » lui serinait-on. Bien sûr qu'elle continue, pensait-elle, puisqu'elle nous glisse des mains, tel un serpent de mer, et file dans les eaux de son choix. Ce ne sont pas des bras qu'il faut pour s'agripper aux jours, mais un filet dérivant, afin de repêcher tous ces bouts de nous que les courants arrachent et emportent à travers les tortueux bras de mer de la vie. Les veilleurs de Sangomar ne sont pas partis seuls, chacun d'eux a emporté avec lui un bout de chacun des siens. Si « faire son deuil » porte un quelconque sens, c'est surtout celui de « faire son deuil de soi-même », renoncer à cette personne que l'on se croyait, avant l'arrachement.

Après chaque perte, il manque quelque chose en nous, que rien ni personne ne compense ; reste un trou béant que le courage couvre, mais jamais ne comble. Le cœur est un delta à la croisée des chemins, soumis aux flux et reflux, ce qu'une marée apporte, l'autre l'emporte. « C'est la vie ! » Bien sûr que c'est la vie ! Morts, nous n'attraperions plus cet insupportable rhume que les pensées déclenchent. « C'est la vie ! » Tous ces gens, trop polis et si ostensiblement contrits, ne pouvaient-ils aussi dire que la vie est une sale garce ? Une allumeuse ! Grande traîtresse ! Sacrée peau de vache ! Une sorcière jalouse, qui vous épie, vous chasse à l'affût et vous accroche à l'improviste pour vous retirer tout ce qui fait votre bonheur ! Non, personne n'avait rien dit de tout cela, pourtant tous le savaient. Mais, c'est la vie !

Ici, depuis Mathusalem, les naufrages se perpétuent, mais le courage des mères et femmes de marins épaissit le silence du bolong, car chaque génération paie sa dîme à l'Océan. Et la vie continue. Souvent éprouvés, jamais démissionnaires, les insulaires entassent des coquillages, des pierres et de la tôle ondulée sur les sables mouvants de leur vie. S'ils gagnent leur pain à coups de filet, ils peuvent sauver leurs rêves de l'Atlantique à coups d'épuisette ! Pour rien au monde les enfants du Saloum ne renonceraient à leur lopin de sable blanc. Si certains d'entre eux vont faire fortune ailleurs, ce n'est que pour revenir magnifier leur terroir, car, à leurs yeux, rien, absolument rien, ne vaut les embruns du delta du Saloum. Dans le calme des dunes, parfois, une oreille fine peut percevoir les indiscrétions d'un youyou ou le murmure de la brise colportant le secret de longévité des baobabs, ces fidèles sentinelles ne comptent plus leurs siècles. Ici, pas besoin d'excaver l'ancien cimetière de Pétiala pour larciner des tibias ancestraux à jauger d'un œil Willard Franck Libby. Fiez-vous à Cheikh Anta Diop, les Sérères sont aussi anciens que les Pharaons d'Égypte avec lesquels ils vénéraient déjà Râ, devenu Roog Sène, lorsqu'ils le colportèrent chez les Bantous ; raison pour laquelle ils imaginaient leurs morts à l'endroit où se couche le polymorphe dieu Atoum, là-bas, dans l'Océan, où les Pangôls de Mâmayiin attendent leur renaissance dans l'univers infini de Roog. Alors, carbone 14 ou pas, Niodior ne dénombre plus ses multi-centenaires strates de coquillages ; et si nul ne s'aventure à dater la sagesse des marins du Nil, au Saloum, elle a l'âge du djinn de Sangomar. Une sagesse qui vaut règlement : quand soufflent les vents mauvais, moteur au sec ou voile pliée, les pirogues attendent l'embellie au débarcadère. Il y a toujours assez de mil dans les greniers et du poisson séché pour laisser passer les cyclones.

Pourquoi les chercheuses d'eau n'ont-elles pas la patience des matelots ? se demandait Coumba. Elles aussi lui pronostiquaient déjà un nouveau mari et de futures belles-sœurs, dans tel ou tel quartier du village. Les plus curieuses faisaient mine de la taquiner, prêchant le faux pour savoir le vrai, mais son sourire silencieux les laissait toutes sur leur faim. Bande de carpes ! pensait Coumba. Toujours prêtes à gober tout ce qui flotte dans le bolong ! Qu'elles aillent rafistoler leurs propres jupons, au lieu d'essayer de me rapiécer la vie ! Les commères pouvaient filer leur mauvais coton pour d'autres ! Coumba savait que la moindre de ses confidences ferait aussitôt le tour de l'île, il suffirait qu'une pie l'ébruitât au puits. Alors, chut !

Chut également, concernant les informations susceptibles de peiner ceux qu'aimait Coumba. Lors de son dernier entretien avec Bouba, elle s'était gardée de lui parler de cette écharde de Diégâne qui s'accrochait à elle. Par délicatesse, elle n'avait pas voulu réveiller son ancienne jalousie. D'autre part, ce n'était pas le sujet pour lequel elle avait le plus besoin de son soutien, sa décision concernant Diégâne étant déjà prise. Pour Coumba, une chose était claire : aucun de ceux qui avaient perdu la course vers ses dentelles face à Bouba ne devait gagner dans son dos, ce serait comme dégrader son prince. Yaliâm pouvait conforter, glorifier, escorter son neveu autant de fois que le nombre de gènes qu'elle partageait avec lui, cela ne changerait rien. Mais les Niominkas sont tenaces, quand un bras de mer ne remplit pas leurs filets, ils en trouvent un autre et persistent à ramer vers l'espoir, Diégâne ne faisait pas exception. Hélas, même l'espoir a ses impasses et, lorsqu'il s'en présente une dans le bolong, les pirogues font demi-tour, sous peine d'héberger des huîtres dans la mangrove. Yaliâm le savait, son cher neveu aussi. Non seulement les sentiments de Coumba à l'égard de Diégâne n'avaient pas évolué d'un pouce, mais, pire encore, elle lui en voulait d'essayer de tirer parti de sa tragédie. Comment osait-il chercher à bâtir sur ses ruines ? s'indignait-elle. Espèce de charognard ! Quand le lion reste couché, il y a toujours des lycaons pour danser autour. Allez, ouste ! Même les vaches comprennent ouste, surtout la deuxième fois !

En sérère, *Diégâne* signifie à la fois *le possédant*, mais aussi *l'homme libre*, plus précisément, *celui qui n'appartient à personne*, et, comme un signe du sort, ce double sens du prénom du jeune homme fournissait à Coumba la formulation la plus complète de sa réponse, car elle ne voulait ni le conquérir ni être sienne. Yaliâm avait fini par admettre qu'elle ne pouvait rien y faire. Le bonheur de sa fille passait avant tout, or, même depuis le royaume des ombres, Bouba surplombait encore ses émules.

Bouba, Kôrmâma ! Son allure en mémoire, Coumba poursuivait sa route, leur route ! En avant, marche ! Et surtout pas au pas des perdants, mais bien au tempo de Kôrmâma, marchant en parallèle, accompagnant sa femme et sa fille, en route vers demain, là-bas, sur la lune ! En avant, marche ! Il est des jours où la mémoire rassasie plus que le plat du jour. Immortels, les aimés !

Plus que n'importe quelle présence, ce fut également le souvenir de Bouba et de ses réflexions qui donna à Coumba la force de ne pas vaciller sous la pression des Métamorphosés pour le lévirat. Alors que ceux-ci, en rapaces de l'âme, considéraient son veuvage, moment de fragilité par excellence, comme une période propice pour s'emparer d'elle, Coumba les regardait d'un œil d'entomologiste. Ils prêchaient, démarchaient, baratinaient, revenaient, récidivaient, elle resta ferme : ils ne décideraient pas de la suite à donner à sa propre vie. Comment osait-elle se montrer si têtue, devant tant de notables ? demandaient les poules mouillées et les perfides. Mais Coumba n'avait nul besoin de les rallier à sa cause, elle savait que, là-bas, à Sangomar, son clairvoyant amoureux veillait sur elle et Fadikiine, or ce lévirat que prescrivait Wassiâm ne faisait pas partie de ce qu'il souhaitait pour elles.

Comme Yaliâm finit par admettre l'échec de la demande de son neveu, Wassiâm, elle aussi, n'eut d'autre choix que de s'avouer vaincue. Malgré sa pléthore de soutiens, son idée de lévirat sombra dans le bolong, elle ne réjouissant que les carpes. Quand même, un baiser, ce n'est pas une mince affaire ! Si, en plus, on n'a pas le droit de choisir soi-même à quelle bouche, Seigneur, quelle galère ! Ah, ces humains, parfois si cruels ! La jeune veuve dit qu'elle n'était pas un bien à hériter, mais bien une humaine libre d'élire son compagnon d'itinéraire, le gardien des perles autour de sa taille, le veilleur complice de ses nuits ; une liberté, qu'en l'occurrence, elle n'était même pas pressée d'exercer à nouveau.

Alors le grand frère de Bouba, ses deux épouses et leur marmaille resteraient des parents et voisins. D'ailleurs, « mon mari et mes coépouses », ça sonnait sentence carcérale à l'oreille de Coumba. Comme elle n'avait fait de mal à personne, si son pays respectait son droit à disposer d'elle-même, jamais elle n'aurait à prononcer cette étrange expression, qui met sûrement quelque chose dans le cœur d'une femme, mais quelque chose d'autre que la joie feinte de ces sourires hypocrites ou résignés qu'affichent généralement les coépouses. Le lendemain de la cérémonie du dévoilement, face à la délégation de Métamorphosés, sous l'œil anxieux de Wassiâm escortée par les siens, et en présence de Yaliâm également entourée par ses proches, Coumba avait expliqué son refus, poliment, mais très brièvement. De toute façon, *Non* est rarement un sujet de dissertation et, d'ordinaire, il suffit comme épilogue. Le *Non* de Coumba, c'était une haie de barbelés : Halte là ! mon cœur reste le royaume de Bouba ! Lorsque, scandalisé, tout le monde quitta le salon, laissant la mère seule avec son indocile fille, Coumba soupira, soulagée, Yaliâm en fit autant. Pendant la discussion, elle avait été au moins aussi embarrassée que sa fille, les autoritaires n'ayant eu de cesse de l'interpeller, mais elle resta inébranlable ; vissée sur son siège, elle refusa de céder le moindre mot. De même que les mères décodent seules les amphigouris de leur fou, de même elles affrontent les tempêtes avec leur enfant rebelle. Après un bon moment, seule avec sa fille, Yaliâm rompit enfin son silence :

– Maintenant, les choses sont claires, et comme tu n'épouseras pas ton beau-frère, tu ne peux pas rester à la charge de ta belle-famille, enfin, ton ex-belle-famille, donc…

– Mais je ne compte pas rester à la charge de qui que ce soit, moi !

– Oui, je veux dire que tu ne peux pas rester vivre dans leur famille. Tu es encore jeune, avec le temps, tu voudras sûrement refaire ta vie et, tu comprends, cela ne peut se passer sous leur toit. Donc…

– De toute façon, je compte repartir à Dakar. Je reprendrai la boutique de Bouba au marché Sandaga. C'est important pour moi et pour l'avenir de Fadikiine que j'aille gagner ma vie.

– J'entends bien, Coumba, et personne ne t'en empêchera ; mais, en attendant, tu rentres chez nous. Nous en avons parlé, ton père et moi. Il a d'ailleurs tout organisé, tes oncles et tes cousins sont déjà au courant. Ils nous laissent deux ou trois jours, à compter de demain, pour préparer tes affaires, ensuite, tes cousins paternels viendront les chercher avec des charrettes. J'ai déjà fait ta chambre. Et tes cousines viendront avec moi pour t'aider…

Cette information décrispa le visage de Coumba. Elle réfléchit un moment et, cédant à l'impatience, elle précisa :

– Deux jours, Mma. Deux jours suffiront à tout préparer, c'est-à-dire demain et après-demain.

– D'accord.

Coumba adressa un grand sourire à sa mère, qui le lui rendit, sans la quitter des yeux. Que lisait Yaliâm sur ce visage, enfin dévoilé ? Sa fille lui semblait si différente, bien qu'elle gardât les mêmes traits ; mais comment saisir exactement ce que le veuvage avait ôté ou ajouté en elle ? Encore un échange de regards, des regards qui caressent, chassent les nuages, illuminent le visage. En quatre mois et onze jours, c'étaient les premiers vrais francs sourires que Yaliâm et Coumba échangeaient. Seules, chacune savourant la bonne mine de l'autre, aucune d'elles n'eut besoin de formuler ce qu'elle ressentait, cela se lisait jusque dans leurs mouvements. Le Seigneur avait délesté leur corps, assoupli leurs articulations et rendu l'appétit à Yaliâm, qui s'était même mise à dévorer les beignets de mil qu'elle avait apportés pour sa fille. D'ailleurs, tentée, celle-ci ne tarda pas à l'imiter. Ce qu'elles éprouvaient ce jour-là, leurs bouchées l'affirmaient, le répétaient : Ouf !

Ouf ! Ce n'est pas un cri, c'est une cage thoracique qui s'élargit, des épaules qui se décrispent et libèrent le cou, qui soudain cherche le ciel. Ouf ! Ce n'est pas un cri, c'est une gazelle qui bondit hors du buisson et mesure l'immensité de la savane. Ouf ! Finie, cette assignation à demeure, qui fit de Coumba l'auditrice captive des Métamorphosés ! Ouf ! Finis, les regards accusateurs de Wassiâm ! Ouf ! Finis, les coups de gong de l'esprit frappeur, harcelant les aubes sous les cocotiers ! Ouf ! Terminées, les longues journées à se tenir, se contenir, à propos de tout, par crainte de froisser la chatouilleuse belle-famille ! Ouf ! Encore un beignet, et quel bon beignet ! A-t-on trouvé mieux que la liberté pour donner aux humains le goût de vivre ? Respirer à son aise est le premier pas vers le bonheur. Plaise au Maître de l'oxygène d'en répandre à volonté !

ÉPILOGUE

Sillage ! Qu'en dit le vieux pêcheur à son petit matelot ? Il faut oser le sillage ! Qui reste fidèle au quai mourra d'ignorance ou de faim, mais c'est la peur et la paresse qui l'auront tué. Sillage ! Pourvu que tangue la barque, il n'y a pas de petit sillage. Rame en l'air, en avant, ramez ! Le cap n'est jamais hors d'atteinte, c'est le temps que l'on perd avant de se mettre en route qui l'éloigne. Sillage ! En avant, ramez ! Chaque coup de pagaie vous gagne la course, comme ceux inaccomplis retiennent les défaitistes en rade, inassouvis. Ô hisse, rameurs, ramez ! Qui dilue la mer de sa sueur aura de l'eau douce ! En avant, ramez ! Tout au bout du sillage, là-bas, à Adiaguediâkh, fleurissent les rêves pour faire oublier leurs courbatures aux rameurs. Sillage ! Que personne ne renonce à son sillage !

Coumba était prête à larguer les amarres, mais, malgré sa motivation, elle ne pouvait ouvrir son nouveau sillage sans jeter un dernier coup d'œil à Sangomar. Qu'importent la longueur des tibias et la présence des dents de sagesse, il est un enfant en nous qui demande toujours qu'on lui tienne la main. Et, s'il ne pleurait plus la nuit, même Dieu serait inutile. Qu'importent les fanfaronnades cartésiennes, il est en nous un enfant insensible aux verdicts de la science et quand le Ciel ne lui tend aucune main, il la cherche dans ses pensées magiques. Un soir, alors que ses parents et Fadikiine dormaient paisiblement, Coumba céda à la tentation d'une dernière incantation. Peut-être que le sortilège de la nuit du Saloum pourrait lui offrir une toute petite entrevue avec Bouba.

– Ô Sangomar, roi des ombres ! Moi, Coumba, l'enfant lavée dans tes eaux, je reviens vers toi, humblement. Sangomar, que ton index déchire la nuit ! Accorde-moi la vue qui traverse la nuit ! Ô Sangomar, roi des ombres, par la grâce de Mâmayiin, ouvre-moi le chemin jusqu'à mon aimé ; rien qu'une fois, seulement, une toute petite dernière fois ! Ô Sangomar, roi des ombres…

Coumba invoqua, supplia le djinn et les mânes des ancêtres pendant des heures, testant toutes les variantes de sa formule, en vain. Même sa transe habituelle ne se produisit pas, son esprit restant trop lucide, trop arrimé au sol pour flotter vers l'île magique. Déçue, elle essaya de comprendre la raison d'un tel échec. Finalement, elle se dit que Sangomar la confrontait à ses propres engagements. N'avait-elle pas libéré Bouba et promis de poursuivre sa route avec Fadikiine, sans se retourner ? Elle se raisonna. D'une part, Mâmayiin ne veillent pas que sur elle et, d'autre part, le djinn de l'île sacrée donne de son attention, mais, une fois sa mission accomplie, il ne revient pas en arrière. Sangomar donne la vue à travers la nuit, mais quand vous avez vu votre chemin, il vous laisse poursuivre librement votre route. « Moi, l'enfant, lavée dans tes eaux… Mma, Maman ou Meuh ? » Trémolos ou pas, les enfants apprennent à marcher une fois dans leur vie et, quand ils ont le pas ferme, leur maman leur lâche la main. Veillant sur son immense royaume des ombres, accueillant chaque jour de nouveaux veilleurs, Sangomar est trop occupé pour se laisser déranger par l'inconstance des vivants. Il envoie perpétuellement ses vagues et les Pangôls de Mâmayiin vers les îles du Saloum, mais, lui-même, avec ses trois têtes et ses six bras, il ne se mobilise que très rarement, et seulement par sollicitude, pas en fonction des caprices de ces humains qui lui en demandent toujours plus.

Coumba n'avait plus d'autre choix que de continuer sa route, jusqu'à ses retrouvailles avec Bouba. Tous les enfants sevrés partagent la même mine maussade et la nécessité de se nourrir autrement, il en va de même pour les adultes, après toute tutelle. Sevrée de la réconfortante magie de Sangomar, Coumba devait trouver une autre façon d'éclairer ses nuits pour tracer sa voie et celle de Fadikiine. Au lieu de perdre encore du temps à tenter vainement de circonscrire la béance laissée par l'absence de Bouba, elle devait maintenant s'employer à remplir sa vie, afin de donner un solide appui aux pas de Fadikiine. Au Saloum comme ailleurs, les mères n'ouvrent pas la marche en brousse par témérité, mais afin que leurs enfants, cheminant derrière elles, n'aient pas peur des monstres en embuscade dans les bois. Ainsi, ce que l'on appelle courage ou héroïsme n'est souvent que sens du devoir, bien compris et assumé jusqu'au sacrifice. Et cela, les mères du Saloum le font mieux que toute autre ; elles qui accouchent sans péridurale céderaient leur vie si la quiétude de leur enfant le requérait. Avec les fossettes de sa mère et le front de son père, Fadikiine grandissait, ses petits pieds pressés filaient vers l'avenir qui l'appelait. Pour accompagner cette invitée du monde, Coumba n'avait pas le temps de boiter. Chaque fois que sa fille dirait *Mma, Maman !* elle devait répondre, debout, à l'instar de sa propre mère.

Même si son cœur d'amoureuse restait encore convalescent, Coumba, la mère, était prête à déployer ses ailes. Entourée de ses parents, elle prit le temps de se requinquer au calme, puis prépara tranquillement son nouveau départ, dans les meilleures conditions possibles. Yaliâm restait très attentionnée. Quant à son père, d'ordinaire peu loquace, il saisissait toutes les occasions pour lui faire la conversation et taquiner Fadikiine. Même Wassiâm, une fois sa déception digérée, se montrait chaleureuse avec elle, lorsqu'elle passait régulièrement voir sa petite-fille. Dans les méandres du Saloum, il arrive que les intérêts fassent ramer dans des directions opposées, on s'écarte, se tourne le dos, mais, finalement, on se retrouve toujours pour réparer le filet des liens familiaux, premier trésor des insulaires. Ainsi va la vie au village, les bisbilles divisent l'île, mais, dès que les choses sont tirées au clair, les césures se referment, aussi vite que les sillons de l'estuaire creusés par la marée basse s'effacent dès la première vague. Reflux, flux ! Au Saloum, ce n'est pas qu'une humeur marine, parfois, c'est un mouvement du cœur imitant celui des bras de mer et des poignées de main.

La nouvelle année s'installait, le Saloum charriait lentement les feuilles de palétuviers, la routine rouillait les épaves, les éprouvés diluaient leur blues à l'eau de source. Les pélicans s'élançaient, partaient pêcher leur pitance et revenaient repus, survolant les berges de l'île, en toute indifférence. D'où tenaient-ils cette légèreté que les humains leur jalousent ? se demandait Coumba. Pourtant, en cette existence maritime où ils partagent le grenier des hommes, nul doute qu'ils y laissent des plumes, eux aussi. Maintenant qu'elle n'avait plus besoin de se promener à l'heure du loup ni même d'être accompagnée par sa mère, Coumba appréciait la plage comme bon lui semblait. Parfois, à marée haute comme à marée basse, un navire flottait dans ses yeux. Un navire qui tanguait, chavirait, sombrait encore et encore. Mais, devenue plus forte que quatre mois plus tôt, Coumba luttait contre cette vision en se disant que ce navire ne renfermait personne, ses occupants poursuivant leur route au royaume des ombres. Immortels, les aimés ! se répétait-elle. C'est ainsi qu'elle avait conclu son carnet, elle n'allait pas se dédire et, plus tard, elle le confirmerait à Fadikiine.

L'Atlantique murmurait ses secrets aux rameurs et berçait Niodior dans un drapé bleu qui tombait du ciel. En fin d'après-midi, quand le Maître de l'horizon exposait ses toiles pastel, les nuances de lumière semblaient toutes nouvelles à l'œil de Coumba. Les Niominkas sont-ils voyageurs, parce que les vagues qui frappent à leurs portes amplifient le chant des sirènes ? Sinon, c'est parce que le ciel du Saloum, refusant la monotonie, arbore tous les tons et déploie tout son charme pour les attirer loin de leurs cocotiers. Après tant de mois à vivre recluse, recroquevillée sur son désespoir, Coumba redressait enfin la tête et ses yeux ne se lassaient plus de butiner les couleurs du coucher de soleil, qui se répandaient là-bas, au-dessus de Sangomar. Essayait-elle ainsi d'enrichir sa propre palette, puisqu'elle s'apprêtait à repeindre sa part de ciel ? Certes, la mer a le même goût que les larmes, mais c'est elle qui lave les yeux des enfants du Saloum de toute tristesse. Le meilleur psychologue de la jeune veuve, c'était le bon air du rivage de Niodior. Les traits de Coumba semblaient avoir été lissés par la brise. Son rictus de douleur avait disparu et sa mère n'était pas seule à remarquer la nette amélioration de son humeur. Enfin, elle mangeait avec appétit, prenait à nouveau plaisir à discuter et souriait plus fréquemment. Parfois, on l'entendait même rire aux éclats du babillage gesticulant de Fadikiine, à qui elle tenait d'interminables conversations. Coumba répondait à toutes les sollicitations de sa fille, lui parlait encore et encore. Détenait-elle un autre sortilège permettant de décrypter les étranges sons qu'émettait la petite Fadikiine ? Tchoukour-kouroum ! Le hibou dit qu'il n'en sait rien, en revanche, il assure qu'il n'y avait pas mieux que de telles scènes pour réjouir Yaliâm. Non seulement elles l'amusaient, mais, de surcroît, l'harmonie de ce duo la rassurait lorsqu'elle imaginait ses deux chéries en ville, rien qu'elles deux, là-bas, à Adiaguediâkh, loin de sa vigilance.

Deux mois après sa sortie de veuvage, Coumba regagna la capitale sénégalaise avec Fadikiine, qui, maintenant, marchait. Le petit studio qu'elle avait occupé avec Bouba ayant été reloué pendant sa longue absence, elle trouva le reste de ses affaires chez des parents habitant au quartier voisin, qui l'hébergèrent le temps de retrouver une nouvelle adresse à côté. Au marché, rien n'avait bougé de la boutique de Bouba. Dès son premier passage, les commerçants voisins, émus de la revoir, se passèrent le mot. Bouba était leur ami à tous, au moins une bonne connaissance, ils n'allaient pas laisser sa veuve se débattre seule pour élever sa fille. Aussi, commandes ou livraisons, chacun se fit un point d'honneur de la soutenir comme il le pouvait. Certes, avec la modestie de ses moyens, rien ne s'annonçait facile, mais Coumba était déterminée à faire fructifier son commerce, petit à petit.

Mais avant de plonger tout entière dans le travail, elle tint à respecter une promesse. Ainsi, son retour à Dakar fut un grand soulagement pour d'autres.

– Allô ?

– Oui, bonjour, madame. Je m'appelle Coumba, excusez-moi de vous déranger, mais…

– Coumba, dites-vous ? La Coumba de Pauline ? Pardon, je veux dire, la Coumba de… du numéro de… Enfin, l'amie dakaroise de Pauline et Sihalebe ?

– Oui, madame, c'est bien moi…

– Djilali ! Viens, vite ! C'est incroyable ! Chéri, téléphone, dépêche-toi ! La Bonne Mère a fini par nous entendre…

À la fin de ce premier entretien empreint de retenue, ils échangèrent des adresses et se promirent de garder le contact. Coumba leur dit qu'elle leur enverrait dès que possible les quelques affaires que Pauline et Sihalebe avaient laissées chez elle. Mais Linda lui dit, qu'avec son mari, ils reviendraient bientôt pour les récupérer et, surtout, pour la rencontrer, elle, la seule à pouvoir leur parler des derniers jours de leur chère fille.

D'autres coups de fil suivirent, de plus en plus longs, jusqu'au voyage du vieux couple. Durant leur séjour, ils s'organisèrent pour passer le plus de temps possible avec Coumba. Une Coumba ravie d'être utile aux parents de son amie, mais surtout, assez remise pour répondre aux questions de Linda. Au début, celle-ci était encore obnubilée par l'idée du renflouement du bateau. L'absence de sépulture la torturait. Après plus de sept mois à partager la même douleur et le même questionnement, Djilali semblait presque résigné à l'impossibilité de consoler sa douce moitié. Alors un jour, comme Linda, bouleversée par les souvenirs, n'arrêtait pas de s'exclamer et d'interroger, Coumba ne sachant plus comment la réconforter décida de leur faire partager une autre façon de voir les choses, celle qui l'avait elle-même aidée.

– Désolée, madame, dit-elle, mais je pense qu'il ne faut pas les déranger, ils sont chez eux. D'après la religion sérère animiste, sur la terre de Roog Sène, chaque être vivant est chez lui, où qu'il se trouve. Et Roog rappelle ses enfants à l'endroit de son choix pour les envoyer poursuivre leur mission dans une autre partie de son univers. Pourquoi lui disputer nos morts, alors qu'ils sont déjà occupés ailleurs ? Je comprends que les récupérer serait une consolation pour vous, mais pour nous, les déranger serait leur manquer de respect. Laissez-les dans nos bras, dans les bras de Mâmayiin, étreints par leurs frères, ils sont chez eux. Partis ensemble, ils continuent leur route ensemble, là-bas, au royaume des ombres. Et Sangomar veille sur eux pareillement, comme eux-mêmes veillent sur nous. Pour nous, mort ou vif, personne n'est inaccessible. Bouba, Sihalebe, Pauline et tous les autres, avec nos ancêtres, Mâmayiin, ils veillent sur nous depuis Sangomar. D'ailleurs, parfois, ils peuvent nous rendre visite.

– Vous rendre visite ! Comment ça, vous rendre visite ? s'étonna Linda.

– Oui, madame Linda, c'est exactement ça. À vous aussi, ils pourraient rendre visite un jour, si vous le voulez vraiment. Mon mari et Sihalebe sont venus parfois me parler. Pauline aussi est venue, deux fois, me demander de vos nouvelles, elle pense très fort à vous. Là-bas, au Saloum, en face de mon village, il y a Sangomar, l'île sacrée…

Une soirée entière, Coumba raconta ses visions animistes à Linda et Djilali, qui, d'abord déroutés, cédèrent ensuite à la curiosité. Plus Shéhérazade parle, moins la nuit est noire et plus la mort s'éloigne. Plus Coumba déroulait son récit, plus Linda et Djilali se laissaient prendre au jeu. Et, quoi qu'en pense la Bonne Mère, ils répondirent à l'appel de Sangomar. Non seulement ils avaient trouvé une nouvelle fille en Coumba, mais ils ne voulaient pas rentrer à Marseille sans avoir goûté aux nuits du Saloum, surtout si Pauline y suivait le sillage des lucioles pour parler aux vivants.

Au Saloum, ils apprécièrent le délicieux sikat, le couscous au poisson. Ce n'était pas une bouillabaisse, mais le barracuda du bolong ne déplut pas au palais marseillais. Comme ils avaient encore beaucoup de questions concernant la culture de Coumba, qui dialogue avec les morts, le hibou interrogea la nuit et leur répondit : « Tchoukour-kouroum ! Où étions-nous, avant de partager le plancher des vaches ? Où allons-nous, en prenant congé des vaches ? Tchoukour-kouroum ! Qui ne peut décrire les esprits ne peut nier leur présence, toute personne à qui vous parlez en étant peut-être un. Tchoukour-kouroum ! Il reste des secrets dans l'univers et le fait de les ignorer ne suffit pas pour nier leur existence. Le sortilège de Sangomar en est peut-être un, mais il ne coûte une dent à personne et n'envoûte que ceux qui acceptent d'embarquer. Et ils embarquent, sachant qu'un cap est toujours plus prometteur qu'un quai. Allez, cap sur Adiaguediâkh ! »

Tchoukour-kouroum ! narguait le volatile, qui volait peut-être simultanément une âme avec les Nakwé. Mais, même lui, Roog Sène l'enverra poursuivre son voyage et son lugubre chant, là-bas, à Adiaguediâkh. Au Saloum, Sangomar est à la jonction des mondes, il accueille les escales, donne la vue à travers la nuit et guide les voyageurs. En escale au Saloum,

Linda et Djilali, eux aussi, étaient en route à leur façon, tout comme Coumba et Fadikiine.

Les années passant, la venue des Marseillais était devenue un moment de retrouvailles amicales, pendant les vacances. Certaines tragédies amputent les familles, mais, parfois, elles leur offrent de nouveaux membres. Le Maître du jeu jette son dé, les humains comptent leurs points, puis la vie continue. Sans oublier les êtres chers perdus, on reconstruit avec ceux qui, certes, ne les remplaceront pas, mais réduisent le vide en se plaçant à leur juste place et redonnent envie de marcher. Roog Sène accommode, raccommode son Œuvre comme il lui plaît ; lui reprochant ses immenses coups de pelle, on oublie souvent sa grande poésie. Et puisqu'il a fait l'Homme à son image, reconstruire fait partie de la nature humaine, voyez le plaisir que prennent les enfants à détruire leurs châteaux de sable ou leurs tours de Lego, pour, aussitôt, s'échiner à les rebâtir.

Le temps passait, Fadikiine grandissait, Coumba s'occupait de son commerce, renouait des relations, recevait ses amis avec plaisir, allait au village de temps en temps, au grand bonheur de ses parents, ravis de la voir ragaillardie. Oui, la vie continuait, malgré tout, et ça ne l'agaçait plus de l'entendre, puisqu'elle le constatait elle-même. On compatit, entoure, cajole les éprouvés, mais finalement, n'est-ce pas l'action qui redonne saveur aux jours ?

Qu'importe la modestie de ce que l'on accomplit, agir, jeter sa poignée de sable dans les béances reste la meilleure consolation, car c'est du terrain gagné sur l'immensité de l'impuissance humaine. Qu'importent les obstacles, l'attrait du cap donne du courage au marcheur et fortifie sa foulée. En avant, marche ! Coumba fonçait vers cette anguille de vie et, s'il le fallait, elle l'attraperait à coups de talon, car elle ne vacillait plus. En avant, marche ! Ceinturée de tiwâne, Coumba fonçait. Tewmâma ! Là-bas, à Adiaguediâkh, sur la lune, à portée de main, le devenir de Fadikiine attendait le courage de sa mère. En avant, marche ! Coumba avançait. Tewmâma ! Quand ses conversations avec Bouba lui revenaient, elle souriait, reconnaissante, puis s'exclamait : Kôrmâma, djoundjoung ! L'avenir de Fadikiine à l'horizon, Coumba traçait son nouveau sillage et ne demandait plus qu'une chose à Sangomar : dans l'Océan des ténèbres du troisième millénaire, qu'il subsiste une île où s'élève la flamme du feu de bois des veilleurs ! Fadikiine embarquait, elle ramerait vers la lumière. Sillage →

Cap sur la prochaine escale !

DU MÊME AUTEUR

Romans

LE VENTRE DE L'ATLANTIQUE, éditions Anne Carrière, Paris, 2003.
KÉTALA, éditions Flammarion, Paris, 2006.
INASSOUVIES, NOS VIES, éditions Flammarion, Paris, 2008.
CELLES QUI ATTENDENT, éditions Flammarion, Paris, 2010.
IMPOSSIBLE DE GRANDIR, éditions Flammarion, Paris, 2013.

Nouvelles

LA PRÉFÉRENCE NATIONALE (recueil de nouvelles), éditions Présence africaine, Paris, 2001.
LE VIEIL HOMME SUR LA BARQUE, collection « Livre d'heures », Naïve éditions, Paris, 2010.

Poésie

MAUVE (dessins et photographies de Titouan Lamazou), Arthaud / Flammarion, Paris, 2010.

Essai

MARIANNE PORTE PLAINTE !, collection « Café Voltaire », Flammarion, Paris, 2017.

Composition : IGS CP
Impression : CPI Bussière en juin 2019
Éditions Albin Michel
22, rue Huyghens, 75014 Paris
www.albin-michel.fr

ISBN : 978-2-226-44386-1
N° d'édition : 23628/01 – N° d'impression : 2042873
Dépôt légal : août 2019
Imprimé en France